CALM

*I bawb sy'n meddwl nad ydyn nhw'n ddigon da.
Mi ydach chi.*

Ffion Enlli

CWLWM

y olfa

Diolch yn fawr i:

Esyllt am beidio gadael i mi roi'r gorau iddi.

Mam, Dad a Llŷr am fy nghefnogi o hyd.
Fyswn i ddim lle ydw i heddiw hebdda chi.

Coco am ddringo i mewn i'r llyfr efo fi ac am fod mor gefnogol,
amyneddgar a brwdfrydig – ti werth y byd.

I bob person a ffrind sydd wedi ysbrydoli'r llyfr.
Hebdda chi, fyswn i ddim pwy ydw i heddiw.

Diolch arbennig i Efa ac Aidan am eu sgyrsiau.

I fy annwyl ffrind hynod dalentog, Isa, am y clawr hyfryd.

I bawb yn y Lolfa, ond yn enwedig i Marged Tudur am ei golygu hynod arbennig, ei chefnogaeth ddiffuant a'i hamynedd di-ben-draw. Fyswn i ddim wedi gallu gofyn am neb gwell i ddod efo fi ar y siwrna.

Argraffiad cyntaf: 2022
© Hawlfraint Ffion Enlli a'r Lolfa Cyf., 2022

Mae hawlfraint ar gynnwys y llyfr hwn ac mae'n anghyfreithlon llungopïo neu atgynhyrchu unrhyw ran ohono trwy unrhyw ddull ac at unrhyw bwrpas (ar wahân i adolygu) heb gytundeb ysgrifenedig y cyhoeddwyr ymlaen llaw

Clawr: Isa Roldán

Rhif Llyfr Rhyngwladol: 978 1 80099 194 1

Dymuna'r cyhoeddwyr gydnabod cymorth ariannol
Cyngor Llyfrau Cymru

Cyhoeddwyd ac argraffwyd yng Nghymru
ar bapur o goedwigoedd cynaliadwy gan
Y Lolfa Cyf., Talybont, Ceredigion SY24 5HE
e-bost ylolfa@ylolfa.com
gwefan www.ylolfa.com
ffôn 01970 832 304
ffacs 01970 832 782

Pennod 1

Pan mae'r haul yn tywynnu, mae pobl yn cerdded yn wahanol. Eu 'sgwyddau nhw'n is na'r arfer a'u camau'n fwy bras. Dyna oedd yn mynd trwy feddwl Lydia Ifan wrth iddi feicio ar hyd strydoedd taclus Marylebone, yr awyr ddigwmwl yn fwy glas na'r arfer tu ôl i frics coch Dorset Street.

Roedd criw Portland House yn cyrraedd yn araf fesul un, eu *tote bags* yn hongian yn braf oddi ar eu 'sgwyddau. Llithrodd olwynion beic Lydia yn araf dros y pafin wrth iddi droi mewn i barcio. Roedd hyn yn newydd iddi. Fel arfer roedd hi'n gwibio trwy'r giatiau mewn ras yn erbyn y cloc ond heddiw roedd hi'n gynnar i'w gwaith.

Teimlodd fel brenhines wrth i'r drysau awtomatig agor ar yr union eiliad y camodd dros y trothwy. Sylwodd ar y cabinet llyfrau crand yn y fynedfa. Rhedodd ei bysedd dros y cloriau trwchus. *Wimbledon: the history*; *Louis Vuitton: The Birth of Modern Luxury*; *Relais & Châteaux: A Taste of The World*. Teimlai wefr wrth feddwl am y diwrnod y byddai ei geiriau hi rhwng y cloriau. Roedd hi angen coffi.

Doedd hi ddim wedi bod yn y gegin fwy na phum eiliad pan glywodd sŵn traed yn nesáu.

'Lydia! You're early,' meddai llais cyfarwydd.

'Rob. Hello!' atebodd yn lot rhy eiddgar. 'Yes I'm ridiculously early for once.' Roedd hi'n anghofio weithiau mai Rob oedd ei bòs.

'How was your cycle?'

'Cycle was good, thanks. It's always good when there's a bit of sun.' Diawliodd ei hun am droi i sôn am y tywydd.

'Oh, absolutely,' meddai gan ymestyn i nôl ei gwpan o'r silff uchaf. 'Nothing better.'

Roedd Rob wastad yn edrych fel ei fod o newydd gamu allan o gylchgrawn. Fedrai Lydia ddim peidio â theimlo'n ymwybodol o'r 'sgriffiadau ar ei 'sgidiau wrth sefyll wrth ei ymyl. Teimlodd ddafnau chwys anghyffordus ar ei chefn a chofiodd ei bod yn dal yn gwisgo ei dillad beicio. Roedd ei *shorts neon* amryliw a'i chrys-T CHOOSE LOVE yn sefyll allan yng nghanol palet tawel a thaclus y swyddfa. Mi oedd pawb yn edrych yr un fath yn Portland House. Doedd 'na ddim *dresscode* swyddogol ond buan iawn y dysgodd Lydia mai dim ond dillad *navy*, *khaki*, *beige* neu ddu o COS, Toast a Woolrich oedd yn dderbyniol go iawn. Ar ôl sawl edrychiad amheus ar ei ffrog felyn llachar a'i 'sgidiau aur ar ei diwrnod cyntaf, roedd hi wedi treulio ei hawr ginio yn rhedeg o gwmpas siopau rhad Oxford Street yn chwilio am unrhyw beth fyddai'n pasio fel ffrog o COS.

Gosododd Rob ei hoff gwpan o dan drwyn y peiriant coffi a phwyso'r botwm.

'Was *The Guilty Feminist* on the go this morning, then?' Roedd Lydia'n synnu gymaint o fanylion oedd o'n eu cofio. Teimlodd ei bochau yn c'nesu.

'Erm, no. No *Guilty Feminist* today.'

'*Adam Buxton?*'

Meddyliodd am ddweud mai dyna oedd hi wedi bod yn wrando arno, ond doedd hi erioed wedi bod yn un dda am ddweud clwydda. Gwyliodd y diferyn olaf o goffi yn disgyn i mewn i'w gwpan, y ffroth perffaith yn bygwth gollwng dros yr ymyl.

'Not Adam either, no.'

'Hm.' Gosododd Rob ei gwpan wrth y sinc a chroesi ei freichiau.

'It was just, like, bits of poetry,' meddai'n ddi-hid wrth bwyso'r botwm.

'Poetry?! That's cool. Do you just listen to recordings?' Gosododd Lydia ei chwpan ar y peiriant.

'Erm, sometimes, yeah.' Agorodd y ffrij heb fod angen. 'But, I don't know, most of the time it's just sort of, in my head.'

Cododd Rob ei aeliau. 'As in, you know the poems, off by heart?'

'Well no, not really.' Roedd hi'n difaru dechrau'r sgwrs. 'There are just, like, a few lines that have stuck with me since school. And sometimes, when I'm on my bike, they just sort of pop into my head, unexpectedly.'

'Right,' meddai Rob yn araf. Teimlodd Lydia ei hun yn cochi. 'What sort of stuff are we talking? Keats? Wordsworth? Or are you into the more modern stuff?'

'Erm, well, it's... it's Welsh poetry.'

'*Welsh* poetry?' roedd hi'n chwilio am y siom yn ei lais. Edrychodd Lydia lawr ar ffroth y coffi yn codi yn ei chwpan. 'So you... you fully speak Welsh then?'

'It's my first language, yes.'

'That's really cool. I, erm, I didn't really realise...'

'That people spoke Welsh in Wales?' gorffennodd ei frawddeg yn fwy siarp nag oedd hi wedi'i fwriadau.

'Well, yes. I mean, no. I knew people spoke it. But I just didn't realise, you know...' Cododd Lydia ei chwpan o'r peiriant a phwyso ar un goes i aros am ei ateb. '...that people listened to Welsh poetry on their way to work.'

Chwarddodd trwy ei thrwyn.

'They don't.'

Roedd 'na ddistawrwydd rhwng y ddau am eiliad.

'So what was the poem this morning?' gofynnodd Rob.

'Sorry?' atebodd fel tasa hi heb glywed y cwestiwn.

'The poem, in your head, this morning?'

'Oh,' roedd hi'n hanner chwerthin. 'It honestly won't make sense if I translate it...'

'Try me.' Edrychodd Lydia arno. Roedd o'n dal.

'I was just thinking about this line from a Welsh poem called "Etifeddiaeth". He describes the Welsh as floppy pieces of seaweed on the beach.' Gwelai fod Rob yn trio'i orau i beidio gwenu.

'I'm telling you, it really doesn't translate...'

'No, no, go on – floppy seaweed.'

'He's basically trying to say we don't have much of a backbone as a nation.'

'Harsh,' meddai Rob, ei aeliau wedi crychu. 'Is this poet Welsh himself?'

'He is.'

'I guess that... helps? I mean, imagine if an English poet said that.' Gwnaeth hynny iddi wenu. 'What's the line?'

'In Welsh?'

'Yes.'

'"Gwymon o ddynion heb ddal tro'r trai."' Roedd o'n deimlad rhyfedd clywed y cytseiniaid yn rowlio yn ei cheg.

'Wow,' meddai'n edrych o'i gwmpas er nad oedd 'na neb yn y 'stafell. 'It sounds a bit like Elvish.'

'Yeah, a lot of people say that. I think Tolkein based it on Welsh.'

'Did he? That's cool.' Edrychodd Rob ar ei ffôn yn sydyn. Roedd o'n fwy lletchwith rŵan, ac roedd hi'n gallu synhwyro bod y sgwrs am ddod i ben.

'Shit, look at the time! I've got to run to a meeting,' meddai'n gyflym wrth frysio at y drws.

'See you later Lydia.' Roedd hanner ei gorff wedi llithro o'r gegin cyn iddo gael amser i orffen ei frawddeg. Sylwodd Lydia ar ffroth perffaith coffi Rob wrth ochr y sinc, y stêm yn codi'n araf. Edrychodd o'i chwmpas. Taflodd ei choffi di-flas i lawr y draen, cyn cerdded yn araf yn ôl tuag at y swyddfa.

—

'Troesom ein tir yn simneiau tân
a phlannu coed a pheilonau cadarn
lle nad oedd llyn.
Troesom ein cenedl i genhedlu
estroniaid heb ystyr i'w hanes;
gwymon o ddynion heb ddal
tro'r trai.
A throesom iaith yr oesau
yn iaith ein cywilydd ni.'

Roedd llais Mrs Parry'n swnio'n wahanol heddiw. Syllodd Lydia ar y geiriau ar y daflen wen oedd wedi ei gludo'n flêr yn ei llyfr.

Darllenodd y geiriau eto.

Ac eto.

Teimlodd rywbeth annifyr yn ei 'stumog. Edrychodd o gwmpas y dosbarth yn chwilio am rywun oedd yn teimlo 'run fath â hi. Daliodd ei lygaid, cyn iddo edrych yn ôl i lawr ar ei lyfr yn sydyn.

Pennod 2

Llenwodd ffroenau Lydia efo oglau sbeisys cryf wrth iddi agor y drws i'w fflat ar 10 Millworth Road. Roedd hi'n stryffaglu efo'i beic yn y cyntedd pan glywodd lais Max yn gweiddi 'hello' o'r gegin.

'Hiya!' gwaeddodd yn ôl, cyn agor drws ei 'stafell wely oedd reit wrth ymyl y drws ffrynt. Doedd hi ddim wedi tacluso ers diwrnodau ac roedd hynny i'w weld yn amlwg o dan olau cras y bylb oedd yn hongian o'r to. Fel pob noson, rhoddodd y lamp bach wrth ochr ei gwely 'mlaen a diffodd y golau mawr. Mi oedd hynny wastad yn gwneud i 'stafell flêr edrych yn daclusach. Roedd Max yn hanner dawnsio i Chaka Khan wrth y stof pan gerddodd Lydia i mewn i'r gegin. Lle bynnag oedd o yn y tŷ, roedd 'na wastad gerddoriaeth yn chwarae o uchelseinydd wrth ei ymyl.

'Sweet potato and chickpea curry for dinner,' meddai wrth estyn gwydr iddi o'r cwpwrdd. 'Wine?'

'Oh, I'd love some, thanks. Just going to jump in the shower.'

Roedd cael cawod ar ôl cyrraedd adra yn un o hoff bethau Lydia. Heblaw am fod ar ei beic, dyma'r unig amser oedd hi'n ei gael efo'i meddyliau. Oedd hi'n mynd i gael cynnig swydd llawn amser yn Portland House? Oedd hi'n mynd i allu fforddio mynd i'r pyb nos fory a mynd allan nos Sadwrn? Be'n union oedd hi'n wneud i helpu pobl llai ffodus na hi? Teimlodd ei brest yn mynd yn dynn wrth feddwl am y cwestiwn olaf, a chymerodd anadl ddofn cyn gadael i'r dŵr olchi dros ei gwyneb.

Newidiodd yn sydyn i mewn i'w thracsiwt a'i jympyr bagi a gadawodd ei gwallt yn wlyb. Roedd Max yn dal wrth y stof yn chwythu ar lwyaid bach o gyri pan ddychwelodd hi i'r gegin. Wedi ei flasu, safodd yno'n llyfu ei wefus, cyn gafael mewn pot bach o *cumin* a'i sbrinclo i mewn i'r sosban. Gafaelodd mewn darn o lemon a'i wasgu efo'i law dde.

'Should be ready in about half an hour,' meddai wrth afael yn ei wydr gwin a'i godi tuag at un Lydia i ddathlu cyrraedd nos Fercher. Aeth Lydia i eistedd ar y soffa las garpiog wrth ochr y bwrdd bwyd a rhoi ei thraed i fyny ar y bwrdd coffi o'i blaen. Roedd hi'n licio 'stafell fyw Millworth Road. Mi oedd 'na rywbeth cysurus am y goleuadau rhad oedd yn hongian yn simsan o'r ffrij a'r llwch oedd yn hel ar y llyfrau coginio gludiog wrth ochr y teledu.

'So, how was your day off?' gofynnodd wrth Max.

'Really nice, actually. Very chilled,' cymerodd swig o'i win. 'Went to yoga this morning, then went for coffee with Simon, then just came home and read in the garden.'

'Sounds dreamy. What are you reading?'

'It's a book by Greyson Perry called *The Descent of Man*. It's so good. I'll give it to you when I'm done.'

Clywodd y ddau sŵn goriad Kat yn y clo.

'Hello!' gwaeddodd wrth wneud ei ffordd i mewn i'r gegin, ei chlustlysau aur yn dawnsio o dan ei gwallt wrth iddi gerdded.

'How are we?' meddai wrth dynnu ei siaced fawr denim a'i thaflu ar gefn un o'r cadeiriau. Aeth draw i roi sws i Max, cyn eistedd ar y soffa wrth ymyl Lydia, ei choesau wedi'u plygu o dan ei phen ôl. Pan fyddai Kat yn cerdded i mewn i 'stafell, roedd hi wastad yn llenwi'r lle efo egni – mi oedd 'na rywbeth amdani oedd yn codi ysbryd rhywun yn syth. Hi oedd wedi agor y drws i Lydia bron i ddwy flynedd yn ôl pan ddaeth i weld y fflat ar ôl gweld hysbyseb ar Spare Room. Ar ôl wythnos hir yn ymweld â fflatiau tamp, llawn pobl oer a di-sgwrs, roedd gwên wresog Kat fel tasa'i wedi bod yn aros amdani. Roedd hi hyd yn oed yn cofio be oedd hi'n wisgo – ffrog hir, las a chlustlysau aur efo ffrinj coch, oedd yn cyferbynnu'n llwyr efo'r brics di-liw o'i chwmpas. Roedd hi wedi poeni am fyw efo cwpl ar y dechrau – ofn bod yn *third wheel*. Ond roedd byw efo Kat a Max jesd fel byw efo dau ffrind gorau.

'Did you get the olives?' gofynnodd Max wrth Kat.

'I did, yes. Got some of that posh hummus too and some crisps. I'm starving.' Aeth i nôl y ddau botyn bach a'r paced creision i'w bag a'u gadael ar y bwrdd. Gwyliodd Lydia Max wrth iddo agor y bag creision a'i dywallt yn ofalus i ddwy fowlen wahanol. Aeth i chwilota am y fowlen *olives* yng nghefn y cwpwrdd wedyn, a thywallt y paced i mewn. Daeth draw i osod y powlenni yn daclus ar y bwrdd coffi.

'So, tell us about your day, Lyds,' meddai Max wrth estyn am *olive*.

'It was good. Quite busy, actually. I'm working on this luxury residential development in California at the moment.'

'How's that?' gofynnodd Kat.

'Yeah, it's cool. Intense, but fun. The apartments are ridiculous.'

'I can imagine. What happened to the ten-grand-a-bottle whisky project?'

'We're just waiting for some feedback on that, but the presentation went really well, apparently.'

'You're smashing it aren't you?!' gwenodd Kat wrth estyn am y creision. 'It must be quite cool to dive into all these different worlds every day.'

'Yeah, it kind of is. You learn a lot.' Cymerodd Lydia swig o'i gwin. 'It can be very random though. I could chat to you all night about whisky maturation, or like, the piping on an aeroplane seat.'

'You still on £30 a day?' gofynnodd Max wrth dynnu cadair at y soffa.

'M-hm,' atebodd Lydia wrth gymryd swig arall o'i gwin.

'Jesus Christ,' meddai Kat. 'Honestly though, is that even legal?'

'Probably not,' atebodd Max.

'Isn't it a bit ironic that they're paying you that badly when you're writing about such ridiculously expensive things?' meddai Kat. Nid dyma oedd y tro cyntaf i Lydia feddwl am hyn.

'I know. But what can I do? I need a full time job. And I *am* enjoying it.'

'You can write a piece about it when you're a famous columnist for *The Guardian*,' meddai Max. 'When does your internship come to an end?'

'In a month.'

'Ah, don't worry, they'll offer you the role.'

Gwyddai Lydia fod Max ddim yn gwybod hynny go iawn, ond mae'n rhaid ei fod o wedi sylwi ar yr hyn oedd hi wedi'i ddweud. Ac mi oedd pethau wedi bod yn mynd yn dda: yn ôl ei ffrindiau gwaith, mynd â phapur i'r bin ailgylchu a gwneud coffis oedd rôl *interns* fel arfer, ond roedd hi wedi cael ei thaflu ar brosiectau byw yn syth. Efallai bod hynny oherwydd mai dim ond tri ohonyn nhw oedd yn y tîm 'sgwennu, ond roedd pawb i weld yn hapus efo'r gwaith oedd hi'n ei greu.

Roedd aroglau'r cyri bellach yn llenwi'r gegin. Cymerodd Lydia lond llaw o greision a theimlo'r halen yn llosgi'r *ulser* yng ngwaelod ei cheg. Golchodd y cyfan i lawr efo swig mawr o win. Aeth Kat i newid i'w dillad cyffordus a daeth Max draw efo mwy o win. Roedd y ffordd roedd o'n gafael yn y botel yn gwneud iddo edrych fel gweinydd proffesiynol. Doedd Lydia ddim wedi bwyta llawer trwy'r dydd, a gallai deimlo'r alcohol yn dringo i'w phen. Fel roedd hi'n estyn am ei ffôn, daeth 'Bad Girls' gan Donna Summer ar yr uchelseinydd. Edrychodd ar Max.

'Oh my god. This is such a tune!' gwaeddodd wrth droi'r sain yn uwch. Fel pob tro, aeth llygaid Lydia'n syth at gluniau Max. Roedd o'n taro pob curiad mor siarp. Sylwodd ar ei fysedd hirion yn cau'n osgeiddig am bob clic.

'Bad Girls!' Canodd y ddau wrth i lais Donna lenwi eu clustiau. 'Talking 'bout the sad girls.' Taflodd Max ei ben yn ôl wrth godi un fraich i'r awyr. Fedrai Lydia ddim peidio â gwenu wrth edrych arno'n dawnsio. Ond roedd 'na rywbeth am osgeiddrwydd ei symudiadau yn gwthio ei meddwl i le nad oedd hi isho iddo fynd – fel tasa hi'n chwilio am gyfrinach wedi'i rhwymo yn rhythmau ei gorff.

Ysgwydodd ei phen i gael gwared ar ei meddyliau. Cododd ar ei thraed i ymuno efo fo, y gwin coch yn bygwth poeri dros ymylon ei gwydr. Strytiodd Kat yn ôl i mewn i'r gegin, ei chamau yn cyd-fynd yn berffaith i guriad y gân. Dechreuodd ddawnsio wrth ymyl Max, ac er bod y ddau yn gwneud yr un symudiadau, doedd Lydia ddim ym medru peidio edrych arno *fo*. Ar y ffordd oedd o'n symud ei gorff mor ystwyth a rhydd, fel tasa 'na neb arall yn y 'stafell. Dechreuodd fartsio o un pen o'r gegin i'r llall yn cogio chwythu chwiban. Chwarddodd Kat a Lydia yn uchel, cyn ymuno tu ôl iddo.

'Toot toot. Hey! Beep beep.' Pwyntiodd Max at Lydia. Camodd Kat ar ben un o'r cadeiriau simsan rownd y bwrdd bwyd. Roedd hi'n symud ei dwylo fel tasa hi'n annerch cynulleidfa, ac yn symud ei chluniau mor egnïol nes gallai Lydia'n weld ei phen ôl yn ysgwyd o dan ddefnydd ysgafn ei *joggers*. Edrychodd ar Max yn ei gwylio hi. Roedd hi'n gallu gweld y cariad yn ei lygaid wrth iddo ddilyn ei symudiadau, ac er ei fod o'n dal yn dawnsio, roedd ei freichiau fymryn ar led, fel tasa fo'n barod i'w dal hi unrhyw eiliad. Roedd Lydia'n meddwl am eu perthynas nhw'n aml. Am ba mor wahanol oedd hi i bob perthynas arall oedd hi wedi'i gweld. Rhoddodd ei gwydriad o win ar y bwrdd a dechrau dawnsio fel oedd hi'n dawnsio yn ei 'stafell weithiau nes ei bod hi'n gallu teimlo pob cyhyr yn ymestyn i'r eithaf. Dyna oedd yn braf am Millworth Road – roedd hi'n gallu symud fel oedd hi isho, heb neb i'w gwrthrychu na'i barnu.

Daeth y gân i ben. Gafaelodd Max yn nwylo Kat wrth iddi neidio oddi ar y gadair. Aeth i estyn powlenni o'r cwpwrdd a dechreuodd Lydia osod y bwrdd. Taniodd Kat y gannwyll simsan oedd yn sticio allan o'r botel win wag ar y bwrdd. Roedd y cwyr oedd wedi hel dros y blynyddoedd yn edrych fel ffrwydrad o lafa.

'Right, my darlings,' meddai Max mewn acen Saesneg *posh* wrth osod y powlenni ar y bwrdd. 'Curry is served.' Roedd y blob o iogwrt a darnau bach o *corriander* yn gwneud iddo edrych fel llun ar Instagram.

'It looks delicious, Max,' meddai Lydia.

'To Donna,' meddai Kat wrth godi ei gwydr. 'For giving us life.'

'To France,' meddai Lydia. 'For giving us this delicious wine.'

'And to Spare Room,' meddai Max, ei lygaid yn disgleirio yng ngolau'r gannwyll. 'For bringing Lydia into our lives.' Doedd hi ddim wedi disgwyl iddo ddweud hynny. Teimlodd lwmp bach yn ei gwddw. 'Tuck in, before it gets cold.'

—

'Naci?!' Gallai Lydia glywed llais ei mam trwy'r ffenest.

'Wel, dyna mae pobol yn ddeud cofia.' Roedd Llinos, ffrind ei mam, yn sefyll wrth y drws ffrynt.

'Pam dwa? Ddigwyddodd wbath?'

'Dwn im cofia, dim i mi fod yn gwbod de. Ond mae o 'di bod reit wahanol 'rioed dydi?'

'Yndi dwa?'

'Wel, ti'm yn cofio 'Steddfodau erstalwm? Oedd o isho gneud dawnsio disgo efo'r genod a ballu doedd?'

'Oedd 'fyd. A dim ond genod oedd 'i ffrindia fo'n 'rysgol, de?'

'Ia sdi. Mi odd hynny 'chydig yn rhyfadd 'fyd doedd?'

'Ydi o'n dal i ganlyn Siwan?'

'Yndi, ond dwn im am ba hyd. Dim efo storis felma'n mynd o gwmpas lle, de.'

'Gryduras. O peth cas i'r teulu, de.'

'Dwn im be 'swni'n neud cofia!'

Roedd ei mam yn ddistaw.

'Ia, na finna,' meddai ar ôl 'chydig eiliadau. 'Gymri di banad, Llin?'

'Na, dwi'n iawn sdi, ma rhaid mi bicio i Dŷ Isa cyn swpar. Be na'i os wela'i nhw?'

'Cymryd arnat bo chdi'n gwbod dim.'

'Ia ti'n iawn. Wela'i di'n fuan, Ann.'

Pennod 3

'We'd like to offer you the junior writer position.' Roedd dannedd Melissa'n edrych lot rhy wyn. Roedd ganddi wên bwerus, anghyfeillgar – un o'r rheini fyddai'n serennu mewn hysbyseb Colgate. Edrychodd Lydia yn sydyn ar Rob. Roedd o'n eistedd yn lletchwith wrth ei hochr, ei wên yn hanner anniddig, hanner balch.

'You were exposed to a lot of client work during your internship, which is rather unusual.' Edrychodd draw at Rob, fel tasa hi'n trio dweud y drefn wrtho fo. 'So we – well, Rob in particular, feels like you've got enough experience to tackle bigger projects straight away.' Roedd ei geiriau fel cyfres o ergydion bach yn saethu'n gynnil trwy wên anarferol o lydan. 'This is a really big opportunity for you to show us what you've got. So make sure you do that.'

'Absolutely,' nodiodd Lydia ei phen yn frwdfrydig. 'Thank you.' Roedd 'na ddistawrwydd anghyfforddus, cyn iddi godi ar ei thraed a llithro o'r swyddfa heb gymryd ei gwynt.

'Oh my god, this is fabulous news!' gwaeddodd Adrian wrth i Lydia gyhoeddi'r newyddion yn ôl wrth y ddesg. Roedd hi'n rhannu bwrdd efo'r unig ddau 'sgwennwr arall yn yr asiantaeth, Adrian a George, a dros y misoedd dwytha mi oedd y tri wedi dod yn dipyn o ffrindiau.

'Congrats, Lyds,' meddai George.

'Cheers, George. Here to annoy you for another few

months, I'm afraid.' Gwenodd arni'n sarcastig efo'i lygaid wedi cau. Roedd hi'n licio tynnu coes George – yn yr un ffordd ag oedd o'n licio tynnu ei choes hi.

'Ay, I knew they wouldn't get rid of our Welsh queen!' Clywodd Lydia lais Julia yn atsain tu ôl iddi. Dylunydd o Barcelona oedd Julia a hi oedd pedwerydd aelod y grŵp. Gwnaeth Lydia 'stumiau arni hi i beidio bod mor ddramatig, ond roedd Julia bellach wedi taflu ei hun amdani. Roedd Adrian wedi dod rownd y ddesg rŵan hefyd, ac yn cofleidio'r ddwy. Llenwodd ffroenau Lydia efo oglau hufen dwylo Aesop.

'I'm going to get us a flat white to celebrate,' meddai Adrian yn wên i gyd.

'Is this the new jumper?' holodd Lydia wrth deimlo'r defnydd esmwyth ar ei fraich.

'It is.' Roedd o'n edrych arni fel tasa newydd 'neud rhywbeth drwg.

'It's so nice.'

'Isn't it? I have zero regrets,' meddai cyn cogio chwipio gwallt dychmygol tu ôl i'w ysgwydd a throi ar ei sawdl.

Roedd dillad Adrian bob amser yn edrych fel eu bod nhw wedi dod yn syth o londrét, ac roedd ei wallt wastad yn edrych 'run peth – yr ymylon wedi eu trimio'n fyr a'r darn ar y blaen wedi ei gribo'n ôl yn slic, rhyw fymryn i'r chwith. Doedd hi'n dal ddim yn medru coelio ei fod o'n 37. 'I don't believe it either, darling. I think that might be the secret,' oedd o wedi'i ddweud y diwrnod cyntaf iddyn nhw gyfarfod efo gwydriad o espresso martini yn hongian yn fregus rhwng ei fys a'i fawd.

'So, what did she say?' gofynnodd Julia wrth afael ym mraich Lydia ac eistedd yn y sedd wag wrth ei hymyl. 'That you are absolutely fabulous and fully deserving of this prestigious title?' Roedd Lydia wastad yn chwerthin ar y ffordd roedd Julia'n disgrifio pethau.

'Of course,' meddai'n goeglyd. 'No, she just made it sound as if I have a *lot t*o prove.' Rowliodd Julia ei llygaid.

'Ah yes, because you haven't really done much over the last six months, just helped to write a few books on £30 a day.' Edrychodd Lydia o'i chwmpas rhag ofn bod rhywun yn gwrando. 'Anyway amor, you've got a permanent role now!' Gafaelodd yn dynn ynddi eto. 'We are celebrating tonight, sí?'

'Of course,' meddai Lydia.

'I'm in,' meddai George

Aeth George a Julia i'w cyfarfodydd, gan ei gadael wrth ei desg ar ei phen ei hun. Roedd hi'n licio bod ym mhen pella'r swyddfa. Doedd 'na fawr neb yn eu gweld nhw'n fama. Cymerodd anadl ddofn cyn gafael yn ei ffôn ac agor y grŵp *Teulu*. Teipiodd neges sydyn.

Lydia @ **Teulu**
Newyddion da. Wedi cael cynnig swydd llawn amsar! 🎉

Rhoddodd ei ffôn i lawr ar ei desg, ac edrych trwy'r ffenest ar erddi taclus Paddington Street. Roedd hi'n ddiwrnod llonydd, a doedd dim modd dweud wrth edrych ar y gwyrddni ei bod hi'n eistedd yn un o ddinasoedd prysura'r byd. Meddyliodd am y cyfarfod efo Melissa a Rob. Dychmygodd y sgwrs rhwng y ddau a be oedd Rob wedi bod yn ddweud amdani. Edrychodd ar ei sgrin, fel y glaniodd e-bost gan Jess yn ei *inbox*.

Jessica Dervaux: Invitation: Grand Village Mall Kick-off.
@ 25 October 10.00 - 11.30.

Cliciodd ar y gwahoddiad.

Getting the full team together to kick off the project with Concord & Co.

Edrychodd ar y rhestr gwahoddiadau: Melissa, Marius, Romeo, Lydia, Rob. Roedd ei henw hi'n edrych mor fach yn eu canol nhw.

'One oat flat white for the permanent writer,' glaniodd Adrian yn esmwyth ar y gadair wrth ei hochr.

'Thank you.' Cymerodd swig o'r coffi hufennog, cyn troi ei *laptop* i gyfeiriad Adrian. 'I've just been invited to this.' Cododd Adrian ei aeliau.

'Oh, babes, that one's a biggy!'

'Is it?!' Gwnaeth hynny iddi deimlo 'chydig yn sâl.

'Well, kind of. It's a huge project in China. Don't panic though, you're going to be great. And I'll be here every step of the way.'

'You're a star, do you know that?'

'I do,' meddai gan godi un ysgwydd a chrychu ei drwyn.

'Also, you never told me how that date went this weekend?' meddai Lydia.

'I'll tell you at lunch. Let's go to the park? Juls and George will meet us there.'

***

Roedd hi'n ddiwrnod anarferol o gynnes am fis Hydref ac erbyn hyn roedd gerddi Paddington Street yn orlawn efo pobl yn cael awr o ryddid yn yr haul prin. Unigolion efo llyfr bob un, grwpiau bach a mawr wedi ymgynnull a'u trwynau mewn *tupperware* neu focsys brechdan o Pret. Roedd Lydia'n syllu ar weddillion ei salad yn sgleinio yn yr haul, yn hanner gwrando ar George yn cwyno am Melissa a'r ffaith ei fod o wedi gweithio tan hanner nos y noson cynt. Er ei bod hi'n falch o gael swydd llawn amser, roedd meddwl am aros yn y swyddfa dan hanner nos yn gwneud i'w 'stumog hi droi. Oedd hyn yn golygu nad oedd hi'n ddigon angerddol am y swydd? Roedd y sgwrs bellach wedi troi at y dyn mewn *speedos* roedd Adrian wedi'i gyfarfod yn Hampstead Heath.

'Adrian, my love, this sounds incredible. Did you have sexual intercourse?' gofynnodd Julia gan symud ei haeliau i fyny ac i lawr yn gyflym.

'We did. It was amazing.'

'Was it?' roedd Julia wedi cyffroi. 'Did he stay? How was the morning?'

'Yes, he stayed. It started off well. We had breakfast together and he was sweet. But then he just got *very* intense, very quickly. He had practically declared his love to me by the afternoon. And to be honest, I'm just not sure I'm into that, you know?' estynnodd am ei botel ddŵr.

'Red flag,' meddai George yn syth. Edrychodd Lydia arno. Doedd hi ddim wedi disgwyl ei ymateb rhywsut.

'After one night?' meddai Julia. 'No, no, no.'

'You're right,' meddai Adrian. 'I'll have to text him.'

Aeth Julia i nôl coffis. Roedd Adrian a George bellach yn gorwedd ar eu cefnau ar y gwellt, mewn ymgais i ddal unrhyw belydryn. Teimlodd Lydia'r haul ar ei gwyneb, a meddyliodd pa mor neis fyddai cael bod adra wrth y môr ar ddiwrnod mor braf. Estynnodd am ei ffôn.

Mam @ Teulu
Ooooo Lyds – gwych!! Dwi mor prowd ohona chdi! Xxx Pryd wyt ti am ddod adra? ♡

Dad @ Teulu
Da iawn chdi Lyds. 🍾

Roedd meddwl am ei thad yn chwilio am *emoji* potel siampên yn gwneud i'w chalon hi feddalu ac yn gwneud iddi chwerthin ar yr un pryd. Cafodd bang o hiraeth mwya sydyn.

'How about you, Lyds? Any dates coming up?' Edrychodd i lawr ar wallt perffaith Adrian yn gorwedd rhwng ei choesau.

'Yes actually, I have one in a few weeks.'

'Ohhhh, with who?' cododd Adrian ar ei eistedd.

'He's called Rémy.'

'Let's have a look then,' rhoddodd George ei law allan. Agorodd Lydia yr *app* a mynd ar broffil Rémy, cyn pasio ei ffôn i George. Edrychodd arno'n sgrolio trwy'r lluniau.

'Nice. He's a good looking chap.'

'Show me,' meddai Adrian wrth gymryd y ffôn gan George. 'Oh yes. Nice smile. And those dark eyes. Christ.'

'I know. The eyes got me too,' meddai Lydia.

'What are we looking at?' Roedd Julia wedi cyrraedd yn ôl ac yn sefyll tu ôl iddyn nhw efo pedwar coffi wedi eu gosod yn daclus mewn darn o gardfwrdd oedd yn edrych fel bocs wyau anferth.

'Lydia's hot date,' meddai Adrian wrth basio'r ffôn iddi a chymryd un o'r cwpanau. Gwyliodd Lydia Julia'n ofalus wrth iddi sgrolio trwy'r lluniau.

'Okay, yes. He seems nice. I like what he's written on his profile. Simple, but cool.'

'I want to know what Lydia's written on *her* profile,' meddai George efo gwên awgrymog ar ei wyneb.

'Oh, do we really have to? It's not that good,' meddai yn trio ymestyn am ei ffôn.

'Let's hear it, Julia,' meddai George.

Cliriodd Julia ei gwddw. *'Things you should probably know,'* oedodd am eiliad fel tasa hi'n cymryd gwynt cyn perfformio. *'I'm Welsh...'*

'Oh here we bloody go,' meddai George yn rowlio ei lygaid. 'Do you honestly talk about anything else?' Cododd Julia fys ei llaw i ddweud wrth George am fod yn ddistaw, cyn cario 'mlaen i ddarllen.

'Things you probably shouldn't know...' Cymerodd Julia seibiant eto. *'I never stop talking about it.'* Chwarddodd y tri, a gwnaeth hynny iddi deimlo'n well.

'It's very accurate, I'll give you that,' meddai George.

'Ay!' gwaeddodd Julia yn ddramatig, bron â thaflu'r ffôn. 'You've just got a match!' Roedd Lydia bron yn gallu teimlo'r ergyd o dopamin heb hyd yn oed weld sgrin y ffôn. Clapiodd Adrian ei ddwylo mewn cyffro cyn pwyso ei ben ar ysgwydd Julia i edrych ar y sgrin.

'Okay, his name is Jamie,' meddai Julia wrth sgrolio trwy'r proffil. Doedd Lydia ddim yn cofio'r enw.

'Mm,' meddai Adrian, ei wefus wedi crychu i'r ochr. 'She won't like him.' Cipiodd Lydia ei ffôn a sgrolio drwy'r proffil. Edrychodd ar fflag Lloegr o dan ei enw a'r rhesi o eicons oedd yn dilyn – pêl rygbi, rhosyn coch, cwch rhwyfo, peint.

'Oh god no. Really not for me. I don't remember swiping for him. Maybe I was drunk.'

'What's wrong with the poor lad?' gofynnodd George, wrth godi ar ei eistedd.

'I don't know, he's just very *English*.'

'What's that supposed to mean?' gofynnodd George eto. Edrychodd Lydia ar Adrian. Edrychodd Adrian ar Julia. Edrychodd Julia ar George. 'What's wrong with English men?'

'Erm, I don't know, I just wouldn't really *choose* to date one.'

'But why?'

'It's just. I don't know. I find them a bit arrogant, or like, ignorant.'

'Okay, *ouch*,' meddai George.

'Yes, but obviously I don't mean you. *You're* not like that.'

Rowliodd George ei lygaid. 'I feel like it's a bit unfair to paint us all with the same brush, Lyds. I mean, you definitely have arrogant French men too. And Spanish. And *Irish*.' Edrychodd ar Adrian.

'Yes okay, maybe,' meddai Lydia, ' But like, I don't know... I'm *Welsh*.'

'And?' holodd George. Edrychodd Lydia arno fel ei bod hi newydd ddweud rhywbeth hollol amlwg.

'Come on Lyds, you're not seriously telling me that you wouldn't date an English man because of something that happened centuries ago?'

'It's more complicated than that.'

'Is it?!'

Cyn iddi gael cyfle i ddweud dim mwy, clywodd Lydia lais cyfarwydd yn dweud helô tu ôl iddi.

'Rob! Hello,' meddai George mewn llais cyfeillgar ond proffesiynol. Gallai Lydia ddweud bod Rob yn ymwybodol iawn o'r ffaith fod yr awyrgylch yn newid pan oedd o'n ymuno efo nhw. Roedd hi'n rhyfedd ei weld o tu allan i'r swyddfa ar ei awr ginio.

'How's everyone doing? Do you mind if I join you? I was just walking back from the cafe.' Roedd y bag bach papur yn gwneud iddo edrych yn ddiniwed.

'Of course not. Get in here!' meddai Adrian fel tasa fo'n siarad efo hen ffrind. 'We were just talking about the fact that Lydia doesn't date English men.' Roedd hi isho i'r llawr ei llyncu.

'Right,' meddai Rob wrth stwffio ei fforc i mewn i'r bocs cardfwrdd. 'Well, she is Welsh after all' meddai cyn taflu fforciad anferth o'i salad i'w geg. Gwenodd Adrian a Julia fel dau blentyn, cyn edrych ar George.

'Well, I think we've talked enough about my dating life for one day,' meddai Lydia'n lletchwith wrth hel ei phethau'n ara deg i'w bag. Teimlodd ei ffôn yn crynu yn ei llaw.

Deio
Hei Lyds. Sud wti erstalwm? Sud mai'n mynd yn y ddinas fawr? x

—

'The Welsh language is a vast drawback to Wales, and a manifold barrier to the moral progress and commercial prosperity of the people. It is not easy to overestimate its evil effects.'

Darllenodd Lydia y geiriau eto. Teimlodd ei bol yn troi.

Agorodd y geiriadur ar ei desg. Chwiliodd am 'manifold'.

'Manifold – many and various.'

Trodd y tudalennau i chwilio am 'prosperity.'

'Prosperity – the state of being prosperous.'

Dilynodd ei bys i chwilio am 'prosperous.'

'Prosperous – successful in material terms, flourishing financially. Bringing wealth and success.'

Darllenodd y frawddeg olaf drosodd a drosodd yn ei phen.

Evil effects. Evil effects. Evil effects.

Teimlodd ei llygaid yn llosgi. Rhedodd lawr y grisiau efo'r toriad papur newydd yn ei llaw.

'Pam 'sa rywun yn deud hyn, Dad?' Roedd hi'n gallu teimlo ei gwddw yn mynd yn rhyfedd.

Cydiodd ei thad yn y papur a thynnu'r sbectol fymryn lawr ei drwyn cyn ei ddarllen.

Edrychodd i fyny arni.

'Lle gest di hwn?'

'Gin Deio.'

Pennod 4

'THE BIG PADS, Max, you know the ones I wear at night?' gwaeddodd Kat wrth lenwi ei photel ddŵr poeth.

'Yeah, I know the ones,' atebodd Max. 'Anything else?'

'Maybe some chocolate?' cynigiodd Lydia. Cododd Max ei fawd.

'I'll be back in a few hours,' meddai cyn i'r drws gau yn glep tu ôl iddo.

Roedd hi'n ddydd Sul glawog ac roedd Kat a Lydia yn gorweddian ar y soffa yn y gegin yn nyrsho dipyn o *hangover*. Roedd peint neu ddau yn y dafarn lawr y lôn wedi troi'n dipyn o sesiwn a doedd y wisgi ar ôl cyrraedd adra ddim wedi helpu neb.

'How are your cramps?' gofynnodd Lydia wrth ymestyn ei choesau at y bwrdd coffi.

'Not great,' meddai Kat yn tynnu ar y flanced fflyffi oedd wedi lapio amdani. Roedd hi'n edrych yn llwyd.

'Shall I get you some paracetamol?'

'I already took some. Thanks, love.'

'Have you always had them really bad?'

'I have, yeah. In school it was awful. Sometimes I had to miss days because I'd be curled up in bed in pain.'

'Surely that isn't normal, is it?'

'There's so little research about it, it's hard to tell. Most doctors just tell you to take paracetamol.'

'It's crazy, isn't it? I listened to a podcast last week about how little we know about women's health and stuff. Like, when you think about it, half of the population of the world bleeds every month from a very young age, and we're barely taught anything about it. Especially in schools.'

'Don't get me started, Lyds. I'm telling you, if men bled, they'd be handing out free tampons on the tube and having monthly conferences about it.'

'Do you think they would also be *competing* for the heaviest flow?'

'Oh yes, there would be actual professional competitions.' Chwarddodd y ddwy.

'Have you read *Period Power* by Maisie Hill?' gofynnodd Kat.

'No.'

'I'll give it to you. It's so good, Lyds. It changed my life. Like, I can't believe I didn't know these things before. It goes through every part of your cycle and what happens and how it impacts your life. Max read it too, he found it so interesting.'

Cariodd y ddwy ymlaen i siarad am dipyn – am ba mor hurt oedd y ffaith fod hogiau yn cael eu tywys o'r 'stafell wrth i ferched gael y sgwrs am fislif yn yr ysgol; am sut oedden nhw'n stwffio tampons i fyny eu llewys mewn cywilydd ac yn cael eu galw'n *moody*. Roedd yr holl beth yn gwneud Lydia mor flin ond roedd siarad efo Kat yn helpu fel roedd pob sgwrs efo hi – fel tasa ei geiriau hi'n goleuo corneli bach o feddwl Lydia oedd wedi bod yn dywyll ers amser hir.

Ar ôl 'chydig, rhoddodd Kat y teledu 'mlaen. Erbyn hyn, roedd hi'n dechrau nosi, ac roedd sŵn y glaw tu allan yn gysur i'r cur yn eu pennau. Estynnodd Lydia am ei ffôn, ac fel tasa 'na ryw rym yn rheoli ei bysedd, ffeindiodd ei hun yn sgrolio trwy

Instagram. Symudodd ei bawd i fyny ac i lawr yn robotig, tra gwibiai llun dibwys ar ôl llun dibwys heibio ei llygaid. Doedd hi ddim hyd yn oed yn adnabod hanner y bobl oedd yn hawlio ei sgrin – y wynebau llyfn a'r tirluniau breuddwydiol oedd lot rhy lachar i fod yn real. Adnewyddodd y dudalen a stopiodd ei bawd yn sydyn. Syllodd ar y llun o'i blaen – yr awyr oren, euraidd yn gefndir perffaith i dirlun oedd hi'n ei 'nabod fel cefn ei llaw. Doedd o ddim fel fo i bostio llun ar Instagram. Doedd hi ddim yn medru ei ddychmygu fo'n dewis ffilter a meddwl am gapsiwn. Tapiodd y sgrin, ond roedd y galon fach yn teimlo'n bathetig rhywsut. Cofiodd am y neges oedd o wedi yrru ac aeth yn ôl i edrych arni. Meddyliodd am ychydig eiliadau, cyn dechrau teipio.

Lydia
Deio! Sud wti? Dwi'n iawn diolch. Petha mynd yn grêt yn fama. Sud ma' petha adra? Licio'r llun ar Insta. Ti'n influencer wan? X

Darllenodd y neges eto. Roedd y jôc ar y diwedd yn ysgafnhau pethau, ac mi fysa fo'n chwerthin, roedd hi'n siŵr o hynny. Mi oedd hi'n falch ei fod o wedi gyrru neges. Roedden nhw wedi pellhau ryw 'chydig ers iddi symud i Lundain ond efallai mai hi oedd yn gorfeddwl. Rhoddodd ei ffôn i lawr ar fraich y soffa. Roedd hi awydd paned.

Wrth iddi syllu ar y stêm yn codi o'r teciall, crwydrodd ei meddwl yn ôl at Deio – yn cerdded ar hyd y traeth ac yn stopio i dynnu llun. Meddyliodd amdano'n chwilio am garreg fflat, cyn ei thaflu hi ar ei hochr i'r dŵr a'i gwylio hi'n neidio un-dau-tri-pedwar-pump – chwech, weithiau. Tybed oedd 'na rywun efo fo? Meddyliodd amdano'n cerdded lawr i'r dafarn am ei beint ar b'nawn dydd Sul. Oedd o'n dal i 'neud hynny?

Clywodd Kat yn symud ar y soffa.

'Jesus, I think I fell asleep,' meddai mewn llais cras.

'You did. Do you want some tea?'

'Oh please,' meddai wrth rwbio ei bol. Roedd y botel ddŵr poeth o dan ei throwsus yn gwneud iddi edrych yn feichiog.

'Do you think you'll ever have children?' gofynnodd Lydia wrth iddi osod y ddau fŵg ar y bwrdd yn ofalus.

'Where the hell did that come from?'

'You look like you're pregnant with that thing down your trousers.' Chwarddodd Kat, cyn cymryd swig o'i the oedd lot rhy boeth.

'In all seriousness, I've been thinking about this a bit recently and I actually don't know if I do. There are so many abandoned children out there, the planet is totally over-populated, let alone utterly *fucked* – and yet again, we all have this desire to produce even more children. There's almost something narcissistic about it, don't you think?' Doedd Lydia erioed wedi meddwl am gael plentyn fel rhywbeth *narcissistic* o'r blaen.

'But wouldn't you like to see what you could produce with Max?' Roedd meddwl am eu plentyn nhw'n gwneud i Lydia gynhesu drwyddi.

'Yes and no. I mean, don't get me wrong, thinking about a mini Max running around fills me with pure joy. But, I don't know. I'm just not sure if that's my priority any more, you know?' Meddyliodd Lydia am hynny am funud. 'Plus, the world just really doesn't feel like a place you'd want to bring a child into at the moment does it? Like, will we even still be here in 50 years?' Edrychodd Lydia arni.

'We took a dark turn,' meddai. Chwarddodd Kat.

Eisteddfod y ddwy mewn distawrwydd am funud.

'Do you want children?' gofynnodd Kat wedyn. Doedd Lydia ddim wedi disgwyl y cwestiwn yn ôl.

'After this conversation? Absolutely not.' Roedd hi'n hanner jocian. 'But I don't know. If I did, I'd probably have to go back home. But at the moment, I really can't imagine that.'

'Why would you have to go back home?'

'Well, firstly, I'd want them to speak Welsh…'

'But surely, they could do that anywhere, couldn't they?'

'Well, I don't know. It's not that easy with a minority language, is it? What if they decided they didn't want to?'

'I don't think they'd have much choice with a mum like you Lyds, but go on…'

'And also, I don't know, I'm always worried that if I ever had children anywhere else they would never feel what *I* feel, you know?'

'What do you mean?'

Clywodd y ddwy sŵn goriad Max yn y clo.

'Hiya!' gwaeddodd wrth gamu mewn i'r cyntedd. Roedd y *totebag* ar ei ysgwydd yn orlawn. Gwyrodd lawr i roi sws i Kat. 'I picked Amy up on the way.'

'Hi girls!' meddai Amy, oedd bellach wedi ymddangos wrth ddrws y gegin. Roedd hi wastad yn edrych yn drawiadol, a doedd Lydia ddim yn siŵr a oedd hynny am ei bod hi'n ofnadwy o ddel neu'n ofnadwy o dal. Neu'r ddau. Mi oedd 'na rywbeth amdani oedd yn ei gwneud hi'n wahanol i'r merched eraill roedd Lydia wedi'u cyfarfod yn Llundain. Rhywbeth mwy cyffrous, ond eto, dim mor gyfeillgar. Cofleidiodd Kat, yna Lydia, cyn cymryd sedd wrth y bwrdd bwyd.

'So, how are you gals?' gofynnodd wrth groesi ei choesau.

Sgwrsiodd y pedwar am 'chydig – am waith, am y penwythnos, am fflat Amy ac am un o'r hogiau *annoying* oedd yn byw efo hi. Sylwodd Lydia ar berffeithrwydd ei chroen gwlithog wrth iddi siarad a'i gwallt sidanaidd oedd wedi ei godi mewn byn flêr ar ei phen. Sut oedd hi wastad yn edrych mor dda?

'Okay, I know we're all a bit hungover,' meddai Max a'i ddwylo'n hofran o'i flaen fel tasa fo'n mynd i ddechrau chwarae piano. 'But I have something that will make us feel better.' Aeth i chwilota yn y bag, cyn cyflwyno potel o win coch oedd yn edrych yn ddrud. Safodd yno, ei wên led y pen a'i aeliau wedi'u codi'n uchel.

'You are bad,' meddai Kat.

'Come on, it's a rainy Sunday,' meddai Max.

'I'm in,' meddai Amy a'i breichiau yn yr awyr.

'Yeah, me too,' meddai Lydia.

Wrth glywed sŵn y corcyn yn gadael y botel, sylwodd Lydia bod y cur yn ei phen wedi cilio.

'Oh Lydia, I don't know if Kat told you? My friend is buying a house in Wales!'

'Really?! That's cool, what made them want to move to Wales?'

'Oh no, they're not moving, they just wanted a house by the coast. They're ridiculously rich.' Teimlodd Lydia gwlwm yn ei bol.

'Where abouts?' gofynnodd wrth drio gwenu.

'I think it's really near where you're from. Wait, I'll show you.' Dangosodd Amy ei ffôn i Lydia. Edrychodd i lawr ar amlinelliad cyfarwydd y penrhyn lle'i magwyd hi a gweld marc bach coch lle oedd Gwenda Tŷ Gwyn yn byw erstalwm.

—

'Dad, what does that say?' Roedd Lydia wedi glynu wrth goesau ei thad tu allan i siop y pentra yn syllu ar yr hogyn bach efo hufen iâ anferthol yn ei law.

'I have no idea. It's probably Welsh.'

'What's that?'

'It's a very old language that no-one really speaks.' Edrychodd Lydia i fyny ar ei thad. Roedd ei wyneb yn edrych yn stiff i gyd.

'So, why is it on that sign?'

'I don't know. To keep people happy, I suppose.'

'So does Welsh make people happy then, Dad?' Roedd y dyn yn hanner chwerthin rŵan.

'A very small fraction of people maybe, yes.'

'Why don't we speak it?' Roedd y dyn yn dechrau edrych yn ddiamynedd.

'Because, Oliver, there's no point in learning a language that barely anyone speaks. It's a waste of time and money. You're far better off learning something more useful like French or Spanish. Or Mandarin.'

'But we live in Wales don't we, Daddy?'

'Not all the time, do we?' Roedd yr hogyn bach yn dal i edrych ar yr arwydd wrth lyfu gweddillion ei hufen iâ siocled oedd bellach yn llifo lawr ei fraich.

Pennod 5

'Would you like some eggs, Lyds?' clywodd Max yn gweiddi o'r gegin. Edrychodd ar yr amser ar ei ffôn. *Shit.*

'I'm good, thanks!' Taflodd ei ffôn ar y gwely cyn rhuthro i'r tŷ bach i folchi.

Roedden nhw'n mynd allan ar ôl gwaith heno, felly roedd Lydia wedi archebu trowsus *corduroy* ail-law oddi ar y we. Rhwygodd y papur oedd amdano a thynnodd y trowsus yn ofalus amdani gan obeithio y byddai'n ffitio fel maneg. Ar ôl edrych arni hi ei hun ym mhob ongl yn y drych, doedd hi'n dal ddim yn hapus. Carlamodd i mewn i'r gegin.

'What do you think of these?' trodd Lydia rownd a chodi ei breichiau.

Gwyrodd Max ei ben i'r ochr. 'They're cool, but they look a bit big, no?'

'Ugh, I knew it. They're too baggy at the back aren't they?'

'They are a bit, yes. I've seen you in more flattering things. Love the colour though.' Rhedodd yn ôl i'w 'stafell a thaflodd ei hen jîns coch a'i 'sgidiau llachar i'w bag. Stryffaglodd efo'i beic drwy'r cyntedd, cyn gweiddi ta-ta wrth Max.

Teimlodd y gwynt yn brathu ei dwylo wrth iddi wibio i lawr Kingsland Road. Sylwodd ar y dyn oedd yn tynnu llond troli o ffrwythau'n araf ar draws y lôn brysur fel tasa fo ddim callach o'r traffig oedd yn rhuthro tuag ato. Roedd Llundain yn teimlo'n wahanol ar fore dydd Gwener. Roedd 'na egni ar y strydoedd – ambell wên a nodio pen, fel tasa'r ddinas wedi dod ati ei hun ar ôl wythnos o lusgo'i hun i'r gwaith. Mi oedd Lydia wastad yn mwynhau edrych ar bobl yn cerdded lawr y stryd – mi oedd hi'n licio dychmygu be oedd eu stori nhw ac i le oeddan nhw'n mynd.

Arafodd wrth gyrraedd strydoedd cefn Angel er mwyn cael sbecian i mewn trwy ffenestri anferth y tai teras ar Colebrook Row. Be oedd y bobl 'ma'n 'neud i fedru fforddio y fath dai? Wrth gyrraedd top yr allt oedd yn mynd lawr at Clerkenwell, edrychodd ar ei ffôn. 8.47. Doedd hyn ddim yn argoeli'n dda. Gollyngodd y brêc a gadael i ddisgyrchiant 'neud ei waith. Roedd hi'n licio nadreddu trwy strydoedd cefn Fitzrovia, yn darganfod corneli o Lundain nad oedd hi'n gwybod oedd yn bodoli – tafarndai bach clyd oedd heb newid dodrefn na dwylo ers degawdau a *greasy spoons* oedd yn bwydo'r un gweithwyr ddydd ar ôl dydd.

Gwibiodd i mewn trwy giatiau Portland House yn gwybod ei bod hi'n hwyr. Neidiodd oddi ar ei beic gan obeithio na fyddai neb yn sylwi arni'n cyrraedd. Brasgamodd yn rhy sydyn tuag at y drysau awtomatig.

Roedd y swyddfa'n teimlo'n brysur. Roedd ambell griw ar eu traed yn cofleidio eu cwpanau coffi; eraill wedi heidio o gwmpas un sgrin yn darllen e-bost oedd wedi creu stŵr. Gallai deimlo bod ei gwallt yn flêr, ond doedd ganddi ddim awydd mynd i'r toiledau i edrych.

'There she is!' gwaeddodd Adrian ar dop ei lais wrth gerdded tuag at ei ddesg. 'Happy Friday, darling!' Roedd George yn cerdded tu ôl iddo. Eisteddodd yn ei sedd wrth ymyl Lydia.

'Morning, guys,' meddai Lydia, yn falch o'u gweld.

'Who's turn is it to get the wine this week?' holodd Adrian yn syth ar ôl iddo eistedd.

'Mine,' meddai George.

'Oh, Christ,' meddai Adrian wrth godi ei ddwylo. 'Brace yourselves.' Chwarddodd Lydia wrth gofio am y gwin afiach roedd George wedi'i brynu dair wythnos yn ôl. Taflodd George ddarn o bapur ato.

Agorodd Lydia ei *laptop*. Clicodd ar ei chalendr a syllu ar y blocyn glas oedd wedi cymryd ei le yn daclus rhwng 10 - 11.30. *Grand Village Mall Kick-off*. Roedd ganddi ugain munud. Oedd hi fod i baratoi? Doedd hi ddim wedi bod mewn *kick-off* o'r blaen. Meddyliodd am yrru neges at Rob, ond doedd hi ddim yn medru penderfynu sut i ddechrau'r e-bost. Teipiodd *Grand Village Mall* i mewn i Google.

> A luxury commercial complex, sitting right at the heart of one of Shanghai's largest business and commercial districts. Well known for its expat population.

Roedd y term *expat* yn gwneud iddi feddwl am ddynion cyfoethog mewn siwtiau. Sgroliodd trwy'r lluniau – roedd Jing'An yn edrych fel byd gwahanol, fel tasa 'na rhywun wedi gosod golygfa o *Bladerunner* yng nghanol hen bentref traddodiadol Tsieinïaid ar gamgymeriad. Roedd 'na rywbeth am urddas a harddwch y deml yng nghanol y tyrau slic oedd yn gwneud i Lydia deimlo'n gyffrous ac yn anghyfforddus ar yr un pryd. Clywodd ei ffôn yn ei bag.

Deio
Ha ha, sud nesdi gesio?! 💁
Petha'n mynd yn iawn yn fama diolch. Gesha pwy welishi'n cwis nithiwr?! Mrs Parry! Oddi'n cofio ata chdi. Oddi'n gofyn os ti dal i gofio Hon ar dy go?! X

Edrychodd ar y cloc, roedd hi'n bum munud i ddeg. Gafaelodd yn ei llyfr 'sgwennu wrth edrych ar Adrian ar draws y bwrdd yn ynganu *good luck*.

Roedd y 'stafell gyfarfod yn ddistaw pan gyrhaeddodd hi. Gwnaeth hynny iddi deimlo'n lletchwith yn syth. Roedd Rob yn eistedd ochr arall i'r bwrdd yn edrych ar ei ffôn. Sythodd Lydia ei llyfr nodiadau a gafael yn ei beiro fel tasa hi'n barod i 'sgwennu. Llithrodd Melissa i mewn i'r 'stafell yn osgeiddig a chau'r drws ar ei hôl. Oedd hi'n cael *blowdry* bob dydd?

'How are we all?' meddai, ei hacen Americanaidd yn hoelio sylw. Er ei bod hi'n gwybod nad oedd Melissa'n gofyn y cwestiwn yn uniongyrchol iddi hi, ymlaciodd wrth i Marius gymryd awenau'r sgwrs. O fewn 'chydig eiliadau, roedd 'na gnoc ddistaw ar y drws. Ymddangosodd pen Tomo yn y bwlch wrth iddo agor y drws yn araf. *Intern* yn y tîm dylunio oedd Tomo. Aeth y 'stafell yn hollol ddistaw wrth iddo gerdded yn ofalus tuag at y bwrdd yn gafael yn grynedig mewn hambwrdd yn llawn coffis a *pastries* o'r caffi lawr y lôn. Edrychodd Lydia ar y twmpath o *cinnamon buns* ar y plât seramig, y siwgr yn wincian yng ngolau'r haul. Fedrai hi ddim dychmygu pawb yn eu sglaffio nhw rownd y bwrdd. Estynnodd pawb am eu coffis, heblaw amdani hi. Edrychodd Tomo arni.

'You don't have? I'm so sorry,' meddai fel tasa fo wedi gwneud rhywbeth ofnadwy. 'Did I forget? But I think I had five order only on the paper.' Roedd hi'n gallu gweld y panig yn ei lygaid. Doedd 'na neb wedi sôn wrthi am goffi, ac mi oedd hi'n teimlo 'chydig o gywilydd eu bod nhw wedi anghofio amdani.

'No, no, don't worry, I erm, I didn't order one,' meddai'n sydyn. Roedd hi'n gallu teimlo pawb yn edrych arni.

'Water with some lemon, Tomo?' meddai Melissa'n siarp, fel tasa hi heb hyd yn oed sylwi bod Lydia yn y 'stafell, heb sôn am ei chlywed hi'n siarad.

Roedd y distawrwydd yn llethol heblaw am glincian uchel y gwydrau dŵr wrth i Tomo eu cario at y bwrdd. Roedd gas gan Lydia'r ffordd roedd y 'stafell yn teimlo. Agorodd ei llyfr 'sgwennu a nodi'r dyddiad ar y dudalen wag. Gwenodd ar Tomo a sibrwd 'thank you' wrth iddo lenwi ei gwydr. Nodiodd yn filitaraidd arni, cyn llithro o'r 'stafell yn ddistaw.

O fewn 'chydig eiliadau roedd yr uned sain yng nghanol y bwrdd yn cysylltu â Tsieina, a'r sgrin fawr o'u blaenau wedi deffro. Jess oedd yn arwain yr alwad. Er bod tôn berfformiadol ei llais yn gwneud i Lydia deimlo'n anghyfforddus, roedd hi wedi'i syfrdanu efo hyder Jess a'r ffordd yr oedd hi'n gallu meistroli'r sgwrs mor hawdd a di-ffys.

'So we have the full team here,' meddai. 'They can all introduce themselves, then we can get going.' Suddodd calon Lydia.

'Great. Thanks, Jess.' Dechreuodd Rob y cylch. 'Hi there, I'm Rob. Head of Words here at Portland House which means I oversee all the copy and editorial work at the agency. I'm excited about the editorial opportunities in this project actually – and I believe that we can create something really new and exciting with this brand book.' Roedd ei lais o'n swnio'n wahanol. Trodd ei ben i edrych ar Romeo.

'Hi there, I'm Romeo, Senior Designer at Portland House. I have a lot of experience working with hospitality and lifestyle brands, particularly in China and the US, so I'm excited to get going on this project.' *O god,* roedd calon Lydia'n curo mor gyflym, be ar wyneb daear oedd hi fod i ddeud?

'Marius, Creative Director here at Portland House...'

Hi oedd nesa. *Ffyc*. Meddyliodd amdani ei hun ar lwyfan 'Steddfod yr Urdd.

'Hello. I'm Lydia Ifan,' roedd ei llais yn swnio'n wirion o hyderus. 'I'm a junior writer here at Portland House.' Gwelodd Melissa yn taro golwg ar Rob yng nghornel ei llygaid.

'And, erm, I'm really excited to get my claws into this project.' *Claws?* Clywodd y geiriau fel eco yn ei phen. Gallai deimlo chwys yn boeth ar ei thalcen. *Claws?* Edrychodd ar Rob ond roedd o'n edrych i lawr ar ei bapur yn cilwenu. Suddodd i'w chadair, heb allu edrych ar neb arall yn y 'stafell.

Roedd Jess wedi llywio'r sgwrs yn ei blaen yn syth, ond doedd Lydia prin yn gallu clywed dim byd. Roedd ei chlustiau hi'n teimlo fel eu bod nhw ar dân. Ar ôl rhyw bum munud o ailadrodd ei chyflwyniad trychinebus drosodd a throsodd yn ei phen, dechreuodd wrando.

'Exactly, as Rob said,' roedd llais dynes o'r enw Ola yn atseinio o'r peiriant. 'It's definitely much more than a shopping mall. It has this almost village-like feel to it, where people really feel a sense of belonging. We really want it to become an empowering space for people to feel positive about the future.'

'Okay, yes,' meddai Melissa yn nodio ei phen. 'So, a place where people *gather*, almost like a village square, but a *progressive* one, you know?'

'Exactly. It's a place where people come to share stories and ideas – to learn from one another, almost,' meddai Rob yn hollol hamddenol. Oedden nhw'n siarad am ganolfan siopa? Ac oedden nhw'n meddwl am y syniadau 'ma ar y sbot? Roedd y cwestiynau yn rasio trwy feddwl Lydia.

'Yes, yes *exactly*,' roedd Ola yn swnio'n llawn cyffro. 'A progressive village square. I love it.'

'Well that's a good start,' meddai Jess. Chwarddodd pawb, yn cynnwys Lydia, cyn i Marius sôn 'chydig am gyfeiriad y gwaith dylunio. Roedd y brawddegau slic yn bownsio oddi ar ei gilydd mor hawdd, roedd o fel tasan nhw wedi bod yn ymarfer ers wythnosau. Roedden nhw'n gwybod yn union be i ddweud ar yr adegau iawn, ac roedd eu geiriau yn swyno Lydia. Dechreuodd gymryd nodiadau – pytiau o frawddegau a geirfa y gallai hi ddefnyddio. *Does this marry up to the overarching concept? A conversational, friendly tone of voice. Let's lean into a more sophisticated and refined look and feel.* Wedi i'r sgwrs ddod i ben, roedd Lydia wedi 'sgwennu cymaint o nodiadau nes fod 'na bant wrth ei gewin ar ei thrydydd bys. Roedd y cyflwyniad trychinebus bellach wedi llithro o'i meddwl.

'Thanks, everyone. Let's debrief on Monday,' meddai Melissa cyn iddi ddiflannu'n sydyn trwy'r drws.

Roedd Lydia'n cerdded lawr y coridor pan deimlodd rywun yn agosáu tu ôl iddi.

'So how was that for your first kick-off?' Doedd hi ddim wedi disgwyl Rob.

'Rob, hi. Yes, it was good, I think. I took a lot of notes.'

'Great,' meddai wrth nodio ei ben yn araf. 'Oh, by the way,' symudodd ei ben fel petai'n mynd i ddweud cyfrinach wrthi. 'Next time, just call yourself a *writer*, not a *junior writer*.'

'Oh, right,' meddai Lydia 'chydig yn ddryslyd 'But I'm a...'

'On paper yes – I know,' meddai Rob. 'But Melissa doesn't want the client to know that.'

Rowliodd Rob ei lygaid ar yr union eiliad yr edrychodd Lydia lawr ar ei 'sgidiau.

'Right. Got it.' Doedd hi erioed wedi defnyddio *got it* o'r blaen.

'I'll set up a meeting for us next week, so we can get our

heads into it,' meddai Rob wrth ddechrau cerdded tuag at y grisiau. Trodd yn ôl ati. 'Or should I say, get our *claws* into it?' Roedd Lydia'n gallu dweud ei fod o isho chwerthin. Gwnaeth hynny iddi ymlacio.

'Oh, god. That was erm, yes. Sorry about that.'

'Don't worry.' Roedd gwên Rob yn gynnes. 'It lightened up the room a bit,' meddai, cyn troi ar ei sawdl a charlamu lawr y grisiau i'w gyfarfod nesa.

–

Teimlodd fraich Deio yn gafael yn dynnach amdani wrth i'r lleisiau fynd yn uwch ac yn uwch. Roedd y cylch yn simsan efo coesau meddw ond roedd y canu yn ddigon pwerus i ddeffro'r pentra. Roedd Robin yn strymio mor galed ar y gitâr, roedd Lydia'n siŵr y bysa'r llinynnau'n torri.

Sylwodd ar ei thad ym mhen pella'r dafarn; potel gwrw yn ei law a'i lygaid wedi cau fel tasa fo wedi ymgolli'n llwyr. Hon oedd un o'r caneuon roedd o'n chwarae yn y 'stafell fyw. Yr un oedd yn gwneud iddo droi'r sain i'r pen er mwyn iddyn nhw allu canu go iawn efo'u dyrnau yn yr awyr.

'Er gwaetha pawb a phopeth,
'Da ni yma o hyd.'

Pennod 6

Roedd Lydia'n deffro bron bob bore dydd Sadwrn yn difaru peidio prynu llenni *blackout* o Ikea. Heddiw, roedd ei phen yn powndio'n fwy na'r arfer. Caeodd ei llygaid i drio cael gwared ar y darluniau o'r hylif tywyll yn tywallt i'w cheg. Gwin coch. Gwydriad ar ôl gwydriad. Potel ar ôl potel. Estynnodd am ei ffôn a gweld rhesiad o negeseuon. Agorodd y grŵp *Wet Velvet*.

George @ Wet Velvet
Why? [llun hanner gwydriad o win coch wrth ochr ei wely]

Adrian @ Wet Velvet
I've looked death in the eye.

Julia @ Wet Velvet
Why do we drink red wine like water? It's not normal???

Roedd Adrian wedi gyrru fideo i'r grŵp. Gallai Lydia weld ei throwsus coch yn y ffrâm ac roedd ganddi ofn pwyso *play*. Daliodd ei gwynt wrth i'r fideo chwarae. Chwarddodd yn uchel wrth weld George ar ei bedwar ar y llawr.

George @ Wet Velvet
Jesus Christ.

Julia @ Wet Velvet
jajajajajajajaja. GEORGE. YOU ARE ON FIRE.

George @ Wet Velvet
Lydia, this is all your fault

Crychodd Lydia ei haeliau. Teipiodd.

Lydia @ Wet Velvet
Why is it my fault?!

George @ Wet Velvet
Because you were making us do some interpretive dance at the end of the night. Except you weren't calling it that. It was some Welsh festival you kept banging on about.

George @ Wet Velvet
Eistaidfod?

Roedd golygfeydd y noson yn llifo'n ôl.

Lydia @ Wet Velvet
Eisteddfod*

Adrian @ Wet Velvet
It was a beautiful performance

Lydia @ Wet Velvet
There was champagne, wasn't there?

Adrian @ Wet Velvet
Of course there was

George @ Wet Velvet
That was unnecessary

Adrian @ Wet Velvet
That's not what you were saying last night darling

Sgroliodd lawr at weddill y negeseuon roedd hi wedi eu derbyn.

Mam
Bore da. Tisho sgwrs? X

Doedd hynny ddim am allu digwydd bore 'ma. Teipiodd.

Lydia
Nai ffonio fory? x

Cofiodd yn sydyn ei bod hi wedi ateb Deio. Cliciodd ar ei enw.

Lydia
Beth ywrdr ots genyff fi am Gymru?

Wrth weld y camsillafu, cafodd ddarlun ohoni'n baglu drwy ddrws y bar yn Bethnal Green. Crynodd ei ffôn.

Adrian
We're still doing brunch, yes? I need something to kill this

hangover before tonight. (If I'll ever be able to move again, that is) x

Roedd hi'n llwgu mwya sydyn. Teipiodd.

Lydia
Marty's at 2? x

***

Pan welodd Adrian yn eistedd wrth y ffenest, dechreuodd y cur yn ei phen gilio. Sut oedd o'n edrych mor ffresh? Roedd Lydia'n licio Marty's, roedd 'na deimlad cartrefol i'r pren tywyll, y dodrefn bob-sut a'r planhigion oedd yn hongian o'r to. Sylwodd ar y ddynes efo gwallt cyrls byr a modrwy yn ei thrwyn yn eistedd yn ei chornel arferol efo'r clustogau lliwgar. Roedd 'na blentyn bach efo hi heddiw, yn lliwio tudalennau efo creon fawr goch tra oedd hi'n yfed ei choffi. Gwenodd y weinyddes arni wrth iddi gerdded heibio – roedd hi'n ei hadnabod bellach. Cododd Adrian o'i sedd i'w gwasgu hi'n dynn. Roedd o wedi archebu sudd oren iddi'n barod. Bwriodd y sgwrs yn syth i mewn i anturiaethau'r noson cynt. Roedd Lydia wedi anghofio am y ffrae efo'r dyn wrth y bar ddiwedd y noson.

'It did get a bit heated,' meddai Adrian. Cofiodd Lydia'n sydyn am ei wyneb coch chwyslyd a'r crys tyn gwyn wedi tynnu dros ei fol. *She's the feisty one, is she?*

'He was a twat,' meddai'n teimlo ei hun yn mynd yn flin eto.

'It's not worth it with people like that though, Lyds. All they want to do is make you angry. They get a kick out of it.'

Cymerodd Lydia swig o'i sudd oren.

'Plus, you were supporting Australia. Really loudly. In a pub full of English people.'

'They just have no idea though, do they? That's what pisses me off.'

'Well, not all of them are like that, Lyds.'

'I know, I know,' cofiodd am eiriau George yn y parc amser cinio. 'But, I just feel like on the whole, there's just this ignorance, isn't there? Like, they have no idea about our history. It makes me really angry sometimes.'

'But how would they know though, right? They probably don't get taught anything about it at school. In the same way they don't really get told about colonialism and how much damage that caused all over the world. The curriculum is decided by the people who run the country. No-one wants to make themselves look bad.'

'I guess you're right, but they should really know all about that.'

'I agree, but at the same time, it's in the past, you know? And no-one is perfect.'

'Doesn't it bother you what happened in Ireland though?'

'Well, sure, it bothers me if I think about it long enough, but I guess I just don't look back that much, I don't really see the point.' Edrychodd Lydia lawr ar y sudd yng ngwaelod ei gwydr.

'Really?'

'Well, it's much more complicated for us, Lyds. Our history is riddled with violence. It's very hard to talk about it without having to come face to face with some awful things we did.'

'But the British did awful things too.'

'Yes, and I don't agree with that either.' Cymerodd swig o'i goffi. 'Lyds, let's not get into this today, my head is still hurting. Plus, I want your opinion on crocs.' Chwarddodd Lydia.

'Vegetarian breakfast?' meddai'r weinyddes. Wrth edrych ar y campwaith o'i blaen, cofiodd pa mor llwglyd oedd hi, ac wrth dorri mewn i'r melynwy, llithrodd ei meddyliau i rywle arall.

'You know what we need?' gofynnodd Adrian ar ôl llyncu ei fforchiad cyntaf. Roedd hi'n gwybod yn iawn.

Treuliodd y ddau weddill y p'nawn yn yfed margartias, eu *hangovers* yn prysur ddiflannu efo pob gwydriad oedd yn glanio ar y bwrdd. Wrth ei wylio fo'n siarad – ei eiriau a'i ddadleuon yn llifo o'i geg a'i fysedd yn gweithio i ddiffinio pob brawddeg – roedd hi wastad yn gofyn wrthi ei hun, sut oedd o'n gwybod gymaint am bethau? A lle oedd o'n cadw'r holl ffeithiau a'r cyfeiriadau oedd yn llithro o'i geg ar yr union eiliad oedd o eu hangen nhw? *I just don't look back that much, I don't really see the point.* Mi oedd hi isho gwthio'r sgwrs yn ôl i lle oedden nhw, ond am ryw reswm, doedd o ddim yn teimlo fel yr adeg i 'neud. Roedd 'na bethau eraill i siarad amdanyn nhw. Pethau oedd yn eu clymu nhw'n dynnach.

Roedd yr alcohol yn dawnsio yn eu pennau wrth iddyn nhw gerdded fraich yn fraich i fyny Lower Clapton Road yn trio penderfynu beth oedd Lydia'n mynd i wisgo'r noson honno.

'You have great boobs, Lyds. Show them off.'

'Do you think? Maybe I will.' Roedd hi'n dechrau nosi wrth iddyn nhw gyrraedd y safle bws. Cofleidiodd y ddau am hir, cyn i Adrian gamu ar y bws i Finsbury Park. Cerddodd Lydia am adra.

Clywodd Kat yn galw arni o'i 'stafell wely, wrth iddi gerdded i mewn trwy'r drws ffrynt. Roedd hi'n gwneud ei hun yn barod o flaen y drych, ei gwefusau yn goch llachar a'i gwallt wedi hanner ei godi mewn byn.

'You look nice,' meddai wrth daflu ei hun ar y gwely. 'I'm a bit tipsy.'

'Marty's margaritas?'

'Of course.'

'I fancy a beer. Do you want one?' gofynnodd Kat wrth godi ar ei thraed.

'Yeah, why not?'

Diflannodd Kat o'r 'stafell i nôl diod i'r ddwy. Edrychodd Lydia ar ei ffôn.

Deio
Damwain a hap yw fy mod yn ei libart yn byw...
Ti'n gwneud wbath neis wicend ma? X

Syllodd ar y sgrin. Roedd 'na rywbeth am y neges wedi gwneud iddi deimlo'n anesmwyth. Efallai mai'r cwestiwn ar y diwedd oedd o – y ffordd oedden nhw wedi llithro mor sydyn yn ôl i mewn i fywydau ei gilydd. Cafodd ysfa i ddweud wrtho fo am y twat yn y bar efo wyneb chwyslyd. Am y dawnsio creadigol roedd hi wedi gorfodi pawb i'w 'neud ddiwedd y noson. Ond doedd hi methu.

Lydia
Parti heno. Hungover fory ma siŵr. Chdi? x

Pwysodd *send* heb feddwl. Darllenodd y neges eto. Roedd ei geiriau hi'n swnio'n oer. Gwyliodd y ddau dic yn troi'n las yn syth a'r dotiau bach yn ymddangos o dan ei enw. Roedd o'n rhyfedd meddwl amdano fo'n teipio rŵan hyn ben arall y ffôn. Tybed lle oedd o? Diflannodd y dotiau mwya sydyn i'w gadael hi'n syllu ar ei neges ei hun ar y sgrin.

'There you go,' meddai Kat yn sionc efo dwy botel o gwrw oer yn ei dwylo. Cododd Lydia ar ei heistedd a chymryd swig.

'You okay, babes?'

'Yes I'm good. Sorry, those margaritas wiped me out. Can I borrow a top?'

'Of course! Take your pick.'

Aeth Lydia trwy rêl ddillad Kat, yn gosod y gwahanol eitemau o'i blaen yn y drych fel tasa hi mewn siop. Sylwodd ar siaced felfed ddu llawn *sequins* ar ben draw y rêl. Roedd hi'n edrych fel darn o gelf ddylai fod tu ôl i wydr.

'Oh, that will look amazing on you. Try it on. No bra.'

Tynnodd Lydia y siaced yn araf oddi ar yr hanger yn ofalus. Dadfachodd ei bra, a thynnu'r siaced dros ei phen yn ofalus. Roedd y defnydd yn teimlo'n oer ar ei bronnau. Edrychodd yn y drych. Prin oedd hi'n adnabod ei hun. Roedd 'sgwyddau llydan y siaced yn gwneud iddi edrych yn bwerus. Disgynnai darnau blaen y siaced mewn siâp V dramatig tuag at ei botwm bol. Edrychodd ar amlinelliad perffaith ei bronnau yn sbecian tu ôl i'r defnydd.

'Lydia, you look insane. Deffo wear that,' meddai Kat efo gwên anferth.

'Isn't it a bit much?'

'Absolutely not. Shall we leave in about an hour? I'll put some tunes on.'

Llithrodd Kat drwy'r drws a gadael Lydia yn syllu yn y drych. Gafaelodd yn ei gwydr a cherdded o'r 'stafell gan adael ei ffôn wyneb i waered ar y gwely.

—

'Weli di'r wlad draw yn yr haul?
Lle mae digon o waith i'w gael.
Yno'r anfonwyd y lladron i gyd
Gan lysoedd Lloegr i ben draw'r byd...'

Edrychodd ar ei thad yn ynganu'r geiriau, ei 'sgwyddau'n symud i fyny ac i lawr i guriad y gân.

'Abo-abo-aborijini,
Abo-abo-aborijni,
draw yn y wlad lle roedd yr aborijini'n byw.'

Gafaelodd yn ei dwylo a symud ei draed yn nôl a blaen. Edrychodd lawr ar ei sanau melyn.

'Dad, pwy ydi'r aborijini?' gofynnodd Lydia mwya sydyn.

Cododd hi yn ei freichiau a mynd i eistedd lawr ar y soffa frown oedd yn gwynebu'r ffenest.

'Ti'n cofio fi'n dangos Awstralia ar y map i chdi diwrnod blaen?' gofynnodd.

'Y wlad sy ochr arall i'r byd?'

'Ia 'na chdi. Wel, yr aborijini ydi'r bobl oedd yn byw yn Awstralia cyn i'r dyn gwyn lanio yno.'

'Lle ma'r aborijini rŵan?'

'Wel, maen nhw'n dal yno, jesd bo nhw wedi colli llawer iawn.'

'Colli be?'

'Wel, eu ffordd o fyw, eu tir, eu hiaith, eu teuluoedd a'u plant, llawer ohonyn nhw.'

Edrychodd arno'n syn.

'Sut?'

'Wel, am fod y dyn gwyn wedi cymryd drosodd.'

'Oedd y dyn gwyn yn gas efo nhw?'

'Yn anffodus, mi fuodd y dyn gwyn yn gas iawn, iawn efo'r Aborijini. Mi gawson nhw eu cam-drin yn ofnadwy. Fatha gafodd yr indiaid cochion eu cam-drin gan y dyn gwyn yn Amercia.'

'Pam bod y dyn gwyn yn g'neud hyna?'

'Am ei fod o'n farus. Ac isho mwy o dir, sy'n arwain at fwy o bres, sy'n arwain at fwy o bŵer ma shŵr ti.'

Edrychodd ar y môr trwy'r ffenest. Roedd 'na ddistawrwydd am eiliad.

'Ond dwi'n wyn, yndw Dad?'

'Wyt.' Pwysodd ei fys yn ysgafn ar ei brest. 'Ond ma gin ti galon fel yr aborijini.'

Pennod 7

Roedd Lydia wedi stopio wrth oleuadau traffic Angel, yn un o'r degau o feicwyr oedd yn aros yn ddiamynedd efo un droed ar y tarmac. Roedd 'na wastad un mewn *lycra* a'i 'sgidiau wedi bachu i'r pedalau yn gwneud popeth o fewn ei allu i aros â'i ddwy droed ar y beic. Daliodd Lydia ei gwynt wrth edrych arno, yn hanner gobeithio y byddai'n disgyn. Oedd o'n gwneud hynny i ddangos ei hun? Neu oedd o'n gwbl ymarferol? Newidiodd y golau i wyrdd, a gwibiodd y beiciwr i ffwrdd gan adael y gweddill i lusgo tu ôl iddo. Roedd y podlediad roedd Kat wedi ei yrru ati neithiwr yn chwarae yn un glust.

I wish someone had told me how normal it was to masturbate growing up. It was normal for boys wasn't it? We heard about it a lot. But for women? Oh no, it was a sin. Same goes for having sex with different people. Women? We're slags. But men? They get a bloody high five.

Wrth wibio lawr trwy King's Cross a phasio'r haid o siwtiau di-grych oedd yn martsio i'w cyfarfodydd cynnar, meddyliodd Lydia gymaint llai o bres a gâi merched na dynion. Meddyliodd am y merched oedd wedi eu caethiwo mewn priodasau a pherthnasau anhapus, y rhai oedd yn cael eu bychanu, eu cam-drin neu'n waeth, eu treisio, dim ond am eu bod nhw'n ferched. Mi oedd meddwl am yr anghydraddoldeb yn berwi ei gwaed.

Roedd hi'n hwyr yn cyrraedd Portland House. Wrth iddi rasio i fyny'r grisiau yn cyfri bob cam, gwelodd 'sgidiau cyfarwydd yn dod lawr tuag ati. Suddodd ei chalon wrth i lygaid rhewllyd Melissa sganio ei dillad fel tasan nhw wedi cael eu gwneud o faw. Roedd y ffaith ei bod hi'n edrych lawr arni o dop y grisiau yn gwneud pethau'n waeth. Ceisiodd ddweud bore da, ond doedd y geiriau ddim yn dod.

'Wow' meddai Melissa, yn edrych i lawr ar shorts amryliw Lydia, 'Active!'

Roedd ei haeliau wedi'u codi'n uchel, a'i dannedd bron i gyd yn dangos. *Active?* Symudodd Lydia i'r ochr gan ddal ei gwynt wrth iddi lithro heibio yn osgeiddig, ei gwallt melyn yn syth fel pin. Gobeithiodd nad oedd hi'n drewi. Aeth i'r tŷ bach ac yn syth at y drych. *Ffoc*. Roedd hi'n edrych mor flêr. Roedd y crys-T Status Quo yn edrych yn garpiog a lletchwith, ac roedd 'na ddarnau gwrychog o'i gwallt yn sticio allan uwchben ei chlustiau fel *antenas*. Clodd ei hun yn y toilet a thynnu ei dillad gwaith o'i bag. Doedden nhw ddim rhy grychlyd, diolch byth. Wrth roi'r jympyr ddu *boring* dros ei phen am y trydydd tro yr wythnos honno, penderfynodd ei bod hi'n angenrheidiol iddi fynd i chwilio am ddillad newydd amser cinio.

'Hey, beautiful,' meddai Adrian efo'i wên ddisglair pan gyrhaeddodd Lydia ei desg.

'Hello,' atebodd Lydia wrth eistedd. 'How was the gig?'

'Oh my god, Lyds, it was amazing. We should go to Ally Pally together. Elder Island is playing there in a few months. Do you want to go?'

'Yes.'

'Okay, great. I'll get us tickets.' Dechreuodd deipio'n gyflym.

Doedd Lydia ddim wedi bod yn eistedd wrth ei desg mwy na phum munud, cyn i Adrian gyhoeddi ei fod wedi prynu'r ticedi. Crynodd ffôn y ddau ar y bwrdd.

Julia @ Wet Velvet
Hola mi amores. I don't have lunch with me, shall we do a little cheeky restaurant?

Roedd Lydia wedi bod yn breuddwydio am hwmws a *flatbread* o'r bwyty Lebanese i fyny'r lôn ers diwrnodau, felly awgrymodd hynny.

Ychydig wedi dau o'r gloch, roedd Lydia, Adrian, Julia a George yn eistedd o gwmpas bwrdd bach crwn yng nghornel bella'r bwyty Lebanese. Roedden nhw newydd orffen dewis lluniau gwell i broffil Hinge George ar ôl i Lydia a Julia ddod ar ei draws ar yr *app*. Roedd y bwrdd bellach yn llawn platiau bach o fwyd. Cododd Adrian lwyaid o *tabbouleh* ar blatiau pawb. Gafaelodd Julia yn y fasged *flat breads* a'i chynnig rownd y bwrdd.

'So, Lyds are you excited for your date tonight?' holodd Julia.
'I am.'
'Is this with the hot Frenchman?' gofynnodd George.
'It is.'
'What are you wearing?' gofynnodd Adrian.
'Don't worry, I have a nicer top in my bag.'
'You just love that black jumper' crechwenodd Adrian.
'Oh Julia, I actually matched with a Catalan man last night too,' meddai Lydia wrth gofio'n sydyn.
'Alright, you player!' meddai George.
'That's my girl,' meddai Adrian yn wincio arni.

'Show me,' meddai Julia, wrth roi ei chyllell a fforc i lawr yn syth. Aeth Lydia i nôl ei ffôn i ddangos ei broffil. Gwyliodd lygaid Julia'n sganio'r sgrin.

'Oh no, my love, he is like one of those very hardcore Catalan nationalists who probably has *I love Catalunya* tattooed on his arm.'

'What's wrong with that?' meddai Lydia yn meddwl am yr holl datŵs *Cymro* oedd gan bobl oedd hi'n 'nabod ar eu breichiau.

'Are you serious? Everything is wrong with that.'

'It's probably like the English thugs who have *It's Coming Home* tattooed on their backs or their chest,' meddai George. 'That man you had an argument at the pub with probably had one, Lyds.'

'But that's a bit different though isn't it?'

'What is?' gofynnodd George.

'The England tattoo.'

'How is it different?' gofynnodd Julia. 'It's exactly the same. It's just crazy nationalists who feel the need to get the name of their country tattooed on their body because they want to prove something.'

'But they probably just feel very strongly about their nationality,' meddai Lydia.

'Would you say that about the English ones too?' gofynnodd George, yn hanner gwenu.

'Yeah, alright, them too,' meddai Lydia'n rowlio ei llygaid. Roedd pawb yn gwybod nad oedd hi'n ei feddwl o.

'Oh my god, this labneh is delicious,' meddai Julia.

'So is this,' meddai Adrian gan bwyntio at yr *halloumi*.

'Do you believe in Catalan independence, Julia?' gofynnodd Lydia. Stopiodd pawb i edrych arni.

'No, I don't.'

'You don't?' doedd Lydia ddim yn gallu cuddio'r olwg syfrdan ar ei gwyneb. 'Why?'

'Because we don't need any more borders. There are more important things to worry about, no? Like environmental and social issues. Why can't we all just come together to fix those instead of creating more division?'

'Because the Catalans have been unfairly treated. They're fighting for their language and their culture aren't they? And probably for a better life for their people?' meddai Lydia.

Gwnaeth hynny i Julia chwerthin.

'We have a good life! Okay, sí, during the Civil War, Catalans were not treated very well. Their language was oppressed and that was horrible. But things have come a very long way since then. The thing is, people are still associating being Catalan with being anti-Franco. So then if you don't support Catalan independence, you instantly become 'anti-Catalan' to them. But to me, that is stupid. I love my culture and my language but that doesn't mean I want independence.'

'But don't you think you would be better off if you were independent?'

'Okay amor, the thing is, no-one actually knows what independence would be like. We don't *know* if we would be better off. There has been a lot of lying on the Catalan side – well, on both sides to be honest. It actually reminded me a little bit of Brexit. All these false statements and corruption just to get back at the other side. It doesn't feel like it's for the people, you know?'

'Really?'

'Sí.'

'This is interesting,' meddai Adrian. 'Because we're getting the practical and the emotional side.'

'I don't feel like all of my reasons are practical though,' meddai Julia. 'I'm half Spanish, half Catalan and I don't want a border between the two sides of my family. At the end of the day, we are all the same, no? And I find it crazy that we think we are better than someone else because someone decided to draw a line on the map.'

Meddyliodd Lydia am hyn am funud.

'But it's not about thinking you're better than anyone else, because that's not how Welsh people think at all.'

'I guess nationalism can manifest itself in different ways though, right?' meddai George. 'There's like the more patriotic side, which is about being proud of where you're from and wanting the best for the people of your country. And then there's the darker, more hardcore side of nationalism, which is like the exclusive, xenophobic side.'

'But every kind of nationalism is exclusive. It excludes people,' meddai Julia.

'Not necessarily,' meddai Lydia. Roedd 'na ddistawrwydd anghyfforddus rhwng y pedwar cyn i'r weinyddes ddod draw efo jwg o ddŵr. Edrychodd Lydia ar ei phlât, a sylwodd nad oedd hi wedi bwyta rhyw lawer. Newidiodd Adrian y sgwrs, ac roedd Lydia'n falch o hynny. Roedd o'n rhyfedd anghytuno efo Julia, ond eto meddyliodd Lydia tybed oedd o wedi dod â nhw'n agosach at ei gilydd hefyd fel tasan nhw wedi agor drws bach newydd ar eu perthynas.

—

Gafaelodd Deio yn y fflag fach wen rhwng ei fys a'i fawd. Taniodd y leitar, cyn neidio'n ôl wrth i'r fflamau gydio yn y defnydd. Roedd hanner y groes goch wedi'i dinistrio o fewn eiliadau. Taflodd y defnydd i'r llawr a'i sathru. Gwnaeth Lydia yr un fath.

''Dan ni am roi nhw nôl ar y car?' gofynnodd Lydia.

Gwenodd Deio arni. 'Tyd.'

Sleifiodd y ddau yn ôl i'r maes parcio. Roedd hi'n dechrau nosi ac roedd y lle i weld wedi gwagio.

'Hwnna odd y car,' pwyntiodd Lydia.

Symudodd Deio ar ei gwrcwd nes cyrraedd y car. Dechreuodd glymu hynny oedd ar ôl o'r fflag o gwmpas y polyn bach gwyn oedd yn sticio allan o'r ffenest gefn.

Sylwodd Lydia ar rywun yn cerdded i mewn i'r maes parcio. Dechreuodd gynhyrfu.

'Deio!' meddai cyn uched ag y gallai sibrwd. 'Deio! Ma 'na rywun yn dod!'

Wnaeth o ddim clywed. Roedd y dyn yn nesáu at y car.

'What the hell are you doing?!' Roedd ei lais fel taran.

Trodd Deio'n sydyn, cyn rhedeg nerth ei draed yn ôl at lle roedd Lydia'n sefyll. Roedd ei lygaid o'n llydan, llydan. Gafaelodd yn ei braich a'i thynnu'n galed wrth iddo basio.

Roedd 'na ffens tu ôl i'r maes parcio oedd yn mynd i mewn i ardd Mr Huws. Doedd ganddyn nhw ddim dewis ond neidio drosti. Gwaeddodd Mr Huws arnyn nhw o'r drws cefn, wrth weld eu cefnau'n heglu am yr ochr arall.

'Oi! Be ddiawl 'dach chi 'neud?'

Arhosodd y ddau yn eu hunfan, cyn troi'n ôl i wynebu Mr Huws. Roedd calon Lydia yn pwmpio yn ei gwddw.

'O Duw, chi'ch dau sy 'na,' meddai'n fwy meddal. 'Be ddiawl 'dach chi'n da yn rhedag drwy fy rar i 'dwch?'

'Sori, Mr Huws. Wir ddrwg gynnon ni,' meddai Deio yn trio cael ei wynt yn ôl. Roedd o'n baglu dros ei eiriau.

'Oedda' ni'n rhedeg i ffwrdd oddi wrth rhywun Mr Huws,' meddai Lydia.

'Rargol fawr, oddi wrth pwy 'dwch?'

Edrychodd Deio ar Lydia.

'Ryw ddyn Saesneg yn y maes parcio, Mr Huws,' meddai Deio. 'Naethon-ni losgi'r fflag ar i gar o a mi ddoth o'n ôl a...'

Newidiodd wyneb Mr Huws wedyn.

'Ddylsan ni ddim wedi gwneud,' meddai Lydia mewn panig.

'Wel, ma siŵr fydd rhaid i'ch rhieni chi gael gwbod am hyn, bydd?' meddai fel tasa fo'n trio ei orau i ddweud y drefn, ond roedd Lydia'n siŵr ei bod hi wedi gweld gwên fach gynnil o dan ei fwstásh.

Pennod 8

'Lipstick or no lipstick?' sibrydodd Lydia wrth Adrian o du nôl i'w desg.

'Lipstick. Where are you meeting him?'

'Spitalfields.'

'Have a fab time. Text me when he goes to the toilet, okay? You know the word if you want me to call you.'

Chwythodd sws at Adrian a sleifio o'r swyddfa.

Roedd gorsaf drên Liverpool Street yn orlawn. Torfeydd yn llifo'n araf o drenau a phobl yn brasgamu o bob cyfeiriad mewn ras yn erbyn y cloc. Aeth Lydia i sefyll wrth ymyl un o'r stondinau gwneud coffis. Estynnodd ei ffôn o'i phoced ac agor yr *app*. Aeth i mewn i'r sgwrs olaf efo Rémy.

Rémy: 7 sounds good. See you then x

Edrychodd o'i chwmpas i weld oedd 'na unrhyw ddyn yn sefyll yn agos yn chwilio am ei gwyneb. Edrychodd ar ei ffôn. 07.05. Gwelodd ei fod yn teipio.

Rémy: I'm here. Near the Pret. Are you close?

Edrychodd i fyny a gweld o leiaf dri Pret o lle oedd hi'n sefyll. Roedd 'na un tua pum metr oddi wrthi, ond roedd 'na fwy nag un yn sefyll o'i gwmpas. Teipiodd.

Lydia: Okay, I'm kind of near Pret too.

Gallai deimlo ei chalon yn curo wrth iddi gerdded yn ofalus yn ei blaen, yn goruchwylio pob dyn efo gwallt tywyll a gwyneb eithaf ifanc. Erbyn hyn roedd hi'n sefyll tu allan i Pret.

Rémy: I can't see you.

Lydia: I'm wearing a long light blue coat.

Teimlodd ei ffon yn crynu. Roedd o'n ffonio. Dechreuodd Lydia gynhyrfu. Doedd hi ddim isho ateb. Ar ôl yr hyn oedd yn teimlo fel oes, stopiodd y ffôn ganu. Edrychodd i fyny a gweld dyn tua tri metr i ffwrdd yn edrych lawr ar ei ffôn, ac yna'n edrych i fyny. Cerddodd yn araf tuag ato, ei gwên wedi'i pharatoi. Edrychodd arni.

'Lydia?'

'Rémy?' Safodd y ddau yn lletchwith am eiliad, cyn iddo ddod yn agos ati i roi cusan ar ei boch.

'Your coat is grey,' meddai.

'Sorry?'

'Your coat. It's grey. Not light blue.'

'It's light blue!' mynnodd Lydia yn tynnu ar y defnydd efo'i dwylo yn ei phoced.

'Okay, let's agree to disagree,' meddai efo gwên fach bryfoclyd. 'Shall we head to the bar?'

Roedd Rémy'n fyrrach nag oedd Lydia wedi'i ddisgwyl. Ac mi oedd o'n edrych yn hŷn, er nad oedd o'n hen iawn. Roedd steil ei gôt yn gwneud i Lydia feddwl nad oedd o'n byw yn Hackney. Ond doedd ganddi ddim ots am hynny, achos mi oedd ei acen Ffrengig yn ei gwneud hi'n wan. Roedd o wedi dewis bar gwin yn Spittalfields nad oedd hi'n gwybod amdano.

Pan gyrhaeddon nhw, teimlodd Lydia'n syth nad oedd hi wedi gwisgo'n ddigon *posh*. Roedd y lle bron yn dywyll tu mewn, dim ond efo ambell gannwyll yn cynnig golau. Daeth gweinyddes draw i'w cyfarch a rhoi taflen fach wen bob un iddyn nhw. Astudiodd Lydia'r rhestr. Dim ond *Châteauneuf-du-pape* oedd hi'n ei 'nabod ar y rhestr, ac mi oedd y diolch am hynny i sgript ymgom wael Mr Jones yn 'steddfod 'rysgol pan oedd hi ym mlwyddyn 10. Mae rhaid bod Mr Jones yn eithaf *posh* felly, meddyliodd.

'What do you fancy?' gofynnodd Rémy. Roedd cysgod y gannwyll ar ei wyneb yn gwneud iddo edrych yn ddel.

'You choose. You're French.'

'I think we'll go for the Gigondas,' meddai pan ddaeth y weinyddes draw i gymryd eu harcheb. 'Shall we get a cheese board too?'

'Sure, why not?' Roedd gas ganddi fwyta ar ddêts.

'Gigondas is a really good wine from the Rhône region.' Gwnaeth ystum efo'i fysedd oedd yn gwneud iddo edrych yn ofnadwy o Ffrengig. 'My parents live near there. I hope you'll like it.' Roedd ei wên yn fwy cynnes y tro hwn, ac yn yr eiliad honno, teimlodd Lydia ei fod o wedi dangos fflach o'i gymeriad go iawn, heb drio.

Daeth y weinyddes yn ôl efo'r botel a'i dangos i Rémy. Nodiodd ei ben a thywalltodd hithau fymryn o win i'w wydr. Gwyliodd Lydia'n ofalus wrth iddo droelli'r hylif yn gyflym efo symudiad cynnil ei arddwrn, cyn rhoi ei drwyn yn y gwydr. Roedd o'n edrych fel tasa fo'n gwneud hyn bob dydd. Meddyliodd Lydia pa mor lletchwith oedd hi'n teimlo wrth drio gwinoedd mewn bwytai. Roedd y gwin yn plesio, ac ar ôl tywallt 'chydig i wydr Lydia, gadawodd y weinyddes.

'So, tell me about you,' meddai Rémy. Roedd o'n dal i droelli'r gwin.

Doedd Lydia ddim yn siŵr be i ddweud.

'Well, I'm Welsh.'

Roedd o'n hanner chwerthin.

'Yes, I guessed from your profile.' Gwnaeth hynny iddi hi chwerthin hefyd.

'So you grew up here?'

'No, I grew up in Wales.'

'Wales, yes, sorry. But what I meant was the United Kingdom. You grew up in the United Kingdom.'

'Mm, yes. But there are four countries in the United Kingdom.' Ymddangosodd gwên fach gynnil yn ochr ei geg.

'But Wales is not a country, right? It's like... a region?'

'No, it's a country. We have our own language, culture, fla...'

'You have your own language?' torrodd Rémy ar ei thraws.

'Yes, Welsh. It's my mother tongue.'

'Really?' Symudodd Rémy'n agosach at y bwrdd. 'And it's not like English?'

'Not at all. It's completely different. It's a Celtic language.'

'Ah yes okay, like Breton?'

'Yes, Welsh is the sister language of Breton.' Dywedodd Lydia'r gair yn yr un ffordd â Rémy.

'Ah okay, so Wales is a bit like Bretagne in France. You have a language, flag, culture...' Roedd o'n defnyddio lot ar ei ddwylo.

'Well, no, it's not the same really. Unfortunately, Brittany isn't a country...'

'Okay...' Doedd Rémy'n dal ddim fel tasa fo'n hollol siŵr. 'So, you have a government and everything?'

'Yes,' atebodd yn syth. 'Kind of.'

Cododd Rémy un ael.

'It's called Senedd. We have power over things like education and healthcare.' Roedd Rémy'n ysgwyd ei ben i fyny ac i lawr yn araf.

'Okay, interesting. So it's a devolved government?' holodd.

'Yes.'

'And, do you have your own legal system?'

Stopiodd Lydia yn ei hunfan. Roedd hi wedi cael blanc. Oedd ganddyn nhw system gyfreithiol? Roedd Rémy wedi camu i mewn i fyd doedd ganddi ddim syniad amdano mwya sydyn. Dechreuodd anesmwytho. Pam na fysa fo'n gofyn am hanes Cymru? Roedd ganddi lwyth i ddweud am Gwenllian, Glyndŵr, yr ysgol fomio ym Mhenyberth. Pam na fysa fo'n gofyn am farddoniaeth? Llenyddiaeth?

'Well, I mean, it's a bit complicated...' Teimlodd ei bochau'n mynd yn fflamgoch. Roedd hi mor falch fod y bar yn dywyll. Edrychodd ar y nenfwd i roi'r argraff ei bod hi'n meddwl am y peth. Pam nad oedd hi'n gwybod hyn?

'Okay.' Synhwyrodd Rémy nad oedd gan Lydia'r atebion. Cymrodd swig o'i win, heb dynnu ei lygaid oddi arni. 'I just always thought Wales was like a part of England.'

'Everybody thinks that. But it's not. We're very different.'

'I can see that. But doesn't everyone want to be different from the English?'

Cyrhaeddodd y weinyddes efo bwrdd bach pren yn llawn gwahanol ddarnau o gaws. Y peth cyntaf sylwodd Lydia arno oedd pa mor fach oedd y darnau.

'Okay so we have Saint Félicien, Ossau-Iraty, Comté,

Manchego, Bouton de Culotte and Tomme de Savoie.' Goleuodd llygaid Rémy wrth i'r weinyddes fynd drwy'r rhestr. Gwnaeth sylw am ba mor falch oedd o i weld Tomme de Savoie gan fod ei Dad yn dod o Savoie yn wreiddiol. Edrychodd Lydia arno. Roedd ganddo fo lygaid oedd yn newid yn gyfan gwbl wrth iddo fo chwerthin. Llygaid oedd yn gwenu. Teimlodd Lydia rywbeth yn nyfnder ei 'stumog. Roedd hi isho gwneud iddo chwerthin felna. Daliodd ei llygaid tra oedd o'n siarad efo'r weinyddes. Archebodd botel o win coch o Bordeaux.

Wedi i'r weinyddes fynd, edrychodd y ddau ar y caws ac yna ar ei gilydd. Gwnaeth Rémy arwydd arni i fynd gyntaf. Gafaelodd Lydia yn y gyllell yn swil. Doedd hi ddim yn siŵr iawn pa un i ddewis. Gofynnodd iddi oedd hi wedi cael unrhyw un o'r cawsys o'r blaen, a dywedodd ei bod hi wedi cael Manchego yn Sbaen, unwaith. Esboniodd wrthi y byddai'n well cychwyn efo'r Manchego, gan mai hwnnw oedd y caws gwannaf o ran blas, a gorffen efo'r Saint Félicien, fel bod ei flas cryf ddim yn amharu gormod ar y lleill. Cyrhaeddodd y weinyddes efo'r botel o win. Gadawodd Lydia i Rémy drio'r gwin, fel ei bod hi'n gallu torri i mewn i'r caws heb iddo edrych arni. Rhoddodd ddarn o'r Ossau-Iraty yn ei cheg. Bu bron iddi wneud sŵn wrth i'r caws hufennog, cneuog ddatgymalu ar ei thafod.

'You like it?' Edrychodd Rémy arni yn gwenu.

'Oh my god, it's so, so good,' meddai, yn methu coelio pa mor flasus oedd y darn bach o gaws.

'Take a bit of the wine – the balance of both is magic.' Roedd o'n iawn. Roedd blas y gwin yn teimlo fel sidan melys, er nad oedd 'na ffasiwn beth yn bod.

Llifodd y sgwrs fel y gwin am weddill y noson. Roedd Lydia'n mwynhau ei gwmni. Doedd o ddim yn cymryd ei hun ormod o ddifri ac mi oedd hi'n ei ffansïo fo lot.

'You're quite posh,' meddai Lydia'n feddw, wrth iddyn nhw gamu allan o'r bar.

'Yup. I'm just a posh boy, standing in front of a Welsh girl, trying to impress her with my cheese knowledge.'

'*Notting Hill* is actually one of my favourite films,' meddai Lydia yn methu coelio mai dyna oedd newydd ddod allan o'i geg. 'I'm impressed.'

'Good.' Daeth Rémy'n agosach ati. Gallai Lydia ddweud ei fod o isho ei chusanu. 'I don't really want the night to end.'

'Me neither. We could go to a pub?' awgrymodd Lydia.

'That would be nice.' Roedd o'n edrych yn ddwfn i mewn i'w llygaid hi.

'There's a good one called The Mermaid in Clapton that serves till quite late.'

'Great. Shall I get us an Uber?' Tynnodd ei ffôn o'i boced i archebu'r tacsi.

Wrth gerdded i mewn i The Mermaid cafodd Lydia deimlad rhyfedd y bysa hi'n gweld rhywun oedd hi'n ei 'nabod. Roedd o'n deimlad cyfarwydd, braf, rhywsut – teimlad nad oedd hi'n ei gael yn Llundain fel arfer. Gwelodd y dyn yn ei grys Rolling Stones a'i siaced ledr goch ar stôl uchel. Gwenodd arno, gan obeithio ei fod o'n cofio ei gwyneb. Aeth Lydia i'r bar ar ôl perswadio Rémy mai *rum* a ginger beer oedd y diod gorau i'w gymryd nesaf.

'Fuck, that's good,' meddai wrth gymryd llymaid. Roedd o'n eistedd yn ôl ar y gadair wedi ymlacio, ei wallt yn edrych fwy blêr nag oedd o yn ngorsaf Liverpool Street 'chydig oriau nôl. 'So, tell me, why did you move away from North Wales? It seems like a place that's very close to your heart.'

'It is. But I don't know, I wanted to go away and see the world. My parents always said I was fascinated with other cultures and languages and stuff. Maybe I was craving other perspectives.'

'Do you miss it?'

'I miss the sea.'

'But you can have the sea anywhere.'

'True, but there's something about the sea where I'm from. I don't know. This is going to sound really weird, but I feel like it's a part of me.'

Chwarddodd Rémy'n ysgafn trwy ei drwyn. Roedd o'n anodd dweud os oedd o'n gwneud hynny o dosturi neu o edmygedd.

'Will you ever go back?' gofynnodd.

'I don't know. I can't imagine it at all at the moment. The funny thing is, I really feel like I belong here too.'

'In London?'

'Yes.'

'That's interesting.' Roedd o'n edrych arni wrth gymryd llymaid o'i ddiod.

'But it's in a completely different way. Sometimes I feel like I'm split down the middle – almost as if I have two identities.'

'Maybe you do.'

Cymrodd Lydia swig o'i diod.

'Will you ever go back to France?' Rhoddodd ei wydr i lawr ar y bwrdd.

'I don't think so. I'm not really attached to it at all.'

'Why do you think that is?'

'I don't know. I just never really felt patriotic, you know? French people are quite arrogant. A bit like the English, actually.' Roedd hi'n licio'r ffordd roedd o'n gwenu efo un ochr o'i geg.

'Really?'

'Oh yeah. We tend to think that we're better than everyone else, and we're not that welcoming to other people and cultures. I think that's part of why I moved away. I wanted to see something else. A bit like you, actually.'

Aeth Rémy i nôl un diod arall cyn i'r bar gau. Edrychodd Lydia arno, ei ddwylo ym mhocedi cefn ei drowsus. Roedd ei 'sgwyddau fo'n llydan, er fod ganddo ganol bach. Roedd hi'n licio'r jympyr las tywyll oedd o'n ei gwisgo. Dychmygodd y ddau'n mynd yn ôl i Millworth Road a theimlodd gynnwrf yn llifo drwyddi. Daeth Rémy'n ôl efo dau *rum* a *ginger beer* a dod i eistedd wrth ei hochr ar y fainc. Rhoddodd y gwydrau lawr ar y bwrdd ac edrych arni.

'Can I just say that I think you're really beautiful?' Pwysodd Lydia ymlaen nes oedd ei gwefus ar ei wefus. Cododd ei law tuag at ei boch a theimlodd ei dafod yn ei cheg. Gafaelodd yn dynn yn ei fraich.

'Where do you live?' gofynnodd Rémy.

'Like thirty seconds away,' meddai Lydia'n gwenu. Chwarddodd Rémy.

'That was strategic. Shall we go?' Gafaelodd y ddau yn eu cotiau a'u bagiau, cyn ei heglu hi trwy'r drws a gadael y ddau *rum* bron yn llawn ar y bwrdd yn y gornel.

—

Roedd o'n eistedd yno'n aros amdani yn edrych ar y môr. Dyma oedd eu hoff le nhw. Eisteddodd i lawr ar y gwair wrth ei ochr. Ar adegau fel hyn, doedden nhw ddim yn gorfod dweud rhyw lawer.

'Ma'n gwneud i chdi deimlo mor fach, dydi?' meddai Deio wrth edrych i'r dyfnderoedd.

'Yndi. Ond rywsut, ma'n gneud i chdi deimlo mor fawr hefyd. Fatha 'sa chdi'n gallu gneud rwbath.'

'Ia, dwi'n gwbo be ti'n feddwl.'

Roedd y ddau yn ddistaw am funud.

'Ti'n meddwl bod y môr yn, fatha, rhan ohona ni?' gofynnodd Lydia.

Chwarddodd Deio yn yr un ffordd ag oedd o wastad yn 'neud pan oedd hi'n gofyn cwestiynau fel hyn.

'Be ti'n feddwl?'

'Dwm'bo. Weithia dwi jesd yn meddwl, os fysa ni'n gadael fama un diwrnod, fysa'r môr yn dweud wrtha ni am ddod yn ôl?'

'Ti'n meddwl gadael?' Roedd Deio wedi troi ei ben i edrych arni.

'Dwm'bo. Dwi'n meddwl am peth weithia.' Edrychodd arno.

'Wyt?' Doedd hi ddim yn licio'r siom oedd hi'n gallu ei weld yn ei lygaid o.

Roedd y gwynt wedi codi bellach. Edrychodd Lydia ar y tonnau yn llarpio'r creigiau a theimlo pŵer y môr yn gafael amdani.

Pennod 9

Deffrôdd Lydia i sŵn byddarol ei larwm. Saethodd ei braich dros y cynfasau i hitio *snooze*. Roedd ei phen yn powndio. Roedd hi'n noeth. Bu bron i'w chalon stopio wrth iddi weld mop o wallt du ar y gobennydd wrth ei hymyl. Rémy. Clywodd sŵn tuchan isel wrth iddo droi ei ben i edrych arni. Daliodd ei gwynt.

'Jesus your alarm is loud.' Roedd Lydia wedi anghofio gymaint o acen Ffrengig oedd ganddo.

'Sorry.'

'What time is it?'

'7.30.'

Neidiodd Rémy o'r gwely. Doedd ganddo ddim dillad amdano. Roedd o'n edrych yn deneuach ac yn llai nag oedd Lydia yn ei gofio o'r noson cynt.

'Fuck, fuck, I need to go.' Edrychodd Lydia arno'n neidio o gwmpas y 'stafell yn chwilota am ddarnau gwahanol o'i wisg. 'I have a meeting at nine and I need to go home first.'

'Is it an important meeting?'

'Yes, it's with a client.' Tynnodd y cwilt yn dynnach amdani. Roedd o'n stryffaglu i roi ei hosan ymlaen wrth gerdded rownd y gwely tuag at ei hochr hi. Eisteddodd lawr ar y gwely a rhoi cusan ar ei gwefus. Doedd hi ddim wedi disgwyl hynny.

'I had fun last night. I'll text you later.' Llithrodd oddi ar y gwely a thrwy'r drws cyn i Lydia gael cyfle i ymateb.

Gafaelodd yn ei ffôn a gweld bod ganddi res o negeseuon heb eu hagor.

Adrian
Glad you're having fun. It's 1am and you're probably having sex. See you tomorrow for the details. Love you x

Kat
I want to know everything

Deio
https://www.golwg.360.cymru/newyddion/cymru/argyfwng-sy'n-fwy-na-thryweryn

Cliciodd ar y ddolen.

Mae arweinydd Cymdeithas yr Iaith wedi datgan fod y sefyllfa ail-gartrefi yng Ngwynedd, ac ar draws Cymru, yn argyfwng.

Cododd ar ei heistedd, cyn sgrolio i lawr.

'Beth sy'n dwysáu'r argyfwng yma yng Nghymru ydi ein hiaith ni,' meddai. 'Rydyn ni'n colli ein hiaith ni mewn cymunedau. Mae hi'n argyfwng i ni dros ein hunaniaeth ni.'
Soniodd am bentref bach Cwmyreglwys yn Sir Benfro sydd ag ond dau o'r tai yn berchen i bobol leol. 'Dyna i chi drychineb,' meddai. 'Colli cymuned. Mae'r slogan "Cofiwch" yma yn symbolaidd. Cofiwch Dryweryn. Cofiwch Gwmyreglwys. Mae yn gwestiwn i mi os ydi'r argyfwng tai yma yn fwy o argyfwng na Thryweryn. Ydi, mae hwnnw'n ddweud mawr, ond mae'r argyfwng yma yn digwydd mewn sawl bro ac ardal.'
Mae'n galw ar Lywodraeth Cymru i weithredu ar frys.

Gadawodd ei ffôn ar y cwpwrdd wrth ochr ei gwely. Cododd. Roedd ei phen yn powndio efo bob cam. Cymrodd swig anferth o'r gwydriad o ddŵr oedd ar ei desg a rhoddodd ei *dressing gown* amdani. Roedd Max yn y gegin yn bwyta ei frecwast.

'Well helloooo,' meddai efo gwên chwareus ar ei wyneb.

'Hi,' meddai Lydia yn undonog.

'Jesus, you sound rough.' Cymerodd lownciad o'i uwd. 'So what's his name? Was he nice?'

'His name is Rémy. And yes, he was nice.'

'Good. Fun night then?'

'It was, yes. I learnt a lot about cheese.'

'French cheese?'

'Of course.'

'I really need to shower.'

'I'll make you some coffee.'

Gadawodd Lydia i'r dŵr poeth dasgu dros ei phen. Dyma'n union oedd hi ei angen. Roedd rhywun wedi dweud wrthi bod rhedeg dŵr poeth ar gefn ei gwddw yn y gawod yn helpu *hangovers*, felly dyna wnaeth hi. Meddyliodd am yr erthygl roedd Deio wedi'i gyrru. Oedd pethau'n mynd i fynd mor ddrwg â hynny? Teimlodd ei llygaid yn llosgi a'i brest yn mynd yn dynn. Cafodd deimlad dwfn yn ei chalon nad oedd hi wedi'i deimlo ers dipyn.

Cyrhaeddodd yn ôl i'w 'stafell flêr. Roedd 'na fwg o goffi poeth ar ei desg. Edrychodd arni ei hun yn y drych. Roedd hi'n edrych wedi blino, ac roedd ei chroen yn dechrau mynd yn sych yn y tywydd oer. Estynnodd ei ffôn i ateb Adrian.

Lydia
I was having sex you are right. My head hurts. I already want Mildred's. See you in a bit x

Gwnaeth ei hun yn barod, ac o fewn deg munud roedd hi'n cerdded i'r stesion efo het wlanog ar ei phen a'i gwallt dal yn wlyb. Teimlodd yr oerfel yn brathu ei gwddw a difarodd yn syth nad oedd hi wedi gwisgo sgarff. Penderfynodd ffonio adra. Atebodd ei mam y ffôn.

Mam: Helô?
Lydia: Helô!
Mam: O Lyds chdi sy 'na. Wel am sypreis neis. Ti'n iawn pwt?
Lydia: Yndw diolch. Ti?
Mam: Yndw diolch. Ar y ffordd i dy waith wt-ti?
Lydia: Ia!
Mam: A mai'n ddydd Gwenar!
Lydia: Yndi rili hapus am hynna.
Mam: Sgin ti blania neis wicénd 'ma?
Lydia: Ymm, pyb heno, ella brunch fory. Be nei di?
Mam: Mynd am dro efo Llinos a Jan fory.
Lydia: Neis.
Mam: Edrych mlaen i dy weld di, pwt bach. Pryd ti'n dŵad eto?
Lydia: Twenti-ffyrst, Mam.
Mam: Faint o gloch?
Lydia: Dwi ddim wedi bwcio trên eto. Mae 'na dros fis dan hynna does?
Mam: Ocê, cofia adael mi wybod 'de.
Lydia: 'Di Dad yna?
Mam: Yndi yn rwla. Aros funud.

Gwaeddodd ei mam ar ei thad fwy nag unwaith. Roedd ei llais yn swnio'n gras ac yn flin. Daeth ei mam ymlaen eto i ddweud ta-ta. Roedd Lydia bellach wedi cyrraedd gorsaf Hackney Downs.

    Dad: Helô?
    Lydia: Helô!
    Dad: Helô Lyds, ti'n iawn?
    Lydia: O hold on Dad, sori, dwi'n goro sganio'n ffôn.
    Dad: Be?

Roedd Lydia wedi tynnu'r ffôn oddi ar ei chlust a'i sganio er mwyn mynd trwy'r giatiau.

    Dad: Helô?
    Lydia: Hei, sori. Ti'n iawn?
    Dad: Mi ddigwyddodd wbath.
    Lydia: Ia, ma'n iawn, fi odd yn sganio'n ffôn.
    Dad: Sganio dy ffôn?
    Lydia: Ia i fynd drwy'r giatia. Dim otsh. Eniwe, ti'n iawn?
    Dad: Dwi'n iawn diolch, sud wt ti? Mai'n fora arna chdi'n ffonio. Cerdded i rwla wt-ti ma siŵr?
    Lydia: Wel ia, dwi'n aros am drên i gwaith.
    Dad: Ti ddim yn hwyr, dwa?
    Lydia: Nadw Dad.
    Dad: O 'na fo. Sud ma gwaith yn mynd?
    Lydia: Ia, yndi, da.
    Dad: Da iawn chdi am y dyrchafiad 'de.
    Lydia: Diolch. Ym, genna'i gwestiwn i chdi.
    Dad: A be 'di hwnnw?
    Lydia: Oes gan Gymru ei legal system ei hun?

Chwarddodd ei thad yn addfwyn ben arall y ffôn.

Dad: System gyfreithiol ti'n feddwl?

Rowliodd Lydia ei llygaid.

Lydia: Ia, sori.
Dad: Nac oes yn anffodus. Mi fysan ni mewn lle llawn gwell tasa gynnon ni un.
Lydia: Reit, mi eshi'n blanc pan holodd rywun fi am y peth. Odd-o reit embarrassing.

Chwarddodd ei thad eto.

Dad: Wel, mae o reit gymlath dydi, am wn i.
Lydia: Ti'n meddwl eith petha'n rili drwg wan, Dad?
Dad: Be ti'n feddwl?
Lydia: Fatha i Gymru 'de. Efo Brexit a'r sefyllfa ail-gartrefi a ballu. Dwm'bo, dwi jesd yn poeni weithia.

Gallai Lydia deimlo ei thad yn gwenu'n addfwyn ben arall y ffôn. Rhywsut, roedd hi'n gallu dweud bod 'na dristwch yn ei lygaid o hefyd.

Dad: Ma'n anodd dweud, dydi, Lyds bach.

Teimlodd Lydia gwlwm yn tynnu yn ei 'stumog.

Lydia: Ella fydd 'na annibyniaeth i Gymru yn gynt na 'da ni'n feddwl?
Dad: Wel, fydd hynny'n sicr ddim tra bydda i yma, Lyds bach.

Wedi dod oddi ar y ffôn, teimlodd bang o dristwch yn ei brest. Dychmygodd yr adeg lle byddai ei rhieni yn marw. Teimlodd ei llygaid yn llenwi, ond brwydrodd i ddal y dagrau yn ôl. Wedi cyrraedd Liverpool Street, camodd ar y platfform fel y cannoedd o'i chwmpas. Wrth gerdded yn gyflym tua'r giatiau, roedd 'na rywbeth am ei cherddediad cyflym, mecanyddol a phrysurdeb y dorf o'i blaen yn rhoi cysur iddi. Doedd hi ddim ar ei phen ei hun.

—

'So be, ma genna ni lywodraeth, ond dim pŵer?' *gofynnodd Lydia wrth droelli'r sbageti o gwmpas ei fforc.*

'Wel, llywodraeth wedi ei datganoli ydi hi 'de,' *atebodd ei thad.*

'Be 'di datganoli?'

'Pan mae 'na rhywun – llywodraeth Lloegr yn yr achos yma – yn trosglwyddo 'chydig o bŵer i rhywun sydd ar lefel is na nhw. Cymru yn yr achos yma.' *Roedd o'n defnyddio ei ddwylo ar lefelau gwahanol i esbonio.*

'Pam bo ni ar lefel is na Lloegr?'

'Wel, am mai nhw sy'n ein rheoli ni yn anffodus, Lyds bach.'

'Ar ôl y deddfau uno?'

''Na-chdi.'

'So pa bwerau sydd genna ni?'

'Llywodraeth Cymru sy'n gyfrifol am betha fel iechyd ac addysg y wlad.'

''Di hynna'n lot?'

'Dim felly, nadi.'

'Ti meddwl fyddan ni'n rheoli ein gwlad ein hunain ryw ddydd Dad?'

Trodd ei wefus yn wên fach druenus, fel oedd hi'n 'neud pan doedd o ddim yn gwybod be i ddweud.

Pennod 10

'Tell us everything,' meddai Julia wrth gymryd ei *flat white* gan y ferch tu ôl i'r cownter.

'The sex was amazing,' meddai Lydia. 'Like, best I've ever had.' Gwichiodd Julia ac Adrian.

'Best sex you've ever had on a casual Thursday evening? Jesus Christ, someone please find me some of that,' meddai Adrian wrth gamu o'r caffi. Roedd y tri'n chwerthin pan ymddangosodd Rob rownd y gornel. Roedd o'n cerdded tuag at y caffi efo papur newydd dan ei gesail. Sylwodd Lydia ar y sbectol newydd am ei drwyn. Cododd ei law wrth agosáu.

'Hi Rob,' meddai Adrian yn llawn bywyd.

'Hi,' meddai'n hamddenol. Arafodd 'chydig, fel tasa fo ddim yn siŵr os y dyla fo stopio i siarad neu gario 'mlaen.

'New glasses?' gofynnodd Adrian.

'Yup.'

'They really suit you. Where are they from? I really want a new pair.'

'They were my grandma's,' meddai, heb fawr o emosiwn ar ei wyneb. Cafodd Lydia ysfa i chwerthin yn uchel.

'Your grandma's?' gofynnodd Adrian yn ôl efo golwg ddryslyd ar ei wyneb.

'I'm joking, they're from the place you go when you want to buy something that screams, *I work at a design studio.*'

Gwenodd Lydia. Roedd Adrian yn dal yn edrych yn ddryslyd. Edrychodd ar Julia, ac yna ar Lydia.

'I think he means Cubitts,' meddai Lydia.

'Ah,' meddai Adrian. 'Very funny.' Roedd 'na foment o ddistawrwydd lletchwith rhwng y pedwar, cyn i Adrian ddweud y bysa'n well iddyn nhw fynd yn ôl i'r swyddfa. Cytunodd Lydia a Julia, a ffarwelio â Rob.

'He can be weird sometimes, no?' meddai Julia.

'Bless him,' meddai Adrian. 'He's just a bit geeky.'

'Is he? I never thought of him as geeky,' meddai Lydia.

'Well I don't mean like a proper nerd, I just mean, like, he likes to geek out on stuff.'

'Like what?'

'I don't know, I just remember once I got into a really intense conversation with him about Oscar Wilde. It went on for ages.'

'I remember that,' chwarddodd Julia.

Roedd Lydia'n mwynhau fod ganddi ddarn bach arall o wybodaeth amdano i ychwanegu i'r darlun yn ei phen.

Wedi iddi gyrraedd nôl wrth ei desg, agorodd Lydia ei e-byst yn syth.

Rosie Hardwick: **Christmas party food menu** – please choose options by 4pm today!!

Jessica Dervaux: Invitation: Grand Village Mall internal catch-up.

Rhewodd wrth weld y trydydd e-bost.

Rob Colsin: Coffee and catch-up?!

Agorodd yr e-bost.

Hi Lydia,
Hope you're having a great week (with no English dates).
Shall we get together to chat about the Grand Village Mall stuff?
We can grab a coffee at the same time.
See you at 11.
Rob.

Darllenodd Lydia'r neges eto. Meddyliodd am y jympyr ddu oedd hi'n ei gwisgo *eto*. Oedd ganddi amser i fynd i Oxford Street cyn un ar ddeg? Callia, meddai'r llais rhesymol yn ei phen. Roedd yn rhaid iddi fynd i'r tŷ bach i roi dŵr ar ei gwallt.

'Did you just take a shower?' gofynnodd Adrian yn llawer rhy uchel wrth iddi lithro'n ôl i'w sedd.

'No,' meddai Lydia gan edrych o'i chwmpas rhag ofn bod rhywun wedi clywed llais Adrian yn taranu dros y swyddfa.

'Your hair is dripping.'

'Yes, I'm fully aware. I'm having a bad hair day. It makes it curly if I put water on it, okay?' Roedd Lydia'n trio cadw ei llais yn isel.

'Right. You do you, babes.'

★★★

Roedd Rob yn sefyll tu allan i'r giatiau yn aros amdani, y bwlch rhwng ei drowsus a'i 'sgidiau wedi ei lenwi efo sanau claerwyn. Roedd ei siaced *navy* yn ffitio fel maneg amdano, a'r jympyr *khaki* odani yn edrych yn ysgafn ac yn ddrud.

'Lydia!' meddai, ei ddwylo ar led a'i gorff yn pwyso fymryn i'r ochr. 'How's it going?'

'Good thanks. How are you doing?' Roedd hi'n synnu pa mor hamddenol oedd hi'n swnio. Efallai y dylai hi wedi bod yn actores.

'Yeah, I'm good. A bit hungover if I'm honest.' Roedd y llinell wedi ymlacio'r sgwrs yn syth.

'Nice.' *Nice?* 'What did you get up to last night?'

'Just dinner at a friend's house. Not as civilized as it sounds though. There was way too much red wine.' Gwenodd Lydia wrthi ei hun. Roedd o'n foi gwin coch.

'I don't envy a red wine hangover.'

'Brutal isn't it? How about you, what did you get up to?' Cafodd fflach o dorso noeth Rémy uwch ei phen.

'Not much,' meddai'n sydyn. 'Just chilled at home with my housemates.' Roedd y ffaith ei bod hi wedi dweud clwydda wedi ei chyffroi hi.

Roedden nhw bellach wedi cyrraedd drws y caffi. Camodd Rob yn ôl i adael iddi fynd i mewn gyntaf. Dim ond caffi bach oedd o – hir a chul, heb fawr o le i eistedd tu mewn. Roedd y pren golau a'r gwydr hir tu mewn yn gwneud i'r lle edrych yn fwy rhywsut, a wastad yn lân. Doedd hi mond newydd orffen ei *flat white* cyn gadael y swyddfa, ond doedd hi ddim isho gwrthod coffi. Penderfynodd fynd am *matcha latte* – roedd hi wedi darllen yn rwla bod hwnnw'n rhyddhau'r caffîn yn arafach.

Gwyliodd Lydia wrth i Rob siarad efo'r boi tu ôl i'r cownter. Roedd 'na rywbeth amdano oedd yn hyderus, ond eto'n ddistaw. Doedd 'na ddim math o berfformiad yn y ffordd oedd o'n cyflwyno ei hun, ond eto, roedd ganddo ffordd o 'neud i rywun deimlo'n hollol gyfforddus yn ei gwmni.

'You up to much this weekend?' gofynnodd wrth dalu am y diodydd.

'Maybe I'll go to the pub with my housemates tonight. Not sure about the rest of the weekend to be honest.' Roedd ei phlaniau hi'n swnio mor ddi-ddim.

'No Welsh poetry recordings?' Er iddi deimlo ei bochau'n dechrau c'nesu, roedd 'na rywbeth am y ffordd roedd o wedi dweud y geiriau yn gwneud iddi deimlo'n saff.

'Maybe,' atebodd, efo mwy o ddireidi nag oedd hi wedi ei ddisgwyl.

Wrth i'r ddau gerdded lawr y stryd yn cofleidio eu cwpanau papur, doedd Lydia ddim yn medru peidio meddwl am fywyd Rob. Lle oedd o wedi tyfu i fyny? Sut fath o deulu oedd ganddo fo? Be oedd o'n licio? Be oedd yn ei 'neud o'n flin? Edrychodd i lawr a sylwi bod eu camau wedi mynd yn un.

'Where do you live?' gofynnodd heb feddwl. Edrychodd Rob arni a chwaraeodd Lydia'r cwestiwn yn ôl yn ei phen. Dechreuodd y ddau chwerthin. 'Sorry that was creepy. It's not because I want to know where you live, like your actual house, it's just more the area…'

'I can give you my address if you want?' Roedd o'n edrych yn hollol o ddifrif. 'I'll just tell my housemate to lock his windows from now on.' Chwarddodd Lydia 'chydig yn rhy swnllyd. 'But no, erm, I live in Newington Green. With all the other East London wankers.'

'I was there the other day actually.'

'Looking through my window?' Rowliodd Lydia ei llygaid. 'I'm sorry. Carry on.'

'I was in that amazing bakery on the corner…'

'Jolene?'

'Jolene.'

'God I love it there. Although I've had to slow down recently. Otherwise, my face will actually transform into a cinnamon roll.' Triodd Lydia beidio chwerthin mor swnllyd y tro hwn.

Roedden nhw bellach wedi cyrraedd yn ôl at giatiau Portland House. Agorodd y drws awtomatig wrth iddyn nhw gyrraedd a chamodd y ddau dros y trothwy ar yr un pryd. Roedd y sgwrs yn dal i lifo wrth iddyn nhw ddringo'r grisiau. Roedd Lydia'n ymwybodol iawn o ba mor agos oedden nhw at ei gilydd, ond doedd Rob ddim fel tasa fo wedi sylwi. Tynnodd ei sbectol oddi ar ei thrwyn a'i gwthio hi i'w phoced. Roedd hi'n nodio ei phen wrth iddo sôn am le bwyta Japaneaidd yn Clapton oedd rhaid iddi drio, ond roedd hi'n meddwl am ei gwallt. Oedd o'n edrych yn hollol wyllt? Mae'n siŵr. Rhedodd ei llaw drwyddo gan obeithio fod hynny wedi llwyddo i gael rhyw fath o drefn arno.

'Right, shall we go in here? It should be free.' Agorodd ddrws un o'r 'stafelloedd cyfarfod ar yr ail lawr. Roedd hi wedi anghofio am eiliad bod ganddyn nhw gyfarfod.

Estynnodd Rob lyfr 'sgwennu bach a beiro o'i siaced, a rhoi un ffêr i bwyso ar ei ben glin.

'So. Grand Village Mall. They want a book that sort of encapsulates the new brand. They want it to be quite editorial and playful.' Aeth i nôl 'chydig o *Brand Books* oddi ar y silff. Roedd Lydia wedi edrych trwy'r rhan fwyaf ohonyn nhw'n barod ac yn gwybod mai Rob oedd wedi 'sgwennu a golygu bron bob un.

'I want you to lead the writing.' Teimlodd Lydia ei chalon yn curo'n gyflym.

'Me?'

'Yes. I can give you a hand with the editorial concept this time, but you can write it all yourself. The work you've done over the last few months is amazing, Lydia. You're a talented writer. And editor.' Gallai deimlo ei hun yn mynd yn goch. *Writer. Editor.* Dyna oedd hi rŵan? Teimlodd gyffro yn ei bol.

'I erm,' gwthiodd ddarn o'i gwallt tu ôl i'w chlust. 'Thank you. I didn't really think...'

'That you were good enough? You are. Trust me.' Roedd o'n swnio'n fwy pendant nag arfer, fel tasa fo ddim isho iddi hi ddweud dim mwy. Agorodd glawr un o'r llyfrau. Roedd bob dim yn edrych mor drawiadol. Darllenodd rai o'r brawddegau a theimlo gwefr wrth feddwl am ei geiriau hi wedi eu printio ar y papur moethus. *Your brand is what people say about you when you're not in the room.*

'Do you write a lot in your spare time? Creatively, I mean?' gofynnodd.

'I used to a lot, yes. But like, in Welsh.'

'Do you not do that any more?

'Not really.'

'Why?'

'I don't know. I guess it just doesn't come to me when I'm here. I mean like the...'

Doedd hi ddim yn gallu meddwl am y gair yn Saesneg. Roedd Rob yn dal i syllu arni.

'The erm... oh god, I actually don't know what the word is in English.'

'What is it in Welsh?'

'Yr awen.'

Gwenodd arni.

'I really like how Welsh sounds.'

'Do you?'

'Yes. There's something magical about it.'

'Have you heard much Welsh?'

'Well no, not *that* much.' Edrychodd i lawr yn sydyn. 'But just from, like, things you've said.'

Teimlodd Lydia bang o chwithdod rhyngthyn nhw mwya sydyn.

'So, do you think you could send something over to me next week? Maybe an intro and a rough content plan?'

'Sure.'

'Cool.' Cododd ar ei draed a sythu ei siaced. 'Thanks Lydia.' Cychwynnodd gerdded tua'r drws.

'Erm, do you write, like, creatively in your spare time?' gofynnodd Lydia cyn iddo gyrraedd y drws. Roedd o'n edrych fel ei fod o'n meddwl am rywbeth arall.

'Not really,' meddai wrth afael yn yr handlen. 'I mean, no. No, I don't.'

—

'Dyna ydi marchnata de, Ann, gneud i chdi feddwl bo chdi angen wbath fel bo rhaid i chdi brynu fo.'

Rowliodd ei mam ei llygaid.

'O, dyma ni. Ma'r sinic yn ôl. Elli di ddim jesd cau dy geg weithia?'

Chwarddodd ei thad.

'Wel, mae o'n wir dydi? Neith pobol goelio unrhyw beth yn y pen draw – neith y popty yma chi'n hapusach! Neith y crîm yma chi'n fwy del!'

Cododd ei mam ar ei thraed yn ysgwyd ei phen, cyn cerdded allan trwy'r drws. Roedd ei thad yn hanner chwerthin eto, ac yn ysgwyd ei ben yn araf.

'Sud 'dan ni fod i wbod be sy'n wir a be sy ddim ta, Dad?' gofynnodd Lydia ar ôl 'chydig.

Syllodd ei thad arni.

''Na chdi gwestiwn,' meddai cyn sythu ei sbectol ac edrych draw ar y teledu.

Pennod 11

'To Lyds, our badass writer,' meddai Kat wrth godi ei gwydr at ganol y bwrdd yn eu hoff gornel yn The Mermaid. Roedd Kat wedi mynnu eu bod nhw'n mynd i'r dafarn i ddathlu. I Lydia, doedd 'na ddim achos dathlu, ond mi oedd o'n esgus da i gael mynd am beint. Roedd Amy newydd gyrraedd i ymuno efo nhw. Cododd pawb yn eu tro i'w chofleidio, cyn iddi eistedd gyferbyn â Lydia.

'So tell us about the book,' meddai Max wrth gymryd swig o'i beint. 'Is it going to have your name printed on it?' Chwarddodd Lydia.

'I don't know, maybe on the inside? It's not like a *book* book, it's a *brand* book. It's not a big deal.'

'So, what's it about?' gofynnodd Amy wrth wthio ei gwallt yn ôl efo'i dwylo. Gwyliodd Lydia y cudynnau yn llithro fel sidan yn ôl wrth ochr ei gwyneb.

'Erm, we're working with this big shopping mall in China to give it a brand. So the book just, like, crystallizes what the brand is all about really. Like, how it looks, how it sounds, how it speaks and stuff.'

'Ah yes, I'm sure we got one of those books when our company had a rebrand. But, it was actually really dull if I remember correctly.'

'Well, exactly. They are dull normally. But that's what we want to change with this one. We want to make it engaging and fun.'

'Cool,' meddai Kat. 'You're going to smash it.'

Roedd y dafarn yn prysur lenwi wrth iddyn nhw orffen eu peintiau cyntaf. Heblaw am y dyn gwallt llwyd yn ei siaced ledr goch a'i grys Rolling Stones, roedd y gwynebau yn y dafarn yn anghyfarwydd. Daeth sgrech o chwerthin o'r bwrdd mawr yn y gornel bellaf. Gwenodd Lydia wrthi ei hun wrth sylwi ar y boi oedd yn gwisgo top tebyg i deits *fishnets*, ei dorso noeth yn dangos yn braf drwy'r defnydd.

Erbyn y bedwaredd rownd, roedd Lydia'n teimlo 'chydig yn feddw. Roedd Max wedi mynnu mynd i'r bar. Edrychodd y dair arno'n dawnsio yn y ciw wrth edrych arnyn nhw. Doedden nhw ddim yn medru peidio â chwerthin.

'He's honestly the sassiest man I know,' meddai Amy.

'Me too,' atebodd Kat.

'Is that guy eyeing him up?' gofynnodd Amy.

'Probably,' meddai Kat. 'He always gets chatted up by men.'

'Does he?' gofynnodd Lydia.

'Yeah. He's super camp isn't he, so everyone just immediately assumes he's gay.' Teimlodd Lydia ryddhad wrth glywed y geiriau.

'Does that bother you?' gofynnodd.

'What?'

'That people think he's gay?'

'It doesn't now. But it used to bother me a little at the start, but that's because I wasn't used to it. I didn't really know what it meant because I was only used to like, *macho* men or whatever. All I knew is that I was really attracted to him. He's just so confident and sure of himself so I find it really sexy when he dances, even if he's the campest guy in the room.'

'He's an amazing dancer too,' meddai Amy. 'We all need a Max.'

'We can share him,' meddai Kat.

'You know I would do that, so watch what you say.' Chwarddodd Amy a Kat, ond doedd Lydia ddim yn siŵr be oedd Amy'n feddwl. Roedden nhw dal yn piffian chwerthin wrth i Max gerdded yn ôl at y bwrdd.

'What?' meddai'n edrych arnyn nhw.

'Nothing,' meddai Kat, cyn gafael yn ei law a'i dynnu lawr i eistedd.

Roedd y gerddoriaeth wedi mynd yn uwch a'r golau wedi pylu fymryn, ond roedd pawb yn dal i eistedd wrth y byrddau. Edrychodd Lydia ar y cwpl yn y gornel oedd wedi bod yno ers tua'r un amser â nhw. Doedd hi'n dal ddim wedi gweithio allan oedden nhw ar eu dêt cyntaf neu beidio. Ymhen dim, daeth gweinydd mewn crys patrymog draw atyn nhw yn cario platiau o fwydydd gwahanol.

'Here we go,' meddai wrth eu gosod ar y bwrdd. 'Burger. Loaded Fries. Mozzarella balls.'

'Oh my god,' meddai Kat. 'Did you order this Max?' Edrychodd Lydia ar y wledd o'i blaen.

'You're such an angel,' meddai Amy. 'Always feeding us.'

'Jesus Christ, there's more,' meddai Lydia, wrth i fwy o fwyd ymddangos ar y bwrdd. 'Let us know how much we owe you Max.'

'That's alright. I just don't understand the going out and not eating thing here,' meddai Max. 'Crisps don't count as a meal.' Roedd o wastad yn codi hyn pan oedden nhw'n mynd allan i yfed.

'Welcome to British culture,' meddai Kat, ei llygaid yn fach. 'Where eating is cheating.' Rhoddodd Max ei ben yn ei ddwylo.

'And tonight you're out with three Brits, so I'm afraid you're outnumbered,' meddai Amy wrth roi ei braich am Lydia a Kat. Roedd y gair yn gwneud i Lydia wingo yn ei sedd.

'Well, I wouldn't really call myself Briti...' dechreuodd Lydia.

'Oh yeah, don't call her that Ams,' meddai Kat yn torri ar ei thraws. 'She hates it.' Edrychodd Amy arni'n syn.

'But you *are* British,' meddai, ei haeliau perffaith wedi crychu. O gornel ei llygaid, sylwodd Lydia ar Max a Kat yn edrych ar ei gilydd. Edrychodd Amy arnyn nhw.

'Dangerous territory, Amy,' meddai Max.

'Oh, come on. I know you're Welsh and everything, but your nationality is British. You have a British passport, don't you?'

'Yes, but that doesn't mean that I like being called British,' meddai Lydia.

'Why do you not like it?'

'Because I'm Welsh. A *British* identity,' roedd hi'n gwneud dyfynodau efo'i bysedd, 'is just an English identity, covered up with a terrible flag, which, by the way, doesn't even have Wales on it. Did you know that?' Edrychodd Lydia ar Max. Roedd hi wastad yn edrych ar Max am gefnogaeth pan oedden nhw'n sôn am Gymru a Lloegr.

'On the Union Jack?' gofynnodd Max mewn syndod. 'No, I didn't know that actually.'

'Okay,' meddai Amy'n araf. 'This might be a controversial statement, but is there *really* a big difference between England and Wales though?'

'Are you serious?' gallai deimlo ei llais wedi codi fymryn.

'Well, yeah. Kind of,' edrychodd Amy ar Kat, wedyn ar Max. 'Like, when I think of both countries I think of pubs, pints, Sunday roast, rugby...' Roedd ei dwylo hi'n symud wrth iddi fynd drwy'r rhestr. 'We have the same currency, we all speak English...'

'We speak Welsh,' meddai Lydia. Roedd 'na rywbeth am ei llais wedi newid yr awyrgylch.

'Yeah, Ams, they do. And they can all sing really well, it's mad.' Roedd Lydia'n gwybod bod Kat yn trio ysgafnhau'r sefyllfa. 'You'll have to show Ams that video of you doing that recital with the funny faces.' Gwenodd Amy, ond roedd Lydia'n gwybod nad oedd hi'n ei feddwl o.

'Do you eat crisps for dinner in a pub though?' gofynnodd Max i dorri ar y tensiwn. Gwnaeth hynny i bawb chwerthin.

Fe arhoson nhw yn y dafarn am dipyn eto, ond wnaeth Lydia ddim cymryd diod arall. Roedd ei phen yn troelli wrth iddyn nhw chwarae Cards Against Humanity, ac er i'r gêm lwyddo i wneud iddi chwerthin fwy nag unwaith, doedd hi ddim mor ddoniol â'r arfer. Efallai eu bod nhw wedi chwarae gormod arni.

Ar y ffordd adra, gofynnodd Lydia wrth Max a Kat a oedd hi wedi gwneud pethau'n lletchwith.

'Not at all, babes. You worry too much.' Gafaelodd Kat amdani. Roedd hi'n noson gynnes. Edrychodd Lydia ar yr awyr. Mi oedd hi wastad yn anghofio nad oedd hi'n gallu gweld y sêr yn Llundain. Meddyliodd am ei thad yn dangos y sosban fach a'r sosban fawr iddi, ac yn trio esbonio blynyddoedd golau i'w hymennydd bach wyth oed hi. Doedd hi'n dal ddim yn gallu cael ei phen rownd y peth yn 27 oed.

Wrth iddyn nhw gerdded dros drothwy'r fflat bach clyd ar Millworth Road, edrychodd Lydia ar ei ffôn. Roedd hi bron yn hanner nos. Aeth Kat a Max yn syth i'w gwlâu a rhoddodd Lydia ddarn o fara yn y *toaster*. Estynnodd yr hwmws a'r menyn o'r ffrij. Taflodd ei hun ar y soffa ac agor WhatsApp. Sgroliodd at enw Deio. Teipiodd.

Lydia
Hei, ti'n iawn? Ti'n effro? X

Syllodd ar y tic yn troi'n ddau ac arhosodd am ennyd, rhag ofn y bysa hi'n gweld ei fod o *online*. Neidiodd y tost o'r *toaster* a lledaenodd haen dew o hwmws arno. Agorodd WhatsApp eto. Dim byd. Aeth i'w 'stafell, gan frysio i newid y golau cras i'r *fairy lights* cynnes oedd ganddi uwchben ei gwely. Gorweddodd yno yn edrych ar y nenfwd. Dilynodd ei llygaid y crac bach melyn oedd yn dechrau o'r wal wrth ymyl y ffenest. Roedd o wedi bod yno ers iddi symud mewn. Estynnodd am ei ffôn. Dim byd.

Dechreuodd sgrolio trwy Instagram a theimlo'n wag wrth syllu ar lun ar ôl llun yn gweiddi am ei sylw. Teimlodd ei llygaid yn mynd yn drwm. Roedd rhaid iddi fynd i'r toilet cyn cysgu. Roedd hi'n llnau ei dannedd pan glywodd ei ffôn yn crynu.

Deio
Yndw! Bob dim yn iawn?

Teipiodd.

Lydia
Ffansi sgwrs? X

Meddyliodd am funud cyn pwyso *send*. Edrychodd yn y drych a gwenu er mwyn cael gweld ei dannedd i gyd. O fewn hanner munud, roedd ei ffôn yn canu.

Lydia: Helô?
Deio: Hei Lyds, ti'n iawn?

Roedd hi wedi anghofio pa mor gyfarwydd oedd ei lais i'w chlustiau hi.

>Lydia: Dwi mor sori, neshi ddeffro chdi do?
>Deio: Duw ma'n iawn, sdi. Oni'm yn cysgu eniwe, paid â poeni. Ti'n iawn?
>Lydia: Dwi'n iawn diolch. Ti?
>Deio: Yndw Duw. Sud ma bywyd? 'Dan ni heb siarad yn iawn ers dipyn, naddo?
>Lydia: Na, 'dan ni heb. Sori.
>Deio: Pam ti'n deud sori?
>Lydia: Dwm'bo.

Roedd 'na ddistawrwydd am eiliad.

>Deio: Bob dim yn iawn tua Llundain 'na?
>Lydia: Yndi diolch.
>Deio: Da iawn. Ti'n dweud wrthyn nhw am yn hanas gobeithio?

Teimlodd Lydia ei chalon yn curo.

>Lydia: Ni?
>Deio: Wel, ia. Ni'r Cymry de.

Ymlaciodd ei chorff drwyddo.

>Lydia: Neshi adrodd llinell o 'Etifeddiaeth' wrth rywun yn gwaith bach yn ôl.
>Deio: Pa linell?
>Lydia: 'Gwymon o ddynion.'

Clywodd ei wên ben arall y ffôn.

    Deio: 'Gwymon o ddynas' ti'n feddwl? Cofio chdi'n deud hynna yn gwers Mrs Parry un tro?

Chwarddodd Lydia'n ysgafn. Roedd yr atgof wedi ei llenwi hi efo hiraeth.

    Lydia: Yndw
    Deio: Be odd yr ymatab, ta?
    Lydia: Dwi'm yn meddwl odd o'n dallt.
    Deio: Dio byth yn swnio run peth yn Susnag nadi?
    Lydia: Nadi.

Meddyliodd Lydia pa mor annisgwyl oedd bod ar y ffôn efo fo.

    Lydia: Sud ma petha adra?
    Deio: O Duw iawn, sdi. Dal i fyw adra de, Lyds. Rili sho symud allan ond ia, 'di petha ddim yn edrych yn rhy dda ar y funud.

Teimlodd Lydia bang o euogrwydd am beidio ateb.

    Lydia: Ia, neshi ddarllen yr erthygl 'na nest di yrru. Do'n i ddim 'di sylwi bo petha mor ddrwg.
    Deio: Ti'n cofio lle odd Gwenda Tŷ Gwyn yn byw erstalwm?

Teimlodd gwlwm yn tynhau yn ei bol.

Lydia: Yndw.
Deio: Wel, mae'r tŷ yna newydd gael ei werthu am hannar miliwn. Fel ail dŷ. Hannar miliwn. Elli di goelio hynna?

Doedd ganddi ddim calon i ddweud wrtho ei bod hi'n gwybod yn barod. Newidiodd drywydd y sgwrs. Holodd Lydia am ei fam a'i dad a'i chwaer. Gofynnodd Deio am ei swydd ac am y fflat. Meddyliodd sôn wrtho am y *brand book* oedd hi'n mynd i'w 'sgwennu ond penderfynodd beidio.

Deio: Wela'i di dros dolig llu Lyds? Pryd ti'n dod adra?
Lydia: Ar y twenti ffyrst.
Deio: Cŵl. Edrach 'mlaen. Ei, odd o'n neis clwad dy lais di.

Daliodd ei gwynt.

Lydia: A chdi.

Ffarweliodd y ddau, a gorweddodd Lydia yn syllu ar y crac yn y to. Roedd hi'n ei fethu fo.

—

'Pam bo gin Gwenda Tŷ Gwyn Union Jacks tu allan i'w thŷ?'
'Och, paid â sôn.' Roedd ei thad yn edrych yn flin.
'O fela ma Gwenda sdi, ma'i wastad 'di bod yn dipyn o Royalist,' meddai ei mam.
'So ma'i licio'r cwîn a Charles a petha?'
'Wel, yndi, ma hi'n licio'r teulu brenhinol.'
'Ond pam?'
'Mae o'i neud efo'r rhyfal a ballu sdi. Mi odd pawb yn rhan o'r un

peth bryd hynny doddan ac ma 'na lot o bobol yn cofio hynny, ac yn dal i deimlo'n gry am peth,' atebodd ei mam.

'Ond ma Union Jack yn afiach,' meddai Lydia wrth edrych ar ei thad.

'Gofyn wrth dy fam sud ma hi'n teimlo amdano fo,' meddai ei thad gan grechwenu.

'Am yr Union Jack?'

'O! Oes raid ni ddod â'r stori yma i fyny bob tro?' meddai ei mam.

'Be?' meddai Lydia, ar bigau'r drain isho gwybod am be oeddan nhw'n sôn.

'Ti'n cofio ni'n sôn am Arwisgo Charles?' holodd ei thad.

'Yndw.'

'Wel mi oedd dy fam a finnau yno. Mi o'n i yno'n protestio yn ei erbyn o, ac mi oedd dy fam, wel...'

'Be?'

'Mi o'n i yna yn ei gefnogi fo,' atebodd ei mam yn ddiamynedd.

'Be, Charles?'

'Yn chwifio ei Union Jack,' meddai ei thad wrth wneud ystum chwifio fflag, ei wefusau wedi'u cau yn dynn.

'Mam!' gwaeddodd Lydia, yn hanner chwerthin, hanner mewn sioc.

'Ia dwi'n gwbo, dwi'n gwbo. Ond mi odd Mam a Dad yn licio nhw. Mi oedd 'na lot o bobol radag honno. Ma'n rhyfadd fel ma petha'n newid pan ti'n tyfu fyny, sdi, Lydia. Gei di weld. Ti fel tasa chdi'n ffeindio dy lwybr dy hun. Jesd dilyn y dorf wt-ti cyn hynny.' Gwthiodd ei mam gudyn o'i gwallt tu ôl i'w chlust.

Pennod 12

Roedd hi'n fore wedi'r parti 'Dolig. Agorodd Lydia ei llygaid yn araf, cyn eu cau yn syth. Ceisiodd symud ei phen yn ofalus, cyn i'r powndio mwyaf dychrynllyd ei rhybuddio hi i beidio symud byth eto. Oedd hi'n mynd i allu codi? Ymbalfalodd am ei ffôn. Dim batri. Doedd ganddi ddim syniad faint o'r gloch oedd hi. Roedd chwilio am y *charger* yn mynd i fod yn ormod o ymdrech, ond cofiodd yn sydyn mai heddiw oedd hi'n mynd adra am y 'Dolig. *Shit*. Doedd hi ddim wedi pacio. Gwnaeth hynny iddi symud yn rhy sydyn. Ar ôl i'r powndio ffyrnig ostegu, sylwodd fod y cebl tsharjo ffôn yn ei fan arferol wrth ochr y gwely. Wrth droi at y drws, gwelodd yr hanner wrap *falafel* mewn bocs polisteirin ar ei desg. Roedd rhaid iddi daflyd i fyny.

'You alright, Lyds?' clywodd Kat tu allan i ddrws y 'stafell folchi.

'I'll be alright,' atebodd mewn llais oedd yn gwneud iddi swnio fel ei bod hi'n hanner marw. Be ar wyneb y ddaear oedd hi wedi bod yn yfed? Cafodd fflach o *shots*, cyn taflyd i fyny eto.

Roedd hi'n teimlo 'chydig yn well â'i 'stumog wedi'i gwagio, ond roedd y cur yn ei phen yn afiach. Llownciodd ddwy dabled gan obeithio y byddai hynny'n gwneud y tric. Gafaelodd yn ei ffôn oedd bellach yn ôl yn fyw. Roedd 'na gymaint o negeseuon.

Adrian @ Wet Velvet
Jesus Christ. I'm not sure I can move ever again

Julia @ Wet Velvet
Jajajaja. I also feel terrible too. But a shower really helped, I recommend

George @ Wet Velvet
I'm going to have to pull a sicky

Julia @ Wet Velvet
Oh Geeooooooorge our darling

Adrian @ Wet Velvet
It's the shots. Why did we do the shots?

George @ Wet Velvet
All of the shots.

George @ Wet Velvet
Lyds, how you feeling?

Julia @ Wet Velvet
Where is our beloved? I bet you she is still sleeping like a sleeping beauty, we will see her at 3pm

Adrian @ Wet Velvet
Looooool. I honestly wouldn't be surprised

Adrian @ Wet Velvet
@Lyds, you alive darling?

Chwarddodd Lydia wrthi ei hun. Teipiodd.

> **Lydia @ Wet Velvet**
> Good Morning. I am here. Just about alive. @George I'm also thinking of not coming into work
>
> **Adrian @ Wet Velvet**
> There she is ♡ You okay? Have you packed?

Teipiodd.

> **Lydia @ Wet Velvet**
> I have not

Crynodd ei ffôn yn syth.

> **Adrian @ Wet Velvet**
> Oh Christ.
>
> **Adrian @ Wet Velvet**
> Also, not trying to ruin your life but you have a meeting with Melissa this afternoon. X

Roedd y wybodaeth wedi gwneud y cur yn ei phen yn waeth. Gadawodd ei ffôn i grynu ar y cwpwrdd wrth ochr ei gwely, cyn estyn y ces o waelod ei wardrob. Edrychodd ar y pentwr o ddillad ar y gadair wrth ei desg, a'r gweddill oedd yn hanner hongian yn y wardrob, cyn cymryd ochenaid fawr.

Doedd hi ddim yn siŵr iawn sut oedd hi wedi llwyddo i gael pob dim yn barod, ond am 08.45 roedd hi'n eistedd yn y gegin yn yfed paned roedd Max wedi ei gwneud iddi. Doedd 'na ddim siâp symud arni, ond roedd bod yn hwyr i'r gwaith ddiwrnod ar ôl y parti 'Dolig yn dderbyniol. Adrian oedd yn dal y record. Tair blynedd yn ôl, mi oedd o wedi troi fyny am dri o'r gloch y p'nawn. Mi oedd pawb yn dal i sôn am peth yn yr asiantaeth, a bob blwyddyn roedd pawb yn aros i rywun guro'r record.

'Did you enjoy your falafel? I've just seen your message,' meddai Kat yn edrych trwy ei ffôn.

'Oh yes she did,' meddai Max. 'It was the greatest thing in her life at that moment.'

'I do remember really loving it. It made me throw up this morning though.' Teimlodd chwys oer ar ei chefn.

'Oh, Lyds,' meddai Kat yn hanner chwerthin. Rhoddodd ei phen ar ei 'sgwyddau.

'I erm, I was trying to stop you from calling Rémy too by the way,' meddai Max. 'You wanted to tell him about the falafel wrap. You might've called him when you got to your room though, who knows?' Cafodd fflach o fod ar y ffôn.

'Oh god.' Edrychodd Lydia trwy ei galwadau olaf. Rémy. 01.45. 'Oh Jesus Christ, I was on the call for 7 minutes.' Dechreuodd Kat biffian chwerthin. Rhoddodd Lydia ei phen yn ei dwylo.

'Fucking hell. Why do I do these things?'

'Because you're a fabulous human being who we love very much,' meddai Kat. Cododd Lydia ar ei thraed. Cofleidiodd y ddwy.

'I'll miss you guys,' meddai Lydia wrth afael yn handlen ei ches.

'Us too, babes. Have a wonderful Christmas in Wales,' meddai Kat.

'You too, send me pics of France,' meddai wrth roi hyg i Max.

'We will.' Gwnaeth Lydia ei ffordd at y drws.

'Love you lots, Lyds,' gwaeddodd Kat.

'Love you too,' meddai wrth agor y drws a chamu i'r oerfel.

Wrth eistedd ar y tiwb, cafodd deimlad afiach ei bod hi wedi gwneud rhywbeth arall gwirion neithiwr heblaw am ffonio Rémy. Agorodd ei negeseuon. Roedd 'na neges i Deio am 12.23.

Lydia
Di nhw ddim yn dallt ddo na? Methu chudi. x

Darllenodd y neges eto. Beth oedd hynny fod i feddwl? Meddyliodd am yrru neges yn dweud pa mor feddw oedd hi, ond doedd ganddi ddim egni. Roedd hi'n teimlo'n sâl. Sgroliodd at y negeseuon roedd hi wedi eu gyrru i Kat am 12.53.

Lydia
Shoudl I get delivery?

Lydia
Deliveroo*

Lydia
Falafel king on the wayxx

Doedd 'na ddim neges gan Rémy, a doedd hynny ddim yn arwydd gwych. Be oedd hi wedi bod yn ddweud wrtho fo am chwarter i ddau yn y bore am saith munud? Teipiodd neges iddo.

Lydia
I'm so sorry for calling you last night. Happy Friday and I hope you have a great Christmas! x

Caeodd ei llygaid. Meddyliodd am ei gwely clyd, y dwfe trwchus wedi lapio amdani. Mi fysa hi'n gwneud unrhyw beth i fod yn ôl yno. Agorodd ei llygaid 'chydig funudau'n ddiweddarach mewn panig. Roedd y tiwb wedi stopio a doedd ganddi ddim syniad lle oedd hi. Stryffaglodd o'i sêt trwy gotiau a bagiau a phapurau newydd.

'Excuse me, sorry, thanks.' Gwelodd arwydd Baker Street o'i blaen a neidiodd ar y platfform jesd cyn i'r drysau gau yn glep tu ôl iddi. Safodd yno yn hollol lonydd am ennyd tra roedd gweddill y boblogaeth yn rasio heibio. Gadawodd i bobl faglu o'i chwmpas a'i phwnio mewn hyff. *What you doing? Excuse me, can you move?* Doedd Llundain ddim yn gallu aros am neb, a doedd hi ddim wedi sylwi cyn hyn pa mor bwerus oedd stopio i gymryd ei gwynt.

Wrth iddi ddod allan o'r orsaf i wynebu traffig gwenwynig Marylebone Road, edrychodd ar ei ffôn. 9:45. Roedd darluniau'r ffalaffel bellach wedi diflannu, ac yn eu lle, yr oedd ysfa afresymol am y *bacon and egg wrap* o Pure. Eisteddodd i mewn i sglaffio'r cyfan, ei dwylo yn dripian efo sôs coch. Meddyliodd am Rob yn pasio'r ffenest. Rob. Cafodd fflach ohonyn nhw'n siarad. Teimlodd ddiferion chwys ar ei thalcen. Edrychodd ar ei ffôn. 10.01.

Roedd hyd yn oed Alexandra wrth y ddesg yn edrych fel ei bod hi wedi gweld dyddiau gwell. Roedd Lydia'n falch o hynny ac yn gobeithio ei fod o'n arwydd ei bod hi wedi cael noson dda. Oedd hi wedi siarad efo hi? Cafodd fflach niwlog arall. Gwenodd ar Lydia a dweud bore da yn yr un modd ag oedd hi'n ei wneud bob dydd. Gwenodd Lydia'n ôl er ei bod hi'n teimlo fel marw tu mewn. Teimlodd yn nerfus i gyd wrth droi'r gornel i fynd i mewn i'r swyddfa. Roedd y lle'n teimlo'n ddistaw. Cerddodd yn gyflym tuag at ei desg, cyn sbotio Adrian yn eistedd yn ei sedd efo sgarff fawr lwyd rownd ei wddw.

'Here she is!' meddai efo'r wên groesawgar 'na oedd yn gwneud i Lydia deimlo fel y person mwyaf arbennig yn y byd. Daeth draw i roid hyg anferth iddi. Dyna'n union oedd hi ei angen, a wnaeth hi ddim gollwng ei gafael am amser hir.

'How you feeling?' holodd Adrian.

'Like death,' atebodd wrth eistedd.

'Oh, me too Lyds. We went hard.'

'We did.'

'Great night though.'

'It was. Although, I don't really remember the end that much.'

'My memories are also hazy. Do you remember the cheerleading?' Cafodd Lydia fflach o Julia yn yr awyr.

'We probably could've died.'

'Yup. Like me this morning when I remembered that I had a DMC with Melissa and Marius outside the photo booth.'

'Please tell me you went in.'

'I haven't yet come across evidence of that, and I'd really like things to stay that way.' Doedd Lydia ddim yn medru peidio chwerthin wrth feddwl am y tri yn y *photobooth*. 'You were having quite the DMC with Rob at the end.'

'With Rob?' Teimlodd Lydia ei chalon yn dechrau curo.

'Yes, it looked quite intense.' Roedd ei bol yn glymau. 'Why do you look so terrified?' roedd Adrian yn hanner gwenu arni.

'I just mean, it looked like a deep chat. But Rob loves those, so

I'm not suprised.' Gwnaeth hynny i Lydia deimlo'n well ac yn waeth ar yr un adeg.

'What the hell was I saying to him?'

'I don't know. It might have been something to do with a Welsh poem.'

'What?'

'Well, before that, you were talking about this one time when Rob asked you what you'd been listening to on your bike or something?' Cafodd fflach o Rob yn eistedd efo peint yn ei law. 'And you said you'd been thinking about this line of a poem that you really love. Something to do with seaweed? And basically, you were just annoyed at him, because you thought he didn't care.' Rhoddodd ei phen yn ei dwylo.

'Why do I do these things?' Rhoddodd Adrian ei ddwylo ar ei bochau yn dyner.

'Lyds, why do you care so much? Don't be so hard on yourself. It was funny.' Taclusodd wddw ei jympyr. 'I'm getting a coffee for you okay?' Nodiodd Lydia arno fel ci bach.

Eisteddodd wrth ei desg yn syllu ar ei sgrin. Roedd ei phen yn troi. Gweddïodd nad oedd hi'n mynd i weld Rob heddiw. Cliciodd ar ei chalendr. *Grand Village Mall internal catch-up. 11.30am. Shit.* Doedd hi ddim wedi paratoi dim byd. Cliciodd ar y gwahoddiadau. Dim Rob, diolch byth. Agorodd y ddogfen *GVM copy* oedd yn eistedd ar ei *desktop* efo'r degau o ddogfennau eraill di-ffolder. Syllodd ar y geiriau ar y sgrin.

> The Progressive Village Square.
> This is a bustling place to gather and share stories. A place to learn and discover. To connect, create and collaborate. A place to come together and feel empowered.

Roedd pob gair yn teimlo'n chwdlyd. Clywodd eiriau'r client yn ei phen: *this is a special place where we want people to feel a sense of belonging.* Dychmygodd ei hun yn nodio'n frwdfrydig. Meddyliodd am Deio'n darllen y geiriau. Edrychodd ar y cloc. Roedd hi bron yn 11.30.

Roedd pawb yn eistedd o gwmpas y bwrdd yn edrych lot mwy ffresh na Lydia. Cymerodd sedd wrth ymyl Romeo.

'So let's see where we're at, shall we?' Roedd brwdfrydedd Melissa yn ormod i'w *hangover* hi. Edrychodd ar y jympyr swmpus wen oedd hi'n ei gwisgo a dychmygu faint oedd hi wedi gostio. 'I'm keen to see the Art Direction in particular. So Romeo, if you could take the lead that would be fantastic.' Ymlaciodd Lydia rywfaint yn ei chadair wrth i Romeo sefyll ar ei draed a dechrau mynd trwy'r taflenni oedd wedi'u pinio ar y bwrdd corcyn o'u blaenau. Crwydrodd ei meddwl yn ôl at neithiwr. Roedd hi'n methu'n glir â chofio be oedd hi wedi'i ddweud wrth Rob. Teimlodd ei 'stumog yn corddi wrth feddwl amdani ei hun yn mynd trwy ei phethau'n feddw o'i flaen. Dychmygodd ei hun yn slyrio ac yn pwyntio bys. Roedd hi'n teimlo'n sâl eto.

'I'd be interested to hear your thoughts too, Lydia. How do you see it working with the copy?' Torrodd lais Melissa ar ei meddyliau fel gwydr. Teimlodd ei hun yn poethi.

'Yes,' meddai heb ddim syniad beth oedd wedi cael ei ddweud yn y pum munud diwethaf. 'Which erm, which part would you like me to focus on specifically?' Edrychodd Lydia ar yr arddangosfa liwgar o esiamplau o'i blaen.

'Well, seeing as you're writing the whole thing – perhaps all of it?' Roedd gwên Melissa yn llydan.

'Sure. Yes, absolutely.' Cymrodd ei gwynt. 'I erm, I quite like the muted tones here,' cymerodd siawns ar y papur oedd reit o'i blaen. *Muted tones?* Doedd ganddi ddim syniad am beth oedd hi'n sôn. Arhosodd i Melissa ddweud rhywbeth, ond cariodd ymlaen i edrych arni efo'r un olwg rewllyd. 'Yes, it would work nicely with the copy for that I think, better than the, sort of, brighter photography over there.' Roedd hi'n casáu ei llais ei hun.

'Okay,' meddai Melissa mewn tôn oedd yn cyfleu nad oedd wedi ei pherswadio. 'And the illustration style?' Roedd Lydia'n teimlo fel ei bod hi ger bron rheithgor. Edrychodd i'r dde ar y gwaith darlunio. Dim ond dau opsiwn oedd yno o'r hyn allai hi ei weld.

'I think I prefer style A over style B – it speaks more to the sense of community at the mall, I think.'

'How so?' gofynnodd Melissa bron cyn iddi gael cyfle i orffen.

'Well, erm,' roedd Lydia'n trio'i gorau i actio'n hamddenol ond roedd hi'n gallu teimlo ei chalon yn ei gwddw. 'It's warm. It feels warm. I mean there's a certain warmth and… character that's lacking in option B.' Roedd Romeo, oedd yn gallu gweld ei bod hi'n stryglo, wedi dechrau nodio yn frwdfrydig wrth ei hymyl.

'I don't think option B lacks character myself,' meddai Melissa yn siarp. 'I actually think it's quite characterful.' Roedd y distawrwydd yn teimlo fel hanner awr. 'But I agree that option A feels warmer. Let's go with that one, Romeo.' Doedd Lydia ddim wedi llyncu ers cychwyn siarad. Symudodd y sgwrs yn ei blaen yn gyflym, gan adael iddi chwysu yn ei chadair.

'Good job, everyone,' meddai Melissa. 'I feel like it's in a good place. I'm excited to see where we take it in the New Year.'

Doedd Lydia erioed wedi bod isho gweld diwedd y dydd yn fwy na heddiw. Ar ôl byrgyr fawr i ginio, doedd ganddi ddim byd i 'neud ond cyfri'r oriau. Am hanner awr wedi chwech ar y dot, roedd hi'n ffarwelio efo Adrian a Julia tu allan i giatiau Portland House.

'Have a magical Christmas,' meddai Julia, wrth afael amdani'n dynn.

'You too and safe travels back home.'

'Send us beautiful pics of the motherland,' meddai Adrian.

'You know I will,' atebodd Lydia wrth ddechrau cerdded lawr y stryd yn codi llaw ar y ddau. Roedden nhw'n edrych fel dau riant wrth y giât yn ffarwelio â'u plentyn.

'Text me every day,' gwaeddodd Adrian.

'Me too,' clywodd lais Julia'n pellhau wrth iddi droi y gornel a cherdded i lawr Dorset Street tuag at y stesion.

Er bod y trên yn orlawn, roedd hi wedi llwyddo i gael sedd. Doedd hi ddim yn medru cysgu er bod ei llygaid hi'n llosgi efo blinder. Roedd hi'n hanner balch ei bod hi heb weld Rob trwy'r dydd. Roedd hi'n casáu nad oedd hi'n cofio'r sgwrs ac mi oedd hi'n cael fflachiadau ohoni'n eistedd ar flaen ei stôl yn The Coachmaker's Arms, ei llygaid meddw wedi hanner cau a'i geiriau'n rhedeg i'w gilydd yn drwsgl. Gallai weld Rob yn eistedd wrth ei hymyl, ei lygaid yn pefrio tu ôl i'w beint, yn aros ei dro i siarad. I'w amddiffyn ei hun. Mi oedd hi angen stopio pregethu am Gymru ar nosweithiau allan. Roedd pobl yn mynd i ddechrau cael llond bol. Be'n union oedd hi'n meddwl oedd yn mynd i ddigwydd, beth bynnag? A be oedd hi'n drio'i brofi? Edrychodd trwy'r ffenest ar y tirlun tywyll yn gwibio heibio'i llygaid. Dim ond ambell olau tŷ oedd yn goleuo'r ffordd bellach wrth iddyn nhw wibio o'r ddinas. Meddyliodd am y bobl oedd yn byw yn y tai bach hyn, yn gwylio'r trenau'n mynd heibio cyn mynd i gysgu. Oedden nhw'n arfer efo'r sŵn? Teimlodd ei ffôn yn crynu yn ei bag. Neidiodd ei chalon wrth edrych ar y sgrin.

Rob
Hope the hangover is bearable by now. I was in meetings the whole bloody day, head pounding. Not sure if it was the drink or the wrath of the Welsh dragon. Either way, I deserved it. Enjoy your Christmas, Lydia. Don't let Her keep you there just yet. x

Roedd ei chalon yn curo mor gyflym. Sut oedd o wedi cael ei rhif ffôn hi? Darllenodd y neges eto. *Don't let Her keep you there just yet.* Roedd ei eiriau wedi deffro rhywbeth tu mewn iddi.

'Next stop, Bangor.'

Tarfodd llais y tanoi ar ei meddyliau. Roedd diffyg Cymraeg y cyhoeddiadau trenau yn mynd dan groen Lydia bob tro roedd hi'n cyrraedd adra. Roedd hi'n mynd i 'sgwennu llythyr y tro hwn, roedd hi'n sicr o hynny. Ar ôl stryffaglu i nôl ei ches o waelod y pentwr, roedd hi'n sefyll yn eiddgar wrth y drws yn edrych ar yr awyr ddu. Wrth i'r trên lusgo i mewn i orsaf Bangor, dim ond un peth oedd bellach ar ei meddwl: ei mam. Gwelodd Lydia hi'n sefyll ar y platfform. C'nesodd calon Lydia. Roedd hi mor falch o fod adra.

—

'Ochdi mor ffwcd nithiwr,' meddai Nerys. Doedd Lydia ddim yn meddwl y bysa hi'n gallu poeni mwy am y noson.

'Neshi wbath gwirion?' gofynnodd Lydia efo teimlad annifyr yn ei bol.

'Ti ddim yn cofio?' Roedd llygaid Nerys wedi'u chwyddo'n fawr.
'Cofio be?'
'Nest di ga'l go ar Charlotte.'
'Be? Pam?'
'Achos nath hi alw Deio'n Welsh Nash.'
'Dwi ddim rili yn cofio ca'l go arni. Be o'n i'n ddeud?'
'Jesd dweud boi'n bitsh a petha.''
'O god.' Roedd Lydia'n teimlo'n sâl yn meddwl am y peth. Sylweddolodd Nerys fod Lydia wedi troi'n wyn a gwnaeth hynny iddi deimlo fymryn yn ddrwg.

'Oddi kind of haeddu fo ddo,' meddai Nerys, i drio meddalu'r syniad.

'Est di efo Dyl yn diwadd?' gofynnodd Lydia.

'O naddo. Dwm'bo os dwi licio fo.' Roedd Lydia'n gwybod yn iawn ei bod hi. 'Ti'n cofio mynd efo Jac?' gofynnodd Nerys yn ôl.

'Yndw,' meddai Lydia wrth gael fflach o'i dafod yn ei cheg.

'Be nathoch chi wedyn fyny grisia?'

'Be?' Doedd hi ddim yn cofio hynny. 'Dim byd.'

'Dim dyna mae o'n ddeud.'

Pennod 13

Deffrôdd Lydia mewn panig. Am eiliad neu ddwy, doedd ganddi ddim syniad lle oedd hi. Clywodd sŵn cyfarwydd y brwsh llnau llawr yn hitio conglau'r gegin lawr grisiau.

'Wel bore da,' meddai ei mam yn llawn bywyd wrth i Lydia lusgo ei hun i'r gegin. 'Tisho coffi? Dwi 'di prynu peth ffresh.' Roedd hi'n licio bod ei mam yn prynu pethau neis pan oedd hi adra. Edrychodd arni'n tywallt y coffi i mewn i gwpan borslen wen, cyn estyn am y llefrith oedd mewn jwg bach blodeuog. Arhosodd Lydia am ei choffi, ond roedd ei mam wedi cerdded draw at y soffa ac wedi estyn bwrdd bach pren i osod y gwpan arno.

Suddodd Lydia i mewn i'r soffa. Hyd yn oed ar ôl deg awr o gwsg, roedd hi wedi blino'n lân.

'Y ddinas fawr yn dy flino di?' Roedd ei thad wedi cerdded i mewn i'r gegin, ei sbectol ddarllen ar flaen ei drwyn a'i wallt yn flêr ar ôl bod allan yn y gwynt. Cododd ar ei thraed i'w gofleidio.

'Hei, Dad,' meddai gan agor ei cheg. 'Yndi, braidd.'

'Wel, sud ma'r gwaith yn mynd?' Dyna oedd y cwestiwn cyntaf bob amser.

'Iawn diolch,' meddai yn nodio ei phen. Hyd yn oed tasa pethau ddim yn mynd yn iawn, roedd hi wedi dysgu i beidio dweud hynny wrth ei rhieni. *Job 'di job, Lydia bach. 'Chydig iawn o bobol sy'n sgipio lawr y stryd i fynd yno.*

'Ti'n mynd i 'sgwennu ryw lyfr o'n i'n clywad?' eisteddodd wrth ei hochr ar y soffa.

'Mm, yndw. Dio'm byd mawr.'

'Wel ma'n wbath dydi?'

'Ma siŵr.'

'Ti'm 'di laru yno eto 'lly?'

'Yn Llundain? Naddo. *A woman who's tired of London is tired of life*, ia Dad?'

'Wel, ia, dyna ma nhw'n ddeud de,' meddai, cyn estyn am un o'r papurau newydd oedd ar y bwrdd coffi. 'Wel, dwi'n meddwl ma'r gwreiddiol oedd *A man who is tired of London...*'

'Ia, ia, dwi'n gwbod, Dad,' meddai'n rowlio ei llygaid.

Teimlodd Lydia y carped trwchus o dan ei thraed. Roedd hi'n licio bod adra. Roedd bob dim yn gynnes ac yn lân. Roedd bob dim fel tasan nhw'n slofi – y boreau, y sgyrsiau, y *wifi*. Roedd hi'n mwynhau treulio amser efo'i rhieni dyddiau yma hefyd – mynd am dro hir, hir a sgwrsio fel oedolion dros lasiad o win. Rhyfedd fel oedd pethau wedi newid. *It's a weird feeling when you start seeing your parents as individual people who've probably made loads of mistakes,* cofiodd am ei sgwrs efo Adrian a Julia. Roedd o'n wir ei bod hi wedi edmygu ei rhieni erioed, yn enwedig ei thad. Fo oedd ffynhonnell ei gwybodaeth hi – yr enseiclopedia ar ddwy droed oedd yn gallu ateb unrhyw gwestiwn oedd hi'n ei ofyn. Yn ei llygaid ifanc hi, doedd 'na ddim byd nad oedd o'n ei wybod. Ond bellach, roedd hi'n edrych ar fywyd trwy ei lens ei hun, ac mi oedd 'na ambell gwestiwn yn codi nad oedd hi'n siŵr y bysa hi'n gallu ei ofyn.

'Sud ma petha adra ta? 'Sa unrhyw newydd?' gofynnodd Lydia.

'Dim felly, am wn i... Wel, dwn im os ti'n gwbo bo Twm 'Refail 'di marw?'

'O na, do'ni ddim.'

'Do'r cradur,' edrychodd ei thad trwy'r ffenest. 'A ma Jini Cae Helyg yn wael iawn 'fyd. Gryduras. Un dda 'di Jini.'

'Pwy 'di Jini Cae Helyg?'

'O ti'n gwbo pwy 'di Jini Cae Helyg, siŵr.'

'Yndw?'

'Chwaer Bet de.' Edrychodd Lydia ar ei mam.

'Mi oedd i gŵr hi yn gefndar i'n nhad.'

'Gŵr Bet?'

'Nace, gŵr Jini Cae Helyg. Rowland odd gŵr Bet de. Mae o dal yn fyw dwi siŵr.' Doedd Lydia erioed wedi clywed am Rowland.

'O be ddiawl odd enw gŵr Jini Cae Helyg? Ann, ti'n cofio?'

'Rowland?' meddai ei mam wrth gerdded i mewn i'r 'stafell.

'Nage, gŵr Bet 'di Rowland. O Iesu, mi odd i frawd o'n fecanic erstalwm, odd ganddo fo garej yn pentra 'na. O be ddiawl odd i enw fo?'

'Brawd gŵr Jini Cae Helyg wan ta brawd Rowland?' gofynnodd Lydia'n hanner chwerthin. Edrychodd ei thad arni efo hanner gwên, yn gwybod ei bod hi'n ei gymryd o'n ysgafn.

'Ddaw o'n munud.'

'Dwi am neud cyri i swpar heno,' meddai ei mam wrth fwytho ei gwallt. 'A ma dy Dad 'di prynu potel neis o win.'

Edrychodd Lydia ar y ddau am funud. Roedden nhw'n edrych wedi heneiddio, ac roedd hi'n gallu teimlo hiraeth yn eu llygaid nhw, fel tasan nhw'n trio dweud wrthi am ddod nôl adra. Teimlodd fel gafael amdanyn a dweud wrthyn nhw gymaint oedd hi'n eu caru nhw. Ond fedrai hi ddim. Edrychodd trwy'r ffenest ar y flanced las o fôr yn ymestyn tua'r gorwel. Roedd hi angen mynd i'r traeth.

'Ddo'i am dro efo chdi os tisho?' meddai ei mam yn frwdfrydig, wrth iddi wylio Lydia'n rhoi ei chôt fawr amdani.

'Na dwi'n iawn, fydda-i ddim yn hir.'

Roedd hi'n licio mynd i'r traeth ar ei phen ei hun. Roedd y tonnau fel tasan nhw'n ffeindio darnau o'i meddyliau oedd wedi cael eu claddu'n ddwfn yn y ddinas. Wrth gerdded ar hyd y lan ac ymylon ei 'sgidiau yn trochi yn y tonnau, teimlai bob cyhyr yn ei chorff yn llacio – ei 'sgwyddau yn gollwng a'i hanadl yn arafu. Edrychodd ar ehangder y dŵr a meddyliodd am ei bywyd yn Lundain – am ei fflat, ei gwaith, ei ffrindiau. Meddyliodd am feicio lawr Dalston Kingsland, am faglu o'r Mermaid, am sgyrsiau amser cinio yn Paddington Street Gardens. Roedd hi fel ffilm yn ei phen yn llawn fflachiadau. Teimlai wefr wrth feddwl am y bywyd newydd oedd hi wedi'i greu. Y bywyd roedd hi'n gallu ddianc yn ôl ato, heb i neb yn fama gael gwybod. Tynnodd lun o'r môr a'i yrru i'r grwpiau WhatsApp *Millworth Huns* a *Wet Velvet*.

Roedd 'na oglau coginio drwy'r tŷ pan gyrhaeddodd hi'n ôl. Anghofiodd Lydia pa mor fuan oedd ei rhieni hi'n bwyta. Tolltodd ei mam lasiad o win coch iddi, cyn ei harwain drwadd i'r 'stafell ffrynt efo 'chydig o fwyd pigo. Roedd yr haul ar fin diflannu tu ôl i'r mynydd, ac roedd yr awyr yn stribedi trawiadol o aur, oren a leilac.

'Waw! O'n-i 'di anghofio pa mor neis oedd machlud haul adra.' Estynnodd Lydia am ei ffôn er mwyn tynnu llun. Gallai deimlo ei mam yn ei gwylio hi.

'Ti'n colli adra weithia?' gofynnodd wrthi.

'Yndw, weithia. Ond dwi'n colli Llundain pan dwi'n fama 'fyd.'

'Wel, ti'n lwcus felly dwyt? Ma gin ti ddau adra.' Roedd Lydia'n gwybod bod hynny wedi bod yn anodd iddi ddweud.

Aeth Lydia i eistedd wrth ei hochr a rhoi ei phen ar ei hysgwydd.

'Sud ma Jan? A Llinos?'

'Ma nhw'n iawn. Ma Alys newydd brynu tŷ. Dim rownd fforma chwaith. Ryw ddwy awr i ffwrdd ballu. A wedyn ma Guto newydd gal babi bach. O mae o mor ciwt, cofia. Na-i ffeindio llun i chdi.' Rhoddodd ei sbectol am ei thrwyn a dechrau sgrolio efo'i bys. 'Lle mae o wan? Welish-i o gynna.'

'Ar Facebook?'

'Ia.'

'Weithia dydyn nhw ddim yn dangos yr un petha ar y *feed* pan ti mynd nôl.'

'Ar y be?'

'Dim otsh. Pwy roth y llun i fyny?' Estynnodd Lydia am ei ffôn.

'Fo ma siŵr. Neu hi de, i bartner o. O be 'di henw hi eto?'

'Dim otsh, Mam, na-i weld o ryw dro eto.' Roedd ei mam yn dal i sgrolio. Rhoddodd ei ffôn i lawr pan sylwodd bod Lydia'n syllu drwy'r ffenest eto.

'Sud ma Kat a Max? Bob dim yn iawn yn y fflat?' Roedd hi'n licio bod ei mam yn gofyn am ei ffrindiau.

'Yndi, ma nhw'n iawn diolch. Fflat yn grêt.' Roedd ei thad wedi ymuno efo nhw erbyn hyn efo gwydriad o win yn un llaw a photel yn y llall. Tolltodd fwy o win i'w gwydrau nhw.

'A be am y ddau ti'n gweithio efo nhw eto?' gofynnodd ei mam. 'Andy?'

'Adrian. A Julia. Wel, a ma George hefyd.'

'O Sbaen mae Julia'n dod de? Dwi 'di chyfarfod hi dwi siŵr?'

'Do, ia ma-i'n dod o Barcelona.'

'A Gwyddal ydi'r llall, ia?' gofynnodd ei thad.

'Ia, ond 'dach chi heb gyfarfod fo eto.'
'Dio'n siarad Gwyddeleg?'
'Na, dio ddim.'
'Oes ganddo fo ddiddordab yn yr iaith, dybad?'
'Dwi'm yn meddwl bo gynno fo sdi. Dwi'n ca'l y teimlad bod o ddim yn teimlo fel ni, rhywsut.'
'O ia?'
'Ia.'
'Dos 'na ddim hannar gymaint o bobol yn siarad Gwyddeleg ag sydd 'na'n siarad Cymraeg chwaith nag oes?' meddai ei mam.

'O nag oes, nag oes. Ond rhyfadd nad ydi o'n gweld gwerth yn yr iaith 'fyd de,' meddai ei thad. Cymrodd Lydia swig o'i gwin. 'Fydd petha ddim yn edrych yn rhy dda arna ninna chwaith os mai gwaethygu 'neith y sefyllfa tai ha 'ma.'

'Ma petha'n ddrwg yndi?' gofynnodd Lydia, er nad oedd hi isho gwybod rhyw lawer.

'Ma hi'n rhemp, Lyds bach. Ond y peth ydi, sud ddiawl ti'n stopio nhw rhag dod yma de?'

'Wel, elli di ddim nalli,' meddai ei mam bron yn chwyrn, cyn codi i fynd i baratoi'r reis.

Roedd y tri'n eistedd rownd y bwrdd yn barod am y wledd Indiaidd o'u blaen. Roedd y gannwyll hir goch yn ei hatgoffa hi o'r gannwyll yn Millworth Road, ond yn lle potel win wag i'w dal hi, roedd 'na ddarn trwm o fetel arian, drud yr olwg yng nghanol y bwrdd.

''Di pobol yn difaru fotio allan bellach?' gofynnodd Lydia wrth ei rhieni, wrth iddyn nhw ddechrau sgwrsio am wleidyddiaeth.

Chwarddodd ei thad yn ysgafn.

'Coelia neu beidio, dydyn nhw ddim. Dal yn meddwl bo nhw 'di gwneud y peth iawn.'

'Ac ydi hyn dal ar sail mewnfudwyr?'

'Blydi meigrants, de,' meddai ei mam yn gwatwar. Taflodd Lydia ei phen yn ôl yn anobeithiol.

'Be sy'n bod ar bobol?'

'Wel, clywad hynny gan bobol erill ma nhw de. Fedri di ddallt, gelli, os ydyn nhw'n darllan am bobol yn dod i mewn ac yn dwyn eu jobsys nhw, cymryd eu tai nhw a newid eu diwylliant nhw. Trio codi ofn ma'r cyfrynga de. Felna ma'r adain dde 'di bod 'rioed.'

'Ond mewnfudwyr yn dwyn jobs? Siriysli? Yn fama?' meddai Lydia. 'A be sy'n bod ar groesawu pobol i mewn i'r wlad beth bynnag? Ma mewnfudo wastad yn mynd i ddigwydd dydi? A mae o'n beth da. Dyna be sy'n gneud Llundain mor anhygoel – y gymysgfa o bobol sy' na de, o wahanol wledydd, o wahanol ddiwyllianna. Mae o'n cyfoethogi bob dim, dydi?'

'Argol yndi,' meddai ei mam.

'Yndi,' meddai ei thad yn nodio ei ben yn araf. 'Ma siŵr i fod o.'

—

'You can shove your fucking chariot up your arse,
You can shove your fucking chariot up your arse,
You can shove your fucking chariot,
Shove your fucking chariot,
Shove your fucking chariot up your arse.'
Roedd Lydia'n gweiddi nerth ei phen wrth iddyn nhw basio yn eu crysau gwyn.

Edrychodd ar Deio. Roedd o'n edrych wedi gwylltio.

'Go hôm iw inglish bastards,' gwaeddodd Dyl a'i fraich wedi codi. Roedd un ohonyn nhw wedi dechrau sgwario tuag atyn nhw.

'Come on then, you sheep shaggers. You fucking Welsh Nashes.'

'Ffoc, ma hwn yn mynd i ga'l clec,' meddai Dyl, ei ddwrn wedi cau yn barod.

Pennod 14

Teimlodd Lydia ei ffôn yn crynu yn ei phoced.

Deio
Peint heno? X

Teipiodd.

Lydia
Cael swpar efo Mam a Dad gyntaf. Fyddai lawr tua 9 x

Fel pob nos Sadwrn yn y pentra, roedd y diod yn llifo. Roedd y gwin wedi rhoi dechrau troellog i'r noson, ond roedd pethau wastad yn haws ar ôl rhyw ddiod neu ddau.

'Peint arall, Lyds?' meddai Siôn, gan roi ei fraich ar ei hysgwydd.

'Duw ia, pam lai?' gallai glywed ei hacen yn llithro'n ôl i'w hen ffordd. 'Lle mae Deio arni, ti'n gwbo?'

'Mae o ar i ffordd.'

Eiliad yn ddiweddarach, gwelodd o'n cerdded i mewn yn ei gôt 'rochr arall i'r bar, yn cael ei gyfarch gan wahanol bobl. Roedd o'n edrych yn wahanol, rhywsut. Yn fwy taclus na'r arfer. Daliodd ei llygaid, cyn cerdded tuag ati'n syth.

'Lyds!' meddai'n wên o glust i glust. Cofleidiodd y ddau. Sylwodd fod ei fochau 'chydig yn goch a gwnaeth hynny iddi hi gochi mymryn hefyd. 'Ti'n iawn?' gofynnodd wrth estyn am stôl.

'Dwi'n iawn diolch, sud wt-ti?' Roedd hi'n falch ei bod hi wedi cael 'chydig i yfed.

'Iawn sdi diolch. Ti'n edrych yn wahanol?' Edrychodd Lydia ar ei dillad.

'Yndw?'

'Dwn im, ti jesd, dwm'bo. Ti'n edrych yn llai rhywsut. 'Di dy wallt di ddim yn wahanol?' Roedd o'n edrych yn nerfus mwya sydyn fel tasa fo'n difaru dweud.

'Ma 'di tyfu dipyn. Ella dyna dio.'

'Ella,' meddai'n chwithig.

'On-i meddwl bo chdi'n edrych yn wahanol fyd pan nest di gerddad mewn.'

'Ochd? Dwi 'di ca'l côt newydd de. Ti licioi?' Trodd rownd fel tasa fo'n modelu. Chwarddodd Lydia. 'Dwi jesd â marw isho peint. Tisho diod?'

'Ma Siôn i fod wedi nôl un i fi.'

'O yndi? Lle ma'r lembo? Duw goda i un i chdi. Be tisho?'

'Peint o lager.'

'Dyna ti'n yfad wan?'

'Wel, IPA dwi'n yfad fel arfar, ond dosam peth yma.'

'Reit. Lager amdani 'lly.' Edrychodd arno wrth iddo gerdded i'r bar. Roedd hi awydd smôc. Estynnodd am y paced *tobacco* hanner gwag oedd ganddi yn ei bag ac aeth i nôl ei pheint gan Deio.

'Iechyd da, Lyds,' meddai wrth godi ei wydr. Roedd o wastad yn gwenu efo'i lygaid.

'Iechyd da,' meddai wrth godi ei gwydr tuag at un fo.

'Dwi'n mynd allan am smôc' meddai Lydia, cyn i Deio allu dweud dim mwy.

Roedd hi'n adnabod pawb oedd tu allan, felly treuliodd yr hanner awr nesaf yn dal i fyny efo hen wynebau cyfeillgar. Gwyneth a Pete oedd yn arfer mynd i'r ysgol efo'i mam a Wil a John, ffrindiau ei thad. Gwelodd Lowri a Rhiannon wedyn, genod oedd yn yr ysgol efo hi.

'Ma Elis yn dair mis nesa,' meddai Lowri, pan ofynnodd Lydia faint oedd oed ei phlentyn hynaf hi. 'Ffocin *hard work* de.'

'Alla'i feddwl,' atebodd Lydia, er nad oedd hi'n gallu dychmygu cael plentyn o fath yn y byd.

'Ma jesd yn constant dydi,' meddai Rhiannon. 'Yn enwedig efo dau.'

''Di Dyl ddim yn helpu chdi weithia?' gofynnodd Lydia, yn hanner gwybod beth fyddai'r ateb, ond mi oedd hi isho gofyn beth bynnag. Chwarddodd Rhiannon yn uchel – yn union fel oedd hi'n arfer ei 'neud yn yr ysgol.

'Sa gin i well siawns o gael gwaed allan o garrag, Lydia bach. Ma hon yn bitsh lwcus ddo,' meddai wrth bwyntio at Lowri. 'Ma-i'n ca'l help gin Elgan weithia.'

'Yndw, chwara teg, neith o godi efo fi weithia de.' Roedd Lydia isho gofyn pam oedd dynion yn cael chwarae teg am helpu *weithiau*, pan oedd merched yn cael dim byd am wneud yr holl waith, ond wnaeth hi ddim. Aeth y sgwrs ymlaen at fabis a chylch meithrin a phryd oedd yr amser gorau i gael naps. Doedd Lydia ddim yn meindio gwrando arnyn nhw, ond ar ôl 'chydig dechreuodd feddwl lle oedd Deio.

Daeth sŵn canu mawr o du mewn i'r dafarn mwya sydyn, a chafodd gip ar Deio trwy'r ffenest efo'i beint yn yr awyr. Gwelodd Siôn yn hongian oddi ar ei 'sgwyddau, y ddau yn canu nerth eu pennau a'r cwrw o'u gwydrau yn tasgu i bob cyfeiriad. Rhwng dau bennill, daliodd ei llygaid a chwifio ei freichiau i ddweud wrthi am ddod i mewn. Wrth gamu dros y trothwy, hitiodd y sŵn ei chlustiau. Roedd hi wedi anghofio pa mor dda oedd pawb yn gallu canu. Tynnodd Deio ar ei braich a'i llusgo hi draw i le oedd o'n sefyll. Pwysodd ei fraich yn drwm ar ei hysgwydd.

Roedd y canu mor uchel, prin oedd Lydia yn gallu clywed ei llais ei hun. Edrychodd ar yr angerdd ar wynebau pawb o'i chwmpas. Teimlodd flew ei breichiau yn codi. Gafaelodd yn dynn yng nghrys Deio a theimlodd ei law yn tynhau o gwmpas ei chanol. Meddyliodd am Adrian a Julia a George. Am Max a Kat. Am Rob. Estynnodd ei ffôn o'i bag yn sydyn, cyn ei godi yn uchel uwch ei phen i ffilmio. Roedd hi'n gweiddi canu. Trodd y ffôn at Deio. Cododd ei law i guddio'r camera. Agorodd Lydia WhatsApp i yrru'r fideo.

Lydia @ Wet Velvet
Saturday night in the village. Miss you x

Taflodd ei ffôn yn ôl i'w bag, cyn cario 'mlaen i ganu nerth ei phen. Wedi i'r gerddoriaeth orffen, aeth pawb yn ôl at eu sgyrsiau, fel tasa 'na ddim byd wedi digwydd.

'I pwy ti'n gyrru'r fideos 'ma?' gofynnodd Deio ar ôl dipyn, fel tasa fo wedi bod yn meddwl am y peth.

'Ffrindia gwaith.'

'Pobol iawn?'

Llenwodd ei chalon wrth feddwl am y tri.

'Ffwc o bobol iawn.'

'Ti'n hapus yna wyt, Lyds?' gofynnodd. Ystyriodd ei eiriau cyn ateb.

'Yndw, dwi yn sdi.' Teimlodd rywbeth yn tynnu ar ei chalon. 'Rhaid chdi ddod lawr am dro yn bydd,' ychwanegodd i darfu ar y tawelwch. Edrychodd Deio arni fel tasa fo'n trio deall be'n union oedd hi'n ei feddwl.

'Ia?'

'Dwm'bo, ella. Os tisho de.'

'Weeeeel dyma nhw,' ymddangosodd Siôn o rywle i dorri ar eu traws. 'Iechyd da bois,' cododd ei wydr yn drwsgl. 'Lyds – ma mor neis dy weld di adra, mêt,' rhoddodd ei fraich amdani. 'Dwi'n gwbo dodda ni'm yn gweld lygaid yn lygaid yn 'rysgol – ond hei, 'dan ni'n iawn wan dydan?' Roedd o bron yn hongian oddi arni. 'Dydan Lyds, cym on 'dan ni'n iawn dydan?' Roedd o wastad yn codi hyn pan oedd o wedi meddwi.

'Yndan Siôn, 'dan ni'n iawn.' Doedd gan Lydia ddim llawar o fynadd cael sgwrs efo fo.

'Lejand 'di hwn,' meddai Siôn yn taro ei law ar frest Deio. 'Ffocin lejand. Ti'n gwbo bod o'n areithio wan? Politishan fydd o dwi'n deud 'tha chdi. 'Sa fo lot gwell na'r twats 'na'n nymybr 10.' Roedd Deio'n edrych yn lletchwith.

'Areithio?'

'Duw nadw, jesd ryw ga'l pobol at ei gilydd am sgwrs dwi. Dwi jesd yn teimlo ddylsan ni gael sgwrs agored am ddyfodol y lle ma, am betha sy'n poeni pobol, de. Dwn im. Jesd cyfarfod yn pyb ar nos Iau 'dan ni.' Teimlodd Lydia ei chalon yn llenwi efo cariad.

'Alla'i ddim meddwl am neb gwell i 'neud hynna na chdi.'

Cododd un ochr ei wefus. 'Mi alla i.' Teimlodd Lydia gwlwm cyfarwydd yn ei 'stumog wrth weld yr edrychiad hiraethus yn ei lygaid. Daliodd lygaid Siôn yn edrych arnyn nhw.

Aeth Lydia i'r tŷ bach tra aeth Deio i'r bar i nôl diod arall iddyn nhw. Aeth i mewn i'r toilet a chloi'r drws. Edrychodd ar ei ffôn. Roedd 'na res o negeseuon yn ymateb i'r fideo.

Adrian @ Wet Velvet
Oh my god I can't wait to visit. I fully see myself being carried by that crowd. Topless.

Julia @ Wet Velvet
My loooove, this sounds incredible. You weren't joking when you said that all of you can sing!!!

Adrian @ Wet Velvet
Can we plan a trip soon please?

George @ Wet Velvet
Looks rowdy. I'm in

Adrian @ Wet Velvet
P.S Missing you too. X

Roedd ei phen yn troi. Clywodd sŵn y drws yn byrstio ar agor, a dau lais yn siarad. Roedd Lydia'n gallu 'nabod un llais fel Nerys. Roedd y llais arall yn crio o'i bol.

'Weithia, neith o jesd ddim sbio arna fi,' meddai trwy ei dagrau. 'Neith o actio fel bo fi ddim yn bodoli, a wedyn tecsdio fi ar ddiwadd noson yn gofyn os dwisho mynd draw.'

'So pam bo chdi'n mynd ta, bêbs?'

'Dwm'bo, Ner,' roedd ei llais hi'n swnio mor drist. 'Ma jesd yn teimlo'n neis bod o isho fi...' Suddodd calon Lydia.

'Wel 'di hyn ddim yn teimlo'n neis nadi?' meddai Nerys.

'Dwi'm yn gwbo be sy'n bod arna fi.' Dechreuodd grio eto. Roedd Lydia'n teimlo'n annifyr yn dal i eistedd yno'n gwrando. Trodd y ddwy yn sydyn wrth iddi agor y drws.

'Ffocin hel Lydia!' meddai Nerys mewn syndod. 'Ers pryd

ffwc ti adra?!' Cerddodd tuag ati i'w chofleidio. Roedd Lydia'n licio Nerys. Roedden nhw'n ffrindiau da yn yr ysgol, ac er nad oedden nhw'n agos erbyn hyn, roedd 'na wastad rhywbeth yn dod â nhw at ei gilydd. Nanw oedd y ferch arall. Roedd hi'n dipyn iau na Lydia, ond mi oedd hi'n gwybod pwy oedd hi. Edrychodd Lydia arni'n sychu ei dagrau yn y drych a theimlodd fel gafael amdani.

'Ti'n iawn, Nanw?' Symudodd Lydia'n agosach ati a rhoi ei llaw ar ei braich. Doedd hi ddim yn 'nabod Nanw mor dda â hynny, ond roedd yr alcohol wedi cael gwared ar unrhyw hunanymwybyddiaeth.

'O Duw, yndw diolch, champion.' Nodiodd Nanw ei phen yn frwdfrydig, ei gwên yn fregus. 'O god, sori os glywist di fi'n crio tha babi. Am embarassing.' Roedd hi'n chwerthin yn nerfus wrth sychu ei dagrau. 'Ma gwin gwyn yn neud fi'n hollol nyts.'

'Ti rili ddim angan ymddiheuro,' meddai Lydia yn ceisio dal ei llygaid. 'A ti ddim yn nyts.'

'Sori, ma rhaid mi bi-pi.' Diflannodd i mewn i'r ciwbicyl yn sydyn.

'Wela'i chi wedyn,' gwaeddodd Lydia wrth lithro o'r toiledau ac yn ôl i'r bar.

Roedd pawb yn edrych yn feddw mwya sydyn ac roedd pob dim yn swnio'n uchel, fel tasa 'na rywun wedi troi'r sŵn yn uwch.

'Wel sbiwch pwy 'di!' clywodd Lydia lais cyfarwydd Jason Glyn tu ôl iddi. 'Lydia Ifan 'di penderfynu dod nôl i'n gweld ni.' Rhoddodd ei fraich amdani, er nad oedd Lydia isho iddo wneud hynny.

'Iawn, Jason?'

'Sud wt-ti'r hen ffrind?' Roedd gas ganddi ei fod o'n ei galw hi'n hynny.

'Iawn diolch,' meddai Lydia gan obeithio na fysa fo'n aros. 'Sud wt ti?'

'O Duw, iawn sdi. Fel ma'i de. Trio deud wrth y lembo yma fynd i sortio'i fusus allan dwi.' Pwyntiodd at Meilir oedd yn sefyll tu ôl iddo fel ci bach. Roedd ei beint o Fosters yn edrych fel bod o'n mynd i ddisgyn o'i law unrhyw eiliad, ac roedd ei grys yn edrych lot rhy dynn, fel tasa fo wedi anghofio prynu dillad newydd ar ôl magu bol.

'Ffoc off, Jase,' meddai Meilir yn flin. ''Di ddim yn ffocin fusus i fi i ddechra arni.'

'Ti'n ffwcio hi ddigon,' saethodd geiriau Jason yn ôl. 'Dyna pam bo'i'n crio'n toilet eto ma siŵr.'

'Dodd i ddim yn ffwcin crio tro dwytha oddi'n 'y ngwely fi de,' winciodd Meilir a dangos rhes o ddannedd blêr. Roedd hi'n casáu ei fod o wedi wincio.

'Pam bo'i'n crio?' gofynnodd Siôn.

'Ffyc nôs,' meddai Meilir, ei rôl yn hongian o'i geg.

'Ti ddim yn meddwl 'sa well chdi ofyn wrthi?' meddai Lydia, ei dicter yn ffrwtian o dan yr wyneb.

'Pam ffwc swni 'sho gwneud hynna?' gofynnodd Mei, efo hanner gwên ar ei wyneb. Roedd Lydia'n gallu teimlo'r gwylltineb yn berwi tu fewn iddi. Roedd o fel ton yn codi o fodiau ei thraed.

'Achos ti'n ca'l *secs* efo hi.' Gwaeddodd yn lot uwch nag oedd hi wedi'i fwriadu. 'Ti'n sticio dy goc i mewn i'r darn mwyaf personol ohoni hi – a ti'n ca'l plesar allan o'r peth.' Doedd hi ddim yn gallu rheoli ei geiriau. 'Ma gin ti fwy o gyfrifoldeb na neb i ofyn wrthi os 'di'n iawn.' Roedd y dafarn yn hollol ddistaw tan i Meilir a Jason ddechrau chwerthin yn afreolus.

'Weeeeeei,' gwaeddodd Jason. 'Mrs Big Shot 'di dod nôl i ddeud wrthan ni gyd sud i fihafio.' Roedd o'n edrych o'i gwmpas yn chwilio am gefnogaeth.

'Ti ddim angan mynd i nunlla i ddysgu be 'di parchu merch.' Poerodd y geiriau o'i cheg. Sylwodd ar yr holl wynebau cyfarwydd o'i chwmpas oedd bellach yn edrych mor feddw. Roedd pawb yn siglo yn eu hunfan, eu llygaid yn fach, fach a'u cyrff wedi plygu drosodd. Roedd pob dim yn teimlo'n rhyfedd. Yn grotésg, rhywsut. Daliodd lygaid Deio fel oedd hi'n mynd trwy'r drws, ond wnaeth hi ddim edrych arno am fwy na hanner eiliad. Wrth iddi frasgamu lawr y stryd, roedd hi'n methu cwffio yn erbyn ei dagrau. Cariodd ymlaen i gerdded yn gyflym nes ei bod hi'n ddigon pell i ffwrdd o'r dafarn. Estynnodd ei ffôn o'i bag. Doedd hi'n dal ddim wedi ateb Rob. Arafodd i sychu ei dagrau cyn dechrau teipio.

Lydia
She definitely won't be keeping me here very long. My head is spinning – tomorrow will be hell x

Pwysodd *send*, heb edrych oedd hi wedi gwneud unrhyw gamgymeriadau Edrychodd ar y lôn dywyll o'i blaen. Doedd hi ddim wedi arfer cerdded adra ar ei phen ei hun, ond heno, doedd ganddi ddim ofn.

–

'Fodca, lime a lemonêd plîs,' gwaeddodd Lydia wrth i Deio brynu rownd wrth y bar.

'Duw, Lydia 'di hon,' meddai John oedd yn sefyll efo grŵp o ddynion wrth y bar.

'John, 'dach chi'n iawn, erstalwm? Be sy'n dod â chi lawr i pyb efo ryffians ar nos Sadwrn?'

'Duw, odd 'na ryw si bo hwn 'di dyweddïo doedd?' rhoddodd

bwniad i Bryn. Doedd Lydia erioed wedi licio Bryn. Roedd y ffaith ei fod o wedi dyweddïo yn gwneud iddi deimlo 'chydig yn sâl.

'Llongyfarchiada,' meddai Lydia. Cododd y fodca, lime a lemonêd oedd Deio newydd roi yn ei llaw. Cododd Bryn ei wydr yn ôl arni.

'Duw, neith hyn gau'i cheg hi am 'chydig gobeithio,' meddai. Chwarddodd pawb. Edrychodd Lydia ar Bryn yn yfed ei beint yn araf.

'Wel, ti 'di cal modrwy i'r hogan ta be?' gofynnodd Wil.

'Ffwcin 'el naddo,' meddai Bryn. 'Neith llinyn bêls i'r gont, gneith?'

Roedd y chwerthin yn uwch tro 'ma, ac roedd Bryn yn gwenu, ei ddannedd yn fach ac yn finiog. Gallai Lydia deimlo ei 'stumog yn corddi wrth edrych arno. Atseiniodd y llinell yn ei phen. 'Neith llinyn bêls i'r gont.'

'Sori, ond ti'n disgysting.' Doedd hi ddim wedi disgwyl i'r geiriau saethu o'i cheg. Roedd 'na ddistawrwydd am 'chydig, a'r unig beth oedd hi'n gallu ei glywed oedd y gwaed yn berwi yn ei chlustiau.

'Be, 'mach-i?' atebodd Bryn efo llygaid bach.

'Be ffwc sy'n gwneud chdi feddwl bo chdi'n cael siarad amdani felna?' Gallai Lydia deimlo ei thu mewn yn crynu.

'A be ffwc sy'n gwneud i chdi feddwl bo chdi'n cael siarad efo fi felna?' Roedd ei lais wedi codi ac roedd ei wyneb yn goch, goch. 'Ffwcin el, 'di hon yn gwbod i lle ta be?' Edrychodd o'i gwmpas ar y dynion eraill oedd yn cuddio tu ôl i'w peintiau.

Doedd Lydia methu peidio â gweiddi. Gafaelodd Deio yn ei braich a'i thynnu hi oddi yno.

'Tyd, Lyds. Sam pwynt. Gad iddo fo. Twat dio.'

Pennod 15

'Noson dda nithiwr?' meddai ei mam wrth i Lydia daflu paracetomol i'w cheg.

'Do, iawn,' atebodd yn trio'i gorau i liwio ei llais. Doedd ganddi ddim llawer o obaith gan bod ei mam yn ei 'nabod hi mor dda.

'Pwy welist di?'

'O jesd yr un hen griw,'

'Fel pwy?'

'Siôn, Rhiannon, Lowri, Nerys,' cychwynnodd Lydia. Doedd ganddi ddim egni i gario mlaen.

'Doedd Deio ddim yna?'

'Oedd,' meddai Lydia wrth wneud ei ffordd tuag at y soffa. Dilynodd ei mam.

'Sud oedd o?'

'Iawn, am wn i,' meddai Lydia yn gweddïo y bysai'r cwestiynau'n stopio.

'Nesdi ddim siarad efo fo ryw lawar?'

'Dim lot naddo,' atebodd Lydia yn bigog. ''Di hynna'n iawn? Unrhyw gwestiwn arall?' Edrychodd ei mam arni'n flin, cyn cerdded i ffwrdd mewn hyff. Roedd hi'n difaru bod yn siort, ond roedd hi'n gofyn gormod o gwestiynau.

Aeth i'w 'stafell i orwedd lawr. Sylwodd ar y rhes o lyfrau wedi eu gosod yn daclus ar ei silff. *Tân ar y Comin, Un Nos Ola Leuad, Pigion 2000.* Allai hi ddim cofio pryd ddarllenodd hi nofel Gymraeg ddwytha. Meddyliodd amdani yn gorwedd ar yr un gwely, ddeg mlynedd ynghynt, yn darllen a 'sgwennu cerddi ar ôl ysgol. Clywed sŵn y geiriau yn clecian oddi ar y dudalen. Siarad ar y ffôn efo Deio am oriau a breuddwydio am ennill y goron. Clywodd ei ffôn yn crynu ar y llawr.

Deio
Hei Lyds. Ti'n iawn? Ffansi walk ar traeth pnawn ma?!

Edrychodd trwy'r ffenest ar yr awyr lwyd yn hongian uwchben y mynyddoedd. Doedd ganddi fawr o fynadd mynd allan, ond byddai'r môr yn clirio ei phen.

Roedd o'n sefyll yn gwynebu'r tonnau pan gyrhaeddodd hi, ei ddwylo yn ei bocedi a'i wallt yn chwythu yn y gwynt. Trodd i edrych arni wrth iddi agosáu. Edrychodd Lydia ar ei 'sgidiau, y tywod yn hel yn friwsion o gwmpas gwadnau trwchus ei Doc Martens. Roedd hi'n gallu dweud ei fod o'n teimlo 'chydig yn nerfus oherwydd roedd ei ddwylo fo'n dal yn ei bocedi pan gyrhaeddodd hi.

'Hei,' meddai gan godi ei ben. Roedd ei lais yn ddistaw ac yn feddal.

'Hei,' atebodd Lydia.

'Awn-ni am dro?' meddai gan amneidio at ben pella'r traeth. Dechreuodd y ddau gerdded. Doedd 'na ddim i'w glywed, dim ond sŵn y tonnau'n torri a'r tywod yn crensian o dan eu 'sgidiau.

'Sgin ti ben mawr?' gofynnodd Deio.

'Dim rhy ddrwg.' Roedd y paracetamol yn dechrau gwneud eu gwaith erbyn hyn. 'Sgin ti?'

'Odd gin i bora 'ma, de. Rum a coke ydi'r diafol, dwn im be o'n i'n ddisgwl.' Cerddodd y ddau yn eu blaenau. 'Lyds, gwranda... O'n isho ymddiheuro am nithiwr. Am beidio dweud dim byd. Am beidio dod ar dy ôl di.' Teimlodd Lydia ei lygaid arni, ond daliodd i edrych yn ei blaen. 'Ma'n hollol shit, a dwi'n teimlo fatha cachwr.'

'Pam bo chdi ddim yn dweud dim byd?'

'Wrth Jason?'

'Ia.'

'Dwm'bo.'

'Ti ofn o?'

'Be ffwc? Nadw. Dim o gwbl. Jesd dim mynadd codi twrw 'sgin i. Ti'n gwbo fel ma nhw. Ond 'di hynna ddim yn esgus.' Roedd Lydia'n ddistaw am ennyd.

'Felna ma nhw'n cal get-awê efo petha, de. Ma isho i ddynion erill sefyll fyny i ddynion fatha fo – fela ma petha'n newid.'

'Ia, dwi'n gwbod. Ti'n iawn.' Roedd o'n edrych ar y llawr a theimlodd Lydia fel gafael amdano.

'Ti'n wahanol iddyn nhw, Deio, ti wastad wedi bod, dwi'n gwbo hynna. Ond ma isda nôl a peidio dweud wbath bron yr un mor ddrwg. Dyna dwi 'di ddysgu.'

'Ma gas gin i'r ffordd ma nhw'n siarad am ferched, sdi. A ma gas gin i feddwl bo fi jesd yn sefyll yna'n deud ffyc ôl. O'n i'n arfar chwerthin ar y petha odda nhw'n ddweud yn 'rysgol.'

'O'n i fyd. Oddan ni gyd doddan? Dodd gynna ni'm syniad adag yna nag oedd, a ma hynna'n ocê. Ond alla ni newid petha wan gallan?'

Sylwodd Lydia ar wên fechan yn ffurfio ar ei wyneb.

'Dyna oddan ni'n ddweud erstalwm de, ti'n cofio?' gofynnodd Deio.

'Be ti feddwl?'

'Pan oddan ni'n sôn am annibyniaeth a ballu, dyna oddan ni'n ddeud. Allan ni newid petha a 'dan ni'n mynd i newid petha.' Teimlodd Lydia bang o hiraeth yn ei brest. Roedd hi'n gallu gweld y darlun mor glir yn ei phen – y ddau ohonyn nhw'n isda ar y clogwyn uwchben y traeth yn siarad a siarad cyn i'r haul ddiflannu tu ôl i'r mynydd.

'Ti'n cofio ni'n 'sgwennu llythyr i Dafydd Elis?' gofynnodd Lydia wrth i'r atgofion lifo nôl.

'Yndw. Nathon ni 'rioed yrru fo chwaith naddo?' meddai Deio'n hanner chwerthin.

'Naddo.'

'Sa'n dda ffeindio fo bysa?'

'Ella sa fo reit crinj i ddarllan o nôl wan.'

'Ti meddwl? Oni meddwl bod o reit dda fy hun, de.'

'Co' plentyn sgin ti ma siŵr.' Cerddodd y ddau yn ôl tua'r pentra heb ddweud llawer. Roedd 'na rywbeth gwyllt a phwerus am liwiau'r awyr wrth iddi nosi. Teimlodd Lydia ias oer yn cydio ynddi a chafodd ysfa i afael ym mraich Deio a'i dynnu'n dynn tuag ati. Gwthiodd ei dwylo yn ddwfn yn ei phocedi. Wedi iddyn nhw gyrraedd car Lydia, trodd Deio ati.

'Ochdi'n feddwl o pan nesdi ddeud ddylswn i ddod i dy weld di?' Cafodd Lydia fflach o'r noson cynt. Gwenodd arno.

'As if 'sa chdi'n dod eniwe.'

'Ella fyswn i.'

'Ti'n casáu pan dwi'n siarad Saesneg. A ti'n casáu crowds.'

'Gin ti ryw acen posh, does? A dwi ddim yn casáu crowds. Dwi jesd ddim yn licio cal 'y mhacio mewn i diwb silindr sy'n mynd tua can milltir yr awr o dan ddaear efo nhrwyn yn gesail ryw foi. Ma hynny 'igon rhesymol yndi?' Rowliodd Lydia ei llygaid, ond doedd hi ddim yn gallu peidio chwerthin.

'Mm. Ella 'sa well chdi beidio 'lly.'

Gwenodd arni. 'Gawn-ni weld.'

***

Roedd 'na oglau swper nos Sul lond y tŷ pan gyrhaeddodd Lydia adra. Clywodd leisiau cyfarwydd yn dod o'r gegin. Tarodd olwg sydyn arni ei hun yn nrych y tŷ bach lawr grisiau. Roedd ei gwallt yn wyllt ar ôl sefyll yn gwynt, ac roedd ei bochau hi'n goch, goch. Taflodd ddŵr oer ar ei llygaid a chymryd anadl fawr i fewn.

'Lyds!' meddai Iago a'i freichiau ar led. Roedd ei chefnder bach yn edrych yn wahanol. Yn hŷn rhywsut. Gafaelodd amdani.

'Ti'n edrych yn... wahanol. Be ti...'

'Y locsyn,' meddai ei mam wrth iddi wibio i mewn i'r 'stafell fyw efo hambwrdd o greision a hwmws. Rowliodd Iago ei lygaid.

'Ocê, ma genna'i locsyn. Unrhyw sylw arall gewch chi 'neud o rŵan. Get it over and done with.' Chwarddodd Lydia.

'Shafia fo,' clywodd Lydia lais Math, brawd mawr Iago o'r lownj.

'O, 'di Math yma 'fyd?'

'Yndi,' meddai Iago a'i wefus wedi crychu.

Cerddodd ei mam ati'n araf efo gwydriad bach o win coch yn ei llaw. Gwyrodd Lydia ei phen, ei llygaid yn edrych i fyny arni fel ci bach. Gafaelodd amdani – y gusan dyner ar ei phen yn golygu bod pethau'n ocê rhyngddyn nhw unwaith eto.

'Lyds!' meddai Math wrth iddi gerdded i mewn i'r 'stafell fyw. Cofleidiodd y ddau. Roedd Math yn dal ac yn denau, ei freichiau hir yn hongian bob ochr i'w gorff yn drwsgl. Roedd Lydia wastad wedi meddwl bod hynny'n gwneud iddo edrych yn ddiniwed, er ei fod o wastad yn ymddwyn fel 'chydig o *lad*. Sgwrsiodd y ddau am 'chydig – gofynnodd Lydia wrtho sut oedd pethau'n mynd ym Manceinion, sut oedd y swydd newydd a'r fflat. Gofynnodd yr un cwestiynau yn ôl iddi hithau.

'Reit, iechyd da!' meddai tad Lydia. Cododd pawb eu gwydrau tua'r canol cyn cymryd llwnc.

'I locsyn Iago,' meddai Math.

'Piss off,' meddai Iago.

'Oi,' meddai Mam Lydia.

Gallai Lydia deimlo'r gwin yn dringo'n araf i'w phen. Edrychodd draw ar y fflamau'n dawnsio yn y lle tân.

'Reit be 'di'r newydd ta, Lyds?' meddai Math yn rhwbio ei ddwylo. 'Oes 'na ddyn newydd ar y sin? Wyt ti'n mynd i brynu mansion yn Llundain? Neu wyt ti'n mynd i ddod nôl adra i fyw?' Chwarddodd pawb, yn cynnwys Lydia. Roedd ganddo ffordd o ysgafnhau sefyllfaoedd a thrin pynciau pigog efo pinsiad o hiwmor. Fo oedd *showman* y teulu ond roedd Lydia wastad yn gwybod fod 'na rywbeth yn cuddio tu ôl i'r perfformiad.

'Na, na a *na* ydi'r ateb syml.'

'Ti ddim 'di cyfarfod neb, Lyds?' gofynnodd ei mam yn trio actio'n ddi-hid. *Naddo Mam, ond dwi yn cysgu efo lot o ddynion dwi'n gyfarfod ar app.*

'Dim rili,' meddai, yn cymryd sip fawr o'r gwin. Gwenodd ei mam yn gwrtais cyn sbio draw ar dad Lydia.

'Ma' Lyds yn cael hwyl,' meddai Iago. Gwenodd Lydia arno, yn teimlo'n obeithiol bod y genhedlaeth oddi tani yn gymaint fwy agored.

'Yndi tad. A ma hynny'n bwysig,' meddai ei mam fel tasa hi'n fforsho ei hun i ddweud y geiriau. 'Ond, jesd, ia, dwn im. Amsar sy'n mynd 'de, a 'dach chi ddim yn mynd dim iau…'

''Di hi ddim yn wylia 'Dolig heb grybwyll y cloc sy'n tician nadi? 'Dolig Llawen bawb.' Cododd Lydia ei gwydr wrth drio'r cadw hiwmor yn ei llais.

'Ocê, ocê,' meddai ei mam fel tasa hi'n distewi torf. 'Dwi jesd isho chdi fod yn hapus.'

'Dwi *yn* hapus,' meddai Lydia 'Hapus iawn, acshyli.'

'Beth bynnag, be amdana chi? Sud ma Caerdydd, Iags?' gofynnodd Lydia yn teimlo rhyddhad wrth i'r sgwrs newid cyfeiriad.

Ar ôl llond bol o fwyd a gwin coch, roedd y sgwrsio wedi hen stopio ac roedd pawb yn gorwedd yn fflatnar ar y soffa. Roedd y tân yn dal i losgi, a heblaw am lais lleddfol David Attenborough ar y teledu, yr unig sŵn i'w glywed oedd y gwynt tu allan. Roedd hi bron â disgyn i gysgu pan welodd ei ffôn yn fflachio wrth y ffenest.

Rob
Hope you're tucked in by a fire nursing your hangover with a mug of mulled wine. Nadolig Llawen, Lydia. I'm glad you can't hear me say it. X

Teimlodd Lydia gynnwrf yn byrlymu yn ei chorff. Gwenodd a rhoi ei ffôn yn ôl ar y silff ffenest. Roedd hi'n dal i wenu pan drodd ei phen, a dal llygaid ei mam yn gwenu nôl arni.

—

'Deuthi ffwcio oma Math,' meddai Gwil, ffrind Math. Doedd Lydia byth yn cael dod ar gyfyl Math pan oedd Gwil draw. Edrychodd Math ar Lydia.

'Deuthi!' meddai eto, ei lais yn finiog.

'Dos oma, Lydia,' meddai Math yn ddi-gynnwrf. Wnaeth Lydia ddim symud.

'Deu 'thi ffoc off!' Roedd y rheg yn atsain yn ei chlustiau.

'Dos oma, Lydia,' meddai Math eto, yn uwch y tro hwn. Gwnaeth hynny hi'n flin. Sut oedd o'n gallu dweud wrthi am fynd? Mi oedd hi

wedi gweld be oedd Math wedi bod yn wylio ar ei laptop. Mi oedd hi wedi sleifio i mewn i'w 'stafell o unwaith a gweld y fideos.

'Dwi 'di gweld be sy ar laptop chdi Math. Na'i ddeud wrth pawb,' gwaeddodd, y geiriau yn llifo ohoni heb reolaeth.

Trodd wyneb Math yn wyn.

Roedd Gwil yn gwenu. Gwên hyll, seimlyd. Cerddodd tuag ati.

'Be sy ar y laptop?' gofynnodd.

Gallai Lydia weld yr arswyd yn llygaid Math fel tasa 'na rywun yn dal gwn i'w ben.

'Dim,' meddai Lydia mewn panig.

'Be sy ar y laptop?' meddai eto, ei lais yn uwch y tro hwn.

'Dim.'

Gafaelodd Gwil yn ei braich. Roedd o'n gwasgu'n dynn, dynn.

Dechreuodd Lydia grio.

'Jesd porn, Gwil,' daeth rhywbeth tebyg i sgrech o geg Math. Roedd o'n brysio tuag atyn nhw. 'Porn oddo, iawn? Jesd gad iddi.'

Gollyngodd Gwil fraich Lydia yn llipa, heb dynnu ei lygaid oddi ar Math. Roedd ei aeliau wedi codi, ac roedd ganddo wên lechwraidd oedd yn codi ofn ar Lydia.

'Pam nesdi ddim jesd deud yn gynt?'

'Dwm'bo,'

'Pa fath?'

'Dwm'bo, jesd normal de.'

'Tits masuf?'

'Ia.'

'Naaais. Ga'i weld?'

Pennod 16

Roedd cerbyd y trên yn orlawn a phawb yn stryffaglu i ffeindio lle i gadw eu cesys. Edrychodd Lydia drwy'r ffenest ar ei mam yn sefyll ar y platfform ac yn codi llaw er nad oedd hi'n gallu gweld tu mewn i'r trên. Roedd Lydia'n gwybod yn iawn bod 'na ddagrau'n cuddio tu ôl i'w sbectol haul, a theimlodd bang o euogrwydd wrth sylweddoli nad oedd hi'n teimlo 'run peth. Roedd y cyffro oedd hi'n deimlo i fynd yn ôl fel tasa fo'n goresgyn unrhyw deimlad o dristwch wrth weld ei mam yn mynd yn llai ac yn llai ar y platfform. Estynnodd ei ffôn o'i bag. Sgroliodd at enw Rob. Er nad oedd yna lawer o negeseuon, roedd hi'n dal methu coelio eu bod nhw wedi bod yn tecsdio. Darllenodd yn ôl dros y neges olaf iddi yrru iddo am y pumed tro.

> In terms of my chosen train snack – can I choose two? It would have to be a bar of curly wurly and a bag of Tyrrells Salt and Cider Vinegar crisps. How about you? x

Doedd o'n dal ddim wedi darllen y neges. Teimlodd ei ffôn yn crynu.

Kat
We can't wait to see you. Cooking ramen x

Darllenodd neges oedd hi wedi'i chael gan Deio.

Deio
Siwrna saff, Lyds. Joia'r crowds x

Gwelodd neges Rémy, yn dal heb ei hagor.

Rémy
So, how was Christmas in Wales? When are you back in London?

Pwysodd ei phen yn ôl ar y gadair, ac edrych trwy'r ffenest ar y môr yn ymestyn fel blanced las tua'r gorwel. Gadawodd i'w llygaid ymgolli yn y glesni, fel tasa hi'n trio amsugno holl egni'r dŵr cyn i'r trên ddiflannu i mewn i'r tir mawr. Meddyliodd am Jason Glyn. Troellodd ei eiriau rownd a rownd yn ei phen. *Mrs Big Shot 'di dod nôl i ddeud wrthan ni gyd sud i fihafio.* Efallai bod ganddo fo bwynt. Dychmygodd pawb yn siarad amdani ac yn chwerthin a gwnaeth hynny iddi deimlo'n sâl. Ond yna, wrth edrych ar y tirwedd yn newid o flaen ei llygaid, cofiodd lle oedd hi'n mynd a'r bobl oedd yn aros amdani.

Wrth i'r trên lusgo i mewn i Euston, cafodd ei chroesawu gan yr un hen adeiladau llwyd – hoel barn, poen a phleser yn lliwiau'r graffiti. Wrth gamu oddi ar y trên, addasodd ei choesau'n syth i rythm brysiog y ddinas. Carlamodd i lawr y grisiau symudol a nadreddu heibio'r twristiaid fel tasa ei hymennydd wedi ei raglennu i 'neud hynny. Gwibiodd trwy'r giatiau efo un tap syml ar ei ffôn, cyn neidio ar y Victoria Line tua Highbury and Islington. Roedd y tiwb yn llawn a meddyliodd yn sydyn am Deio. Datodd weiran ei chlustffonau a gadael i'r gerddoriaeth foddi sŵn sgrechian yr olwynion ar y trac.

Roedd hi bron yn wyth o'r gloch erbyn iddi gyrraedd Millworth Road. Taflodd ei ches i'w 'stafell a newid i'w thracsiwt llwyd ufudd.

'She's home!' Neidiodd Kat arni wrth iddi gerdded mewn i'r gegin. Roedd ei chroeso wedi llenwi calon Lydia. Roedd Max wedi paratoi bwyd pigo ar y bwrdd coffi, ac roedd 'na lasiad o win coch o Ffrainc yn ei llaw o fewn eiliadau.

'So how was your Christmas in France? How was meeting the family?' gofynnodd Lydia wrth Kat wedi cyffroi.

'Oh, it was so nice,' meddai Kat yn edrych i fyny ar Max. 'His family is amazing. I loved them. Especially his mum.'

'They all loved her too,' meddai Max yn llawn balchder.

'I'm not surprised,' meddai Lydia. 'So, what do you prefer, a French Christmas or a British Christmas?'

'French Christmas for sure. I've never really liked Christmas with my family to be honest. It's been weird since my dad died.'

'Yeah, that must be tough. There's kind of this weird pressure to be a perfect happy family isn't there? And to spend loads of money,' meddai Lydia.

'Yeah, my mum always said that we had too much stuff,' meddai Max.

'Which is true,' meddai Kat. 'His mum is so great, Lyds. She was telling me all about her family and her Nubian ancestors. You would've loved it.'

'Nubian?' meddai Lydia. 'You said your mum's family were from Sudan, right Max?'

'Yeah, they live in North Sudan now, but they would never call themselves Sudanese. They're Nubians – the indigenous people of the central Nile Valley, essentially where South Egypt and North Sudan are today.'

'Really?' roedd Lydia wedi synnu nad oedd hi'n gwybod amdanyn nhw.

'They're actually one of the earliest known civilizations in the world, much older than the Egyptian dynasties.'

'She was telling me about the Nubian Queens, Lyds. How the women were warriors, and how the family lineage was passed on through the women's names, not the men's.'

'That's amazing. So it was like a matriarchal society?'

'Apparently so. Can you imagine? You can still very much see that in Max' family, too. His Mum is the queen.' Gwnaeth hynny i Max chwerthin.

'Look at them, Lyds.' Roedd Kat yn dangos lluniau o'r breninesau Nubian ar ei ffôn. Eisteddodd y ddwy yno am hydoedd yn edmygu eu penwisgoedd dramatig a'r aur trwm am eu gyddfau a'u breichiau. Roedden nhw'n edrych mor hudolus.

'So what happened to the Nubians, Max?' gofynnodd Lydia.

'They were conquered by Egypt.'

'How come we've never heard of them before?'

'Well it wasn't really the focal point of European archaeologists. They were much more interested in the Greeks and the Egyptians. A lot of them sort of dismissed the idea that black people could have created thriving kingdoms before then. Nubia was always thought of as a part of Egypt, with just a few black pharaohs thrown in the mix.'

'Isn't it crazy to think that ancient history is about what some bunch of archaeologists choose to look for and tell the world?' meddai Kat.

'We don't know half of it really, do we?' meddai Lydia.

'So what about the Nubian culture and language and stuff today?'

'Unfortunately, over the years, they've just been marginalised by the Egyptian and Sudanese government.'

'They have such a sad history, Lyds,' meddai Kat.

'Yeah, a lot of them were actually forced out of their regions because the government built dams along the river that flooded entire villages.'

'Imagine that?' meddai Kat. 'Literally drowning an entire village. Losing your home, your land, your community. It's so awful isn't it?'

Roedd geiriau Kat wedi gwneud i Lydia deimlo'n anesmwyth fel tasa 'na rywbeth bach yn pigo yng nghefn ei gwddw. Siawns ei bod hi wedi dweud wrthi am Dryweryn, am Epynt a chwm Elan?

'You know it really made me realise how important it is to talk about these things,' meddai wedyn. 'Like, to tell everyone about these people and their cultures.'

Cymerodd Lydia swig o'i gwin ac esgusodi ei hun i fynd i'r tŷ bach. Safodd yno yn gofyn wrthi ei hun sut nad oedd hanes Cymru wedi cael yr un effaith ar Kat â hanes teulu mam Max? Oedd o'n wahanol? Efallai nad oedd hi wedi siarad efo'r un angerdd. Efallai nad oedden nhw wedi dallt. Meddyliodd am decstio Deio i ddweud ei bod hi wedi cyrraedd yn saff, ond penderfynodd beidio.

Roedd Max yn tollti'r llwyaid olaf o *ramen* i'r drydedd fowlen pan gyhoeddodd fod bwyd yn barod. Daeth Kat i eistedd wrth y bwrdd.

'More wine?' Rhoddodd Kat ei llaw ar ysgwydd Lydia fel tasa hi'n synhwyro fod 'na rywbeth o'i le.

'I'd love some, please.'

'Are you alright, love?'

'I'm fine, sorry, I think I'm just knackered.'

'So, tell us, how was home?'

'Home was good, yeah... But, I don't know, I was excited to come back.'

'Yeah, I get you. We were too.'

'I loved that video you sent. The pub looks like a right laugh. I can't wait to come visit,' meddai Max.

Roedd meddwl am ei ffrindiau yn dod i Gymru yn ei gwneud hi'n hanner nerfus, hanner hapus.

'Who was that guy at the end of the video? Was it Dey-o?' holodd Kat.

'It's Deio,' cywirodd Lydia hi. 'Yes, that was him.'

'Who's Deio?' gofynnodd Max.

'Oh, just a friend from school.' Cymerodd Lydia swig o'i gwin.

'He was more than just a friend from school wasn't he?' meddai Kat.

'We kissed sometimes when we were really drunk, but it was nothing.' Edrychodd Kat ar Max. 'But, anyway, that video I sent you. The night actually ended quite badly.'

'In the pub?' gofynnodd Max.

'Yeah.'

'What happened?' holodd Kat.

'I just had this argument with a guy I used to go to school with. Well it wasn't an argument. I just kind of, lost it a bit.'

'How come?' gofynnodd Kat.

'It's just the way these guys were talking about a girl that one of them was sleeping with. It was just so horrible. I couldn't just stand there not saying anything, so I said something.'

'And then what happened?'

'Well it just turned a bit sour, you know? And awkward. I was quite drunk. So now I have anxiety about it.' Rhoddodd Kat ei dwylo ar law Lydia.

'Don't ever feel bad about standing up for other women, Lyds. Imagine how you'd feel if you hadn't? It's what you believe in.'

'I just wish others would say something too, you know? Especially other men.'

'Oh, tell me about it,' meddai Max. 'It's about time this fucking lad culture disappeared. I really hate it.'

Roedd 'na annifyrrwch yn llais Max nad oedd hi wedi'i glywed o'r blaen fel tasa hi wedi crafu hen friw oedd o wedi anghofio amdano.

–

'Ti am ffwcio hi ta be?' meddai Jason, ei lais yn filain.

'Na, jesd ffrindia 'dan ni.' Roedd llais Deio'n is na'r arfer.

'Ffrindia? Be wt-ti? Pansan?' chwarddodd Jason.

'Nage!' Gallai Lydia weld y panig ar wyneb Deio. Doedden nhw ddim yn gwybod ei bod hi'n gallu eu gweld nhw.

'Ma'i'n ffit. Swni'n mynd efo hi. Nawni neud bet, gweld pwy sy'n gallu cha'l hi gynta?' holodd Dyl.

Edrychodd Deio ar y llawr.

'Ffwc o syniad,' meddai Siôn.

'Awê,' eiliodd Meilir.

Chwarddodd Jason yn uchel. 'As if 'sa chdi'n gallu cha'l hi, Mei.'

'Ffoc off, Jase.'

'Wel ti in ta be, gay boy?' gofynnodd Jason wrth Deio.

'Dwi ddim yn ffocin gay,' meddai Deio'n flin.

'Ti in ta be?' Estynodd Jason ei law fel tasa fo'n selio cytundeb. Edrychodd Deio o'i gwmpas fel tasa ganddo fo ofn bo rhywun yn clywed.

'Iawn.'

Pennod 17

Doedd Lydia ddim yn licio mis Ionawr. Roedd hi wastad yn oer, yn wlyb ac yn llwyd ac roedd Llundain fel tasa hi'n llusgo ei thraed i 'neud pob dim. Edrychodd o'i chwmpas ar y gwynebau hir a gwelw ar y tiwb. Meddyliodd am Deio a gymaint y bysa fo'n casáu bod yma. Pwysodd *play* ar y podlediad yn ei chlust. Jameela Jamil oedd yn cael ei chyfweld.

> *Well, when you think about it, boys are bombarded with dangerous imagery, song lyrics, peer pressure and often quite damaging pornography from when they're very young...*

Roedd y tiwb wedi stopio yn Moorgate. Daeth boi ifanc ymlaen efo tracsiwt llwyd wedi ei wisgo'n isel a *puffer jacket* ddu oedd dwbl ei faint. Roedd y cap pig am ei ben yn cuddio ei groen gwelw, ond gallai Lydia synhwyro ei ddicter yn y ffordd roedd o'n cnoi gwm. Gollyngodd ei hun i mewn i'r sêt fel tasa fo'n syrthio ar soffa adra. Eisteddodd efo'i goesau ar led, yn cymryd lot mwy o le na neb arall o'i gwmpas. Gallai Lydia deimlo pobl yn gafael yn eu bagiau yn dynnach a chroesi eu coesau i bwyntio'r ffordd arall.

> *... they're throttled with toxic masculinity, belittled and rejected when they show signs of sensitivity, and they're mocked and insulted when they show pain of any kind...*

Stopiodd y tiwb a chododd merch ifanc wrth ochr y boi. Roedd ei goesau yn ei rhwystro ac roedd hi isho pasio.

'Excuse me?' meddai hi'n swil. Anwybyddodd hi'n llwyr a chario 'mlaen i edrych lawr ar ei ffôn. Stryffaglodd y ferch dros ei goesau a gwyliodd Lydia y wên lechwraidd oedd yn ymddangos yng nghornel ei geg. Dilynodd ei lygaid wrth iddo godi ei ben ar ôl iddi basio i edrych ar ei phen ôl.

> ...This is a call to arms for women who have boys growing up in their houses. Tell them to cry when they're sad. Tell them to talk about their feelings. Tell them that it's cool to be soft and loving... Tell them about sex. Not just the reproductive sex. The fun, pleasurable kind. The joy of equal pleasure and enthusiastic content...

Edrychodd y boi yn ôl, reit i mewn i lygaid Lydia. Teimlodd ddiferion o chwys ar ei thalcen. Roedd y tiwb yn arafu.

'This is Baker Street.'

Edrychodd ar ei ffôn. 08.55. Os fysa hi'n brasgamu, mi fysa hi yn Portland House am naw ar y dot. Cododd ar ei thraed a cherdded tuag at y drws heb edrych yn ôl. Roedd 'na ddipyn o bobl ar y platfform, felly doedd hi ddim yn gallu cerdded mor gyflym ag oedd hi'n ddymuno. Gwelodd y grisiau o'i blaen, ond fel oedd hi'n camu ar y ris gyntaf, teimlodd rywun yn gafael yn ei braich. Rhewodd, cyn troi ei phen yn sydyn i syllu i mewn i lygaid y boi oddi ar y tiwb.

'You missin' anyfin?' meddai. Roedd ei lygaid yn fawr ac yn frown.

'Sorry?' Rhoddodd Lydia ei throed ar ail ris y grisiau. 'Erm sorry, I actually really have to go...'

'Wivout this?' Cododd fag i fyny. Syllodd Lydia ar y

'sgwennu cyfarwydd *New Yorker* oedd wedi pylu ar y defnydd hufen. Gwelodd ei photel ddŵr yn sticio o'r top.

'Oh fuck, yes, shit. That's my bag... Thanks so much...' Estynnodd Lydia am y bag, ond camodd y dyn yn ôl.

'No need to look so terrified. I ain't a monster,' chwarddodd cyn taflu'r bag ati. 'Have a nice day, yeah?' Llithrodd o'r golwg rownd y gornel. Safodd Lydia yno am ychydig eiliadau yn gwrando ar sŵn cyfarwydd y tiwb nesaf yn cyrraedd y platfform. Gwrandawodd ar y drysau'n agor. Edrychodd ar ei ffôn. 08.58.

Cododd ei phen a gweld Marius yn cerdded i fyny'r grisiau o'i blaen. Roedd gas ganddi weld pobl gwaith ar ei ffordd i'r swyddfa, yn enwedig rhywun oedd mor uchel i fyny yn y cwmni. Nid bo hi ddim yn licio Marius – mi oedd o'n foi digon clên. Ond doedd siarad gwag toc wedi naw yn y bore, heb gael coffi ddim yn brofiad neis. Gallai weld ei het yn symud ling-di-long trwy'r dorf. Pam oedd o'n cerdded mor araf? Mi fysa hi'n gallu stopio am goffi i arafu ei thaith, ond roedd hi'n hwyr fel oedd hi. Arafodd ei chamau fel oedd hi'n dod o Baker Street, ond anghofiodd am y goleuadau traffig reit tu allan i'r orsaf. Trodd y dyn bach yn goch a chyn iddi allu sleifio i ben arall y rhes o bobl oedd yn aros i groesi'r lôn, roedd Marius wedi troi nôl a'i gweld hi. Tynnodd ei glustffonau o'i glustiau.

'Lydia. Good Morning!' meddai yn ei lais digynnwrf. Er fod ei ddannedd o bron mor wyn â rhai Melissa, roedd gan Marius wên lot mwy cynnes.

'Morning, Marius,' atebodd yn lliwio ei llais.

'How are you?' gofynnodd fel tasa fo wir isho gwybod.

'Good thanks, yeah. How are you doing?'

'I'm very well, thank you.' Dechreuodd y ddau groesi'r lôn efo'r dorf. Roedd Lydia'n gallu synhwyro bod y sgwrs yn mynd i fod yn lletchwith.

143

'Nice Christmas?' gofynnodd.

'Yeah, lovely thanks,' atebodd, fel tasa ei meddwl wedi ei raglennu i ddweud hynny.

'In Wales, was it?' Roedd hi wedi synnu ei fod o'n cofio.

'Yes.'

'I've never been, but I've always wanted to go.'

'Oh really? You should. It's beautiful.'

'So I've heard.'

'It rains a lot though.'

'Yes, I've heard that too.' Gwelodd Lydia fflach o ddiniweidrwydd yng ngwên Marius ar yr eiliad honno, fel tasa ei fasg proffesiynol wedi llithro o'i afael. 'So, what sort of things do you get up to in Wales at Christmas? Any Celtic traditions?'

Roedd cwestiynau fel hyn yn ei baglu hi. Yn yr un ffordd ag oedd: *so, what's the national dish of Wales?* Doedd 'na fawr o ddim byd unigryw na gwahanol i'w ddweud ac roedd hynny'n cyferbynnu'n anesmwyth efo gweddill ei naratif. Meddyliodd am sôn am y Fari Lwyd, ond doedd hi erioed wedi bod yn rhan o hynny – ac oedd hi wirioneddol isho mynd i fewn i'r peth? Meddyliodd am y pethau bach oedd ei rhieni'n wneud bob blwyddyn. Pwdin clwt? Oedd hynny'n draddodiad Cymreig? Cofiodd am y canu. Roedden nhw'n arfer mynd i ganu bob Noswyl Nadolig. Er nad oedd hi wedi bod ers rhai blynyddoedd – ac y tro dwytha iddi hi fod, mi oedd ei thad wedi damio yr holl ffordd adra am ei fod o'n uniaith Saesneg – penderfynodd fynd amdani.

'Ah yes, the Welsh know how to sing, don't they?' meddai wrth droi at Lydia. 'My father in law once took me to a rugby match in Cardiff, and I, well, I was actually moved to tears when they sung your national anthem. If I'm honest, it was quite out of character. But it was just *so* powerful.' Fysai Lydia fyth wedi meddwl, wrth drio osgoi Marius ger y goleuadau traffig bum munud yn gynharach, mai dyma fysa'n dod allan o'i geg. Roedd o'n rhyfedd sut oedd sgwrs sydyn tu allan i'r swyddfa yn gallu llunio darlun mor wahanol i'r un oedd rhywun wedi dechrau ei greu o fewn y bedair wal. Ceisiodd Lydia ddychmygu ei fywyd. Meddyliodd am ei wraig a'i blant. Sut fath o ddyn oedd o? Dywedodd Marius ei fod o am fynd i nôl coffi. Wrth iddyn nhw wahanu ar waelod y stryd, gobeithiodd Lydia ei fod o'n un o'r rhai da.

Pan gyrhaeddodd Lydia y swyddfa, roedd Adrian wrth y ddesg yn edrych yr un mor ffresh a hyfryd ag erioed. Roedd y jympyr *cashmere* oedd o wedi ei chael dros y 'Dolig yn edrych mor dda amdano. Mi oedd ganddo ddiwrnod mawr o'i flaen efo cleient o Miami ac mi oedd Lydia'n gallu dweud yn syth ei fod o'n *stressed*.

'You remember we're not saving lives, right?' Defnyddiodd Lydia'r un linell ag oedd o'n ei dweud wrthi hi pan oedd hi'n gor-boeni am bethau gwaith.

'Yes. Thank you,' atebodd wrth hel ei bethau.

Treuliodd Lydia weddill y bore yn ateb e-byst a darllen dros be oedd hi wedi'i 'sgwennu am y Grand Village Mall. Doedd hi ddim yn hir nes i'w meddwl hi ddechrau crwydro. Gwelodd wyneb y boi ar y tiwb eto. Max yn y gegin. Deio ar y traeth, ei gôt yn chwipio yn y gwynt.

'Alright, Lyds?' tarfodd llais George ar ei meddyliau. 'Fancy some lunch?'

Roedd y bwyty bach Tsieinïaidd ar gongl Weymouth Street yn brysurach na'r arfer, ond llwyddodd y ddau i gael bwrdd bach simsan yn y cefn, reit wrth ochr y gegin. Roedd hynny'n golygu bod rhaid dioddef sŵn y drws siglo yn agor a chau yn glep wrth i'r gweinydd prysur ruthro i mewn ac allan o'r gegin bob deg eiliad. Ond doedd yr un o'r ddau yn meindio – mi fysan nhw'n gwneud unrhyw beth am y *biang biang noodles*. Roedd Lydia'n gwrando ar George yn disgrifio'r dafarn oedd o wedi bod ynddi neithiwr. Er ei bod hi'n gwrando ac yn ateb, roedd ei meddwl yn rhywle arall.

'George, can I ask you something?'

'Sure.'

'Did your parents ever talk to you much about sex growing up?' Chwarddodd George yn uchel. 'Yes, I'm sorry for the slightly traumatic question.' Cymerodd George lwyaid swnllyd o'i nwdls. Edrychodd Lydia arno'n bwyta, yn dal yn aros am ateb. 'But, seriously, did they?'

'Christ, no. We never talked about anything like that. We never talked about anything much.'

'Do you wish they had?'

'I don't know to be honest. I think it would've been extremely awkward. But then again, the things we talked about with the lads were probably a lot worse.'

'Were you a lad?'

'I'm from a small village in Lincoln. I couldn't be anything else, trust me.'

Edrychodd Lydia arno wrth iddo stryglo efo'r *chopsticks*, y nwdls yn llithro'n anobeithiol yn ôl i mewn i'r fowlen wrth iddo agosáu at ei geg.

'Did you hate it?'

'At times I did, yeah. I got bullied a bit for being too nice to my girlfriend. Mad isn't it, really?' Llwyddodd i daflu llwyth o'r nwdls i'w geg.

'Hmm, there were lads like that where I'm from too,' atebodd Lydia. 'I thought they were the only ones, to be honest.'

Ar ôl cinio, aeth George i gyfarfod ac Adrian i weithdy am y p'nawn, felly roedd gan Lydia'r bwrdd iddi hi ei hun. Roedd hyn yn gyfle iddi roi ei phen i lawr yn iawn, er ei bod hi'n gwybod y bysa 'na rywbeth yn tynnu ei sylw o fewn hanner munud. Pobl tu allan yn yr ardd. Ei ffôn yn crynu. Ysfa am goffi. Sylwodd fod 'na e-bost newydd gyrraedd ei *inbox*.

Rob Colsin: GVM catch-up @ 15h00

Teimlodd ei chalon yn neidio. Cliciodd ar yr e-bost.

Hi Lydia,

I've put some time in this afternoon to go through the Grand Village Mall stuff. I hope that's alright.

See you at 3.00pm.

Rob.

Edrychodd ar y cloc. 2.45. Roedd rhaid iddi fynd i'r tŷ bach. Gafaelodd yn ei bag colur, cyn sleifio allan o'r swyddfa ac i fyny'r grisiau.

Roedd o'n aros amdani yn y 'stafell gyfarfod. Roedd o'n edrych yn hapus i'w gweld hi, ac wrth iddo wenu, teimlodd Lydia rywbeth yn gwasgu tu mewn iddi. Roedd y ffenestri mawr tu ôl iddo yn gwneud i olau naturiol y dydd lifo i mewn i'r 'stafell – ac er ei bod hi fel arfer yn caru gofodau llachar o'r fath, doedd hi ddim yn medru peidio meddwl sut oedd y golau yn mynd i dynnu sylw at pob blewyn a brycheuyn ar ei gwyneb hi.

'Hi,' meddai Rob, wrth gamu'n ansicr tuag ati. Pam oedd o wedi sefyll i fyny? Teimlodd ei bol yn troi.

'Hi,' meddai wrth afael yn ei *laptop* yn dynnach. Estynnodd sedd iddi.

'How's it going?'

'Yeah, good, good. How are you? How was your Christmas?' Roedd y cwestiynau yn teimlo mor arwynebol.

'It was good, yeah. Good to be back though,' meddai'n nodio ei ben. 'In London, I mean. Not necessarily at work.' Crafodd ei ben. Doedd Lydia ddim wedi ei weld o'n ffwndro o'r blaen. 'How was yours?' gofynnodd yn sydyn.

'Yeah, it was good, thanks.' Cafodd fflach o Jason Glyn. 'Where did you spend your Christmas?' gofynnodd Lydia, wrth sylweddoli nad oedd hi'n gwybod.

'Just up in Nottingham with my mum this year. Nothing exciting.'

'Is that where you're from?' Gwenodd Rob mewn ymateb i'r cwestiwn.

'No.' Oedd hi wedi gofyn y cwestiwn yn barod yn y parti 'Dolig? Roedd 'na gymaint o bethau oedd hi isho wybod.

'I met another Welsh person over Christmas by the way,' meddai Rob, cyn iddi gael cyfle i ofyn cwestiwn arall.

'Did you?'

'Yeah, an old friend of mine from sixth form brought his new girlfriend along to the pub. She was Welsh, but she didn't speak Welsh. I tried to tell her about the poem with the seaweed, but she was having none of it.'

'Where was she from?'

'From the South somewhere I think.' Rowliodd Lydia ei llygaid. Gwnaeth hynny i Rob chwerthin. 'A bit of rivarly is there?'

'Well, I just have a hard time with the fact that most of them don't speak Welsh.'

'Why do you think that is?'

'I don't know... because they don't see the point? A lot of people just think it's a dead language. Like, before Christmas, even a random guy in the pub told me how pointless he thinks the Welsh language is. "A waste of time and energy" is what he said.' Doedd hi ddim yn siŵr iawn pam ei bod hi wedi penderfynu rhannu hyn mwya sydyn.

'Do people say things like that to you a lot?'

'People tend to say that Welsh is a dying language quite a lot, yeah. And that's actually... well, it kind of hurts to be honest.'

Roedd Rob yn ddistaw.

'And people are just always so shocked when I say that I speak it.' Edrychodd Rob ar y llawr.

'Yeah, I'm sorry. I think I was a bit when you told me that.'

'Oh no, no. Sorry, I wasn't trying to make you feel bad. I just find it shocking how little people know about our language and culture you know? Even just in England. Like, that's mad isn't it? That people don't know our language exists. They should know that. Not that I'm saying it's those people's fault. It's the lack of education around it. Around history in general.'

Sylwodd Lydia ar gongl ceg Rob yn codi.

'What?' gofynnodd Lydia.

'This is what you were saying at the Christmas party.'

'Oh god.' Teimlodd Lydia ei hun yn mynd yn goch. 'I was such a mess that night, and I've been so worried about what I was saying to you. Or saying *at* you.' Chwarddodd Rob.

'No, honestly, you were not a mess at all. I've actually been thinking about it a lot since then.'

149

'About what?'

'Just about Wales and your culture and language and stuff… I read that poem – "Hon"? Well, I read the English translation of it, which probably isn't half as good. Then, I got into a rabbit hole of Welsh poetry.' Fedrai Lydia ddim coelio yr hyn oedd hi'n ei glywed. 'This is probably making me sound a bit weird…'

'No, it's not making you sound weird at all,' gallai deimlo cyhyrau ei 'stumog yn tynhau. 'I'm just, well, I'm surprised that you're reading Welsh poetry.' Doedd hi ddim wedi bwriadu i'r union eiriau yna ddod allan o'i cheg. Newidiodd gwyneb Rob mwya sydyn.

'Anyway, we better get on with this,' meddai, wrth estyn y darn o bapur oedd ganddo ar y soffa a'i osod ar y bwrdd o'u blaenau. Edrychodd Lydia ar ei geiriau wedi'u hargraffu o'i blaen, yr inc coch o feiro Rob yn atgoffâd amlwg o'r sefyllfa rhyngthyn nhw.

'So, I just want to say that you've done an incredible job. The red marks are just punctuation and grammar things, so don't worry too much about those. I know writing about a shopping mall in China is not the most soul-fulfilling of projects, but you're smashing it. I'm pretty sure it's going to floor Melissa. And that's what we're here to see, right?' Taflodd edrychiad sydyn arni, ac yn yr edrychiad hwnnw, teimlodd Lydia ddealltwriaeth ddistaw yn egino rhwng y ddau.

—

'Ga'i jesd llenwi hi'n Susnag plis Dad? Dwi'm yn dallt be ma hannar y geiria ma'n feddwl.' Roedd Lydia wedi cyrraedd pen ei thennyn wrth drio llenwi ffurflen hirwyntog gan y Cyngor i bobl ifanc ar y bwrdd bwyd.

'Nei di drio ei llenwi hi'n Gymraeg plis Lydia?' meddai ei thad am yr ail dro.

'Ond pam? Be 'di gwahaniaeth yn diwadd? Un ffurflen 'di.' Taflodd y feiro ar y bwrdd. Edrychodd ei thad arni mewn ffordd nad oedd o wedi edrych arni o'r blaen. Roedd ei lygaid yn edrych yn galed.

'Oes gen ti unrhyw syniad gymaint mae pobol wedi gorfod brwydro i gael y ffurflenni 'ma'n Gymraeg? I gael arwyddion Cymraeg ar y lôn? I gael sianel deledu Gymraeg? Ma pobol wedi gorfod cwffio dros yr iaith Gymraeg, Lydia, fel bo ni'n cael byw pob diwrnod drwyddi. Y peth lleia elli di 'neud ydi llenwi un ffurflen yn Gymraeg siawns?'

Roedd 'na ddistawrwydd wedyn, cyn i Lydia godi'r feiro a darllen y cwestiwn nesaf ar y papur.

Pennod 18

'UBER'S HERE IN 3,' meddai Kat, cyn llowncio gweddill ei *rum*. Rhuthrodd Lydia i'w 'stafell i nôl ei bag a'i chôt. Edrychodd ar y blerwch o'i chwmpas, cyn camu dros ambell ddilledyn ar y llawr a chau'r drws tu ôl iddi.

Dim ond pymtheg munud i ffwrdd mewn tacsi oedd Bethnal Green ac o fewn dim roedden nhw'n dringo'r grisiau metel i fyny i fflat Amy ar y pedwerydd llawr. Roedd 'na ambell berson yn sefyll yn y coridor agored oedd yn arwain i'r drws ffrynt – rhai mewn sgyrsiau dwys, rhai'n smocio'n hamddenol wrth bwyso'n erbyn y reilings. Edrychodd un neu ddau i fyny arni, eu llygaid yn ei dilyn wrth iddi gerdded heibio. Fel arfer, roedd hyn yn gwneud iddi deimlo'n anghyfforddus, yn enwedig pan oedd dynion yn syllu arni ar y stryd. Ond heno, roedd hi'n licio'r sylw. Teimlai fel y gallai fod yn pwy bynnag oedd hi isho.

'Max!' gwaeddodd Amy o'r balconi bach ochr arall i'r 'stafell. Gwnaeth ei ffordd trwy'r bobl oedd yn sefyll yng nghanol y llawr.

Roedd Amy wastad yn dal sylw rhywun a heno roedd o bron fel bod 'na olau yn ymbelydru oddi arni. Cofleidiodd Max, wedyn Kat, cyn gafael ym mraich Lydia a rhoi sws ar ei boch.

'Wow, you look amazing,' meddai. Roedd cannwyll ei llygaid yn fawr ac allai Lydia ddim peidio sylwi ar ei llygaid yn saethu lawr at ei bronnau. 'Come outside to meet some people.'

Gwenodd Lydia'n ddi-baid wrth i Amy ei chyflwyno hi i'r criw ar y balconi. Pierre oedd yn arfer gweithio efo hi; Rochelle, cariad Pierre; Luke, un o'r bobl oedd hi'n byw efo nhw; ac Amir, ei bartner. Roedd 'na wenu a nodio pen rhwng pawb, cyn i'r cylch dorri'n naturiol i mewn i sgyrsiau llai. Yr un cwestiynau oedd wastad yn cael eu gofyn wrth gyfarfod pobl am y tro cyntaf – *what do you do, where do you live, how long have you been in London?* Roedd 'na fframwaith i'r sgwrs – patrwm cyfarwydd i'w ddilyn er mwyn i bawb gael 'chydig funudau i lunio darlun taclus o'u bywydau blêr. Ond dim ond mater o amser oedd hi nes bod effaith alcohol a chyffuriau yn baeddu'r cyfan – yn goleuo'r craciau a'r cyfrinachau a'r dyheadau go iawn.

'Oh Lydia, this is Josh,' meddai Amy wrth iddo gerdded allan ar y balconi i ymuno efo pawb. 'He's Welsh.' Edrychodd y ddau ar ei gilydd. Roedd cyfarfod Cymry yn Llundain yn deimlad neis, cyn belled nad oedd hi'n eu hadnabod nhw.

'Where are you from?' camodd ymlaen tuag ati, tra cychwynnodd y gweddill sgwrs arall efo'i gilydd. Roedd ei acen yn ddeheuol. Wrth ei ateb, teimlai Lydia bod ei Chymraeg yn swnio'n gryfach na'r arfer, fel tasa hi'n ofn i'r geiriau gael eu llygru gan ei hacen Saesneg.

'It's in the North, right on the edge of Pen Llŷn – you know, the arm that comes out, just underneath Ynys Môn.'

'Right yeah, I know where you mean. Never been though.'

'How about you?' gofynnodd Lydia.

'Saundersfoot, at the edge of Pembrokeshire.'

Er bod Lydia'n gwybod yr ateb o'r foment y clywodd hi Saundersfoot, roedd rhaid iddi ofyn.

'Do you speak Welsh?'

'I don't,' gwasgodd ei wefusau at ei gilydd. 'How long you been in London then?' gofynnodd bron yn syth, cyn i Lydia gael cyfle i ymateb.

Roedd Josh yn ddel. Roedd ganddo lygaid a thrwyn meddal, a barf drwchus dywyll wedi ei thrimio'n berffaith o gwmpas ei ên sgwarog. Er nad oedd o'n dangos ei gyhyrau mewn crys-T tynn fel rhai hogiau, roedd hi'n gallu dweud o edrych ar ei 'sgwyddau ei fod o'n ymarfer. Roedd y sgwrs yn neis. Yn hawdd. Roedd o'n gweithio fel cynhyrchydd mewn stiwdio yn Hackney ac roedd o'n chwarae gitâr mewn band. Edrychodd Lydia ar ei fysedd hirion wrth iddo rowlio'i sigarét. Cynigodd un iddi. Cymerodd un. Sylwodd ar y breichledi defnydd o amgylch ei arddwrn oedd wedi dechrau gwisgo a cholli lliw.

'Drink, Lyds?' meddai Kat. Roedd Lydia'n gwybod beth oedd hynny'n ei olygu. Esgusododd ei hun oddi-wrth Josh.

'He's cute,' meddai Kat yn ei chlust wrth afael yn ei llaw a'i harwain o'r balconi.

Cerddodd y ddwy trwy'r lolfa dywyll lle roedd ambell un yn dawnsio i gerddoriaeth electronig oedd yn dod allan o ddau uchelseinydd bob pen i'r 'stafell. Roedd y gegin yn fach ac yn llawn, ac roedd y golau'n teimlo rhy lachar. Trodd pawb i edrych arnyn nhw wrth iddyn nhw gerdded i mewn, ond y tro hwn, doedd y llygaid ddim mor gyfeillgar. Daliodd Lydia lygaid un ferch yn edrych arni i fyny ac i lawr, cyn troi ei chefn i ailymuno efo sgwrs ei ffrindiau. Pam oedd hi newydd edrych arni fel darn o faw? Roedd yr egni anghyfeillgar wedi ei dinoethi hi, ac yn y foment anghyfforddus honno, fe ddiflannodd ei hyder, mor gyflym â gweddillion y cwrw oedd Kat yn ei daflu lawr y sinc.

'There's a weird vibe in here,' meddai Lydia.

'Yeah, it's intense,' atebodd wrth wthio pelen fach flêr o rizla i'w llaw. Gafaelodd Lydia yn y gwydr plastig roedd Kat wedi'i lenwi efo dŵr yn ei llaw arall, a llowncio'r belen yn sydyn. Gwnaeth Kat yr un fath ar ei hôl.

'Is this top a bit much?' gofynnodd Lydia wrth edrych lawr arni hi ei hun.

'No, you look incredible.'

'This girl in there just looked at me like she wanted to kill me.'

'Good.'

'What do you mean?'

'You stirred an emotion in her. You made a fucking statement. And if she doesn't want to high five another woman for stepping out of her comfort zone in a world where we're always told to pipe down or shut up, then she needs to take a good hard look at herself.' Edrychodd Lydia arni wrth iddi droi ar ei sawdl. Roedd hi'n gwybod pa mor lwcus oedd hi i gael rhywun fel Kat yn ei bywyd.

Roedd Josh yn rowlio sigarét arall pan ddaeth Lydia'n ôl ar y balconi.

'You look really good by the way,' meddai. Doedd Lydia ddim wedi disgwyl iddo ddweud hynny.

'Thanks.'

'Ciggy?'

'Please.' Pasiodd y rôl oedd ganddo yn ei law iddi. Safodd y ddau mewn distawrwydd, yn chwythu mwg allan i'r nos.

'Can I just ask, why do you not speak Welsh?' gofynnodd Lydia, wrth droi ei phen i edrych arno.

'I just don't see the point,' meddai'n hamddenol wrth godi ei 'sgwyddau. Cyn iddi gael cyfle i ymateb, roedd Pierre wedi ymddangos yn y drws bach gwydr oedd yn arwain allan i'r balconi.

'Hey guys,' meddai, efo un llaw yn ei boced, ac un arall yn dal potel o gwrw.

'Hey, man,' meddai Josh. 'How's it going?'

'Good man, yeah... I forgot to ask, how was the gig last week?' Edrychodd Lydia ar Josh tra roedd o'n ateb, ei ben yn ysgwyd yn frwdfrydig. Gofynnodd Pierre i Lydia beth oedd ei gwaith hi. Roedd o'n od clywed ei hun yn dweud *I'm a writer*. Oedd hi? Doedd hi ddim yn 'sgwennu nofelau nac yn 'sgwennu i bapurau newydd, ond roedd hi'n mwynhau gweld ymateb pobl wrth iddi ddweud y geiriau.

'What sort of stuff do you write?' holodd Pierre. Cofiodd yn sydyn ei fod o'n gweithio i Condé Nast.

'Oh, I just work for a design agency, so, like a bit of everything really.'

'Nice,' meddai Pierre. 'Well I'm surrounded by writers every day. I'm not a writer myself though, I head up production for *The New Yorker*.' Sythodd ei chorff wrth iddi glywed ei eiriau.

'You work for *The New Yorker*? I love that magazine.'

'Well I can pass on your portfolio if you like, they're always looking for contributors. Just send it over to me. Here's my card.' Aeth i'w walet i nôl cardyn bach gwyn a'i roi iddi. Chwarddodd Lydia trwy ei thrwyn, cyn edrych ar Josh.

'Oh god, I don't think I'm good enough to write for *The New Yorker*.' Meddyliodd Lydia am Adrian.

'You never know. Do you write other stuff on the side?' Roedd gas ganddi'r cwestiwn yma oherwydd roedd ganddi wastad gywilydd nad oedd hi'n gallu dweud *yes, yes I do – check out my website*.

'I don't at the moment, no. But I should. I used to write a lot though, but, like, in Welsh.'

'In *Welsh?*' Roedd Pierre yn edrych wedi synnu. Teimlodd

Lydia symudiad Josh wrth ei hymyl. 'Do people *speak* Welsh?'

'Yes. It's my first language.'

'What? *Really*?!' Roedd pen Pierre wedi gwyro 'mlaen. 'Sorry,' meddai wedyn, fel tasa fo wedi dod yn ymwybodol o'i ymateb dros ben llestri. 'I just never knew people actually spoke it.' Nodiodd Lydia ei phen yn araf, cyn edrych draw ar Josh. Doedd ganddo ddim llawer o fynegiant ar ei wyneb. Roedd o'n dal i dynnu ar ei rôl.

'So is Welsh like, really different to English?' Roedd o'n edrych ar y ddau ohonyn nhw.

'Totally different,' meddai Lydia. 'It's a Celtic language.'

'Can you say something?'

'What would you like me to say?' Roedd Josh yn cymryd swig o'i botel gwrw ac yn edrych i gyfeiriad y lownj trwy'r ffenest fel tasa fo'n meddwl am ei symudiad nesaf. 'Ermmm, just say *I'm speaking Welsh with you now*' meddai Pierre.

'Dwi'n siarad Cymraeg efo chdi rŵan,' teimlodd y cytseiniaid yn berwi yn ei cheg eto. Edrychodd Pierre ar Josh efo'i aeliau wedi codi. Gwenodd Josh yn ôl arno ond gwên wag oedd hi.

'That's actually really cool,' meddai Pierre ac roedd Lydia'n gallu dweud ei fod o'n ei feddwl o. 'Like, it's *so* different.'

'It is,' meddai Lydia'n llawn balchder.

'So, do you speak Welsh together?' Roedd o'n edrych yn ôl ac ymlaen rhwng Josh a Lydia.

'He doesn't speak Welsh,' meddai Lydia, cyn iddo gael cyfle i ymateb.

'Most people in Wales don't speak Welsh,' meddai Josh. Roedd Pierre yn edrych yn ddryslyd.

'But don't you think that everyone *should* be speaking it?' Roedd ei geiriau hi'n finiog.

'Why?' saethodd Josh yn ôl.

'Because it's the language of the country.'

'Wales is a bilingual country. Actually, it's a *multilingual* country.'

Gallai Lydia deimlo ei chorff yn tynhau.

'But Welsh is the native language. It's like if you ever moved to France, you'd be expected to learn French.'

Crychodd Josh ei dalcen.

'It's not the same though is it? Only 20% of Welsh people speak Welsh.'

'Why does that even matter?'

Gallai Lydia deimlo curiad ei chalon yn ei brest.

'So you're saying that the 80% of people in Wales who don't speak Welsh should *all* learn it, so that the other 20% can feel better?'

Roedd hi'n teimlo'n flin, ond roedd 'na rywbeth yn ei rhwystro rhag ei ateb. Efallai mai'r ffordd roedd o wedi gofyn y cwestiwn oedd wedi gwneud iddi fynd i'w chragen, neu efallai fod 'na rywbeth am ei neges wedi pigo ei chydwybod heb iddi sylwi – fel pigiad pry llwyd a fyddai'n chwyddo a chrafu dros amser.

'I really need to dance, Lyds,' meddai Kat, a channwyll ei llygaid yn fawr. Gafaelodd yn llaw Lydia a'i thynnu i mewn i'r fflat lle roedd pawb bellach yn dawnsio. Roedd y gegin yn dywyll, heblaw am y fflachiadau o olau lliwgar oedd yn dod o beiriant bach du ar ben y cwpwrdd yn y gornel. Roedd 'na foi mewn crys patrymog yn DJio tu ôl i fwrdd bach pren ym mhen arall y 'stafell, ei gorff yn un â churiad y gerddoriaeth. Gwelodd wyneb Kat yn fflachio yn y goleuadau amryliw. Gafaelodd yn llaw Lydia a'i thynnu'n agosach at ganol y llawr. Dechreuodd ddawnsio, ac efo bob symudiad, teimlodd y wefr gyfarwydd yn codi trwy ei chorff. Wrth i'r serotonin lenwi ei phen, llithrodd geiriau Josh i ryw gwpwrdd blin yng nghefn ei meddwl.

Ymhen dipyn, sylwodd Lydia ar Amy yn cerdded tuag atyn nhw. Daeth i ddawnsio wrth ei hochr. Sylwodd ar ei llygaid a'r ffordd roedd hi'n edrych arni. Yna, teimlodd gyffyrddiad ysgafn ar ei 'sgwyddau. Roedd breichiau Amy wedi ymestyn ymlaen, a gallai Lydia deimlo ei chorff yn dod yn nes ati. Gwthiodd Lydia ei chluniau yn ôl i'w chyfarfod hi, nes bod eu cyrff wedi glynu at ei gilydd. Teimlodd wefr rhwng ei choesau, wrth i Amy anwesu asgwrn ei chlun. Rhoddodd ei llaw ar ei llaw a'i gwasgu. Trodd Lydia rownd yn sydyn i edrych arni. Edrychodd Amy lawr ar ei gwefusau, cyn symud ei phen yn araf tuag ati. Roedd y goleuadau yn y 'stafell yn gwneud iddo deimlo fel bod amser wedi arafu. Teimlodd wefusau Amy'n cyffwrdd â'i rhai hi a'i thafod yn llithro'n llyfn i ddyfnderoedd ei cheg. Roedd bob dim yn teimlo mor newydd, ond mor hawdd. Wrth deimlo dwylo Amy yn gwasgu cefn ei gwddw, ymgollodd Lydia ei hun yn gyfan gwbl – ac am eiliad, teimlodd fel bod y 'stafell yn troelli a bod pawb yn diflannu, un fesul un. Ond wrth dynnu nôl, doedd dim wedi newid. Roedd Kat a Max yn dal i ddawnsio. Roedd y DJ yn dal i symud i'r un curiad. Edrychodd Amy arni, ei llygaid yn pefrio. Gwyrodd ymlaen, nes bod ei cheg bron yn cyffwrdd ei chlust.

'You're hot,' sibrydodd, cyn tynnu nôl a diflannu i ddawnsio yng nghanol grŵp o ffrindiau oedd ben arall y 'stafell.

Edrychodd Lydia o'i chwmpas ar bawb yn dawnsio yn eu bydoedd bach eu hunain. Roedd pawb yn edrych fel tasan nhw'n arnofio – yn cael eu cario gan lif ysgafn, cariadus oedd yn eu hamgylchynu. Doedd dim otsh be oedd yn mynd ymlaen o'u cwmpas nhw – yn y 'stafell, ar y stryd, yn y byd. Dim ond rŵan hyn oedd yn cyfri. Cyffyrddodd Lydia ei gwefus, fel tasa hi'n trio dweud wrthi ei hun ei bod hi'n dal yno. Edrychodd draw ar Kat oedd yn cerdded tuag ati.

'Amy just kissed me,' meddai yn ei chlust.

'She's a good kisser, isn't she?' atebodd yn chwareus. Gwenodd Lydia arni, cyn gadael i rythm y gerddoriaeth ei chario i berfeddion y nos.

—

Edrychodd pawb ar Chantelle yn cerdded lawr y coridor. Roedd ei cherddediad yn gyflym, ac roedd hynny'n gwneud i waelodion ei gwallt godi yn yr awel. Roedd Lydia'n dal ei hun yn edrych arni'n aml – ar ei chroen gwlithog a'i gwefusau pinc, pinc.

'Pwy 'di'r hogan newydd?' gofynnodd Siôn.

'Chantelle Kowalalaski ne wbath,' meddai Nerys.

'Kowalski,' cywirodd Lydia hi. 'Enw hi mor cŵl.'

'Llong ceg braidd yndi?' meddai Dyl.

'O lle ma'i'n dod?' gofynnodd Deio.

'De Cymru yn rwla,' atebodd Nerys.

'De Cymru? Efo enw fela?' holodd Deio.

'Ia, mai'n deud bo'i'n Gymraeg,' meddai Nerys.

'Y? Yndi? Di'n siarad Cymraeg?' gofynnodd Deio.

'Na dwi'm yn meddwl.'

'Wel 'di ddim rili'n Gymraeg felly, na,' meddai Lydia.

'Na. Dwi meddwl bo dad hi'n dod o Poland' meddai Nerys.

'O ia? Ma'i'n rili ffit eniwe,' meddai Dyl. 'Swn i yn de.'

'A fi,' meddai Meilir wrth gerdded i mewn trwy'r drws i'r dosbarth Cymraeg.

Pennod 19

Roedd hi'n fore Llun ac yn un o'r diwrnodau sefyll-yn-llonydd-ar-yr-esceleityr 'na. Mi oedd yr un yn Highbury and Islington yn rhoi bron i bymtheg eiliad o orffwys i rywun. Stwffiodd ei chlustffonau i'w chlustiau wrth ddiflannu i grombil yr orsaf danddaearol, gan adael i weddill y teithwyr diamynedd garlamu heibio. Pwysodd *play* ar y podlediad oedd Kat wedi'i yrru iddi. Roedd hi'n licio llais y ddynes oedd yn cael ei chyfweld.

> *The problem with gender is that it prescribes how we should be, rather than recognizing how we are. Imagine how much happier we would be – and how much freer to be our real individual selves – if we could break free from these constraints.*

Pan oedd Lydia'n clywed podleidiadau fel hyn, roedd hi'n dyheu am gael eu rhannu efo pawb. Roedd hi'n cael ysfa i sefyll ble bynnag oedd hi a gorfodi pawb i wrando arnyn nhw. Mi fysa'r cynnwys yn agor meddyliau pobl. Yn newid bywydau rhai – roedd o'n sicr wedi newid ei hun hi.

Camodd ar y tiwb. Sylwodd ar y ferch dros ffordd iddi yn syllu ar ei ffôn. Roedd hi'n ifanc, tua 16 mae'n siŵr. Er ei bod hi'n gwisgo dillad fysa'n gwneud i rywun feddwl ei bod hi'n hyderus – top isel a throwsus uchel tyn – roedd 'na rywbeth am ei hosgo ac am y ffordd oedd hi'n cuddio ei chanol efo'i braich yn gwneud i Lydia feddwl nad oedd hi'n gyffyrddus o gwbl yn ei chroen ei hun. Sylwodd ar ddyn oedd yn sefyll gerllaw yn edrych arni efo golwg awchus yn ei lygaid. Teimlodd ei hun yn mynd yn flin. Cafodd ysfa i ddweud wrtho am stopio edrych arni fel darn o gig. Pa hawl oedd ganddo i'w gwrthrychu hi? Cododd y ferch ei ffôn yn uwch fel tasa hi'n synhwyro ei fod o'n edrych arni. Sylwodd Lydia ar ei hewinedd wedi eu cnoi'n fach, fach a gweddillion paent glas ar ambell un ohonyn nhw. Edrychodd ar ei gwinedd blêr ei hun, y paent wedi dechrau diflannu oddi ar y topiau.

Stopiodd y tiwb a daeth mwy o bobl ymlaen gan wthio rhai eraill i sefyll uwchben lle oedd hi'n eistedd. Roedd hi'n dal yn gallu gweld y ferch dros ffordd iddi. Cododd ei phen ac edrych ar Lydia, cyn edrych yn syth yn ôl ar ei ffôn, fel tasa cyswllt llygaid yn ei dychryn hi. Beth oedd ei hanes hi? Gobeithiodd Lydia ei bod hi'n gwybod ei gwerth. Meddyliodd am fynd ati a dweud wrthi am y podlediad. Roedd hi'n meddwl am senarios felly'n aml. Sut y bysa hi'n ymateb sgwn-i? Meddwl ei bod hi'n od, mae'n siŵr. Neu'n waeth fyth, yn nawddoglyd. Allai hi neud dim ond gobeithio fod ganddi ferched pwerus yn ei bywyd.

'This is Baker Street.'

Shit. Clywodd lais cyfarwydd yr uchelseinydd wrth i'r ferch ar y podlediad gymryd ei gwynt.

'Excuse me. Sorry. Thank you.' Llithrodd rownd y cyrff oedd wedi eu hoelio yn eu lle fel cerfluniau. Pam oedd pobl mor amharod i symud? Llwyddodd i neidio oddi ar y tiwb ar yr union eiliad y caeodd y drysau'n glep tu ôl iddi.

Roedd ganddyn nhw gyfarfod tîm 'sgwennu am 9.30 ac mi oedd hi'n hwyr. Roedd Rob yn eistedd yn hamddenol efo'i ffêr ar ei ben glin, ei sanau gwyn yn cyferbynnu efo'r blew tywyll ar ei goesau, ac Adrian yn eistedd wrth ei ochr efo'i goesau wedi croesi. Stydiodd Lydia y wal tu ôl i'r ddau oedd wedi ei gorchuddio efo pob tudalen o gylchgrawn *From The Top* roedd Adrian yn ei olygu i drên foethus yn y Swistir. Roedd hi'n licio'r 'stafell gyfarfod yma – mi oedd y soffa lwyd foethus a'r lamp *brass* oedd yn hongian fel cangen uwch ei phen yn gwneud i'r lle deimlo fwy fel lobi gwesty *posh*. Estynnodd am stôl fach bren fel y cerddodd George i mewn trwy'r drws gwydr. Roedd hi'n falch ei fod o wedi cyrraedd ar ei hôl hi.

'Okay cool, shall we get going?' holodd Rob, ei ddwy droed bellach ar y llawr. 'Adrian, do you want to take us through *FTT* first?' Doedd Lydia ddim wedi dallt mai dyna oedden nhw'n galw'r cylchgrawn.

Safodd Adrian ar ei draed yn sionc. Roedd Lydia wastad yn licio edrych ar ei ddwylo tra roedd o'n siarad – roedd 'na rywbeth gosgeiddig, meddal am y ffordd oedd o'n eu symud nhw, fel tasa fo'n arwain cerddorfa dawel. Gwrandawodd Lydia arno mewn edmygedd wrth iddo eu tywys nhw trwy'r syniadau. Doedd hi erioed wedi meddwl y bysa cylchgrawn ar gyfer trên yn gallu bod mor ddiddorol.

'Who have you got to write your culture story?' gofynnodd Rob.

'No one yet, actually,' atebodd.

'Well, how about one of our lot?' gofynnodd Rob. Roedd 'na saib am eiliad. 'Lydia, would you be up for that?' Teimlodd ei bochau'n c'nesu.

'Oh my god, that's an amazing idea!' gwaeddodd Adrian cyn iddi gael cyfle i ymateb. Edrychodd Lydia ar Rob.

'Erm, yes. I mean, I'd really like that.' Roedd hi wedi bod isho 'sgwennu erthyglau i gylchgrawn ers iddi gyrraedd Portland House.

Sylwodd Lydia ar Rob yn cilwenu.

'Well that's sorted then,' meddai, cyn sgriblo rhywbeth ar ei bapur. 'It's looking great, Adrian. Good job. Okay who's next?'

Wrth i George gloriannu ei waith, teimlodd Lydia ei ffôn yn crynu yn ei phoced.

Julia @ Wet Velvet
Hola mi amores. I don't have lunch with me, shall we go to Mildred's?

Erbyn 12.30, roedd Julia, Adrian a Lydia yn eistedd wrth y ffenest yn Mildred's yn aros am eu cinio. Gwyliodd Lydia'r bobl tu allan ar y stryd yn ymateb i gawod o law annisgwyl. Roedd y rhan fwyaf o bobl yn brasgamu, neu'n rhedeg i chwilio am rywle i fochel, yn gafael mewn rhyw fath o wrthrych uwch eu pennau os nad oedd ganddyn nhw ambarél. Ond doedd ambell un ddim fel tasan nhw wedi sylwi, yn cario 'mlaen i gerdded ar yr un cyflymder, yn gadael i'w pennau wlychu.

'So will you see her again?' gofynnodd Adrian. Roedden nhw'n siarad am ddêt oedd Julia wedi bod arno dros y penwythnos.

'We will see. The sex was very good, and she is nice and everything, but I don't know if we are on the same level, you know? Like, we don't have that many things in common,' meddai wrth dywallt dŵr i mewn i'w gwydr.

'How about that guy you saw before Christmas?' gofynnodd Lydia.

'Simon? Ah sí, he was quite interesting. You know, I will probably see him again next week, actually.' Gwnaeth fynegiant efo'i cheg oedd yn awgrymu ei bod hi'n gwneud rhywbeth yn anghywir.

'Babes, there's nothing wrong with that. You're living your best life, it's how it should be,' meddai Adrian.

'It does feel good. But tell us about you, amor!' meddai wrth Adrian.

'I met a very cute guy over the weekend at a party.'

'Did you?' roedd Julia wedi cyffroi.

Roedd gweinydd wedi cyrraedd y bwrdd efo tri phlât o salad anferth, un ymhob llaw a'r llall yn cydbwyso ar ei fraich. Edrychodd Lydia ar ba mor slic oedd o efo'r llestri. Roedd 'na rywbeth am ei osgo yn ei hatgoffa hi o Max.

'When did you know you were bi, Julia?' gofynnodd Lydia mwya sydyn. Gwthiodd Julia ei gwefus allan fymryn a chodi ei 'sgwyddau yn araf.

'To be honest, I don't really remember if there was a specific point. I have just always been attracted to men and women. I don't think I ever really thought of it as *being* something, you know? But I know I was very lucky in that sense. My parents were very liberal and encouraged me to express myself from a very young age.'

'God, you were lucky,' meddai Adrian.

'Sí, I really was.'

'So would you, like, describe yourself as bi-sexual?'

'Not really. It's not really an identity for me. But yes, on paper, I guess that is my *sexual orientation*.' Roedd hi'n gwneud dyfynodau efo'i bysedd wrth ddweud y geiriau.

Nodiodd Lydia ei phen yn araf.

'Do you think people are born knowing?' gofynnodd Lydia.

'You know, I actually believe that we all just exist on a spectrum. I don't think anyone is just simply straight, gay or bi-sexual. We are too complex for that.'

'I agree,' meddai Adrian.

'Really?' meddai Lydia.

'Yeah. Sexuality is just another societal construct,' meddai Julia.

'What do you mean?'

'Well, I think that if we were free to be whoever we wanted to be, we would not be thinking about gender or sexual orientation at all. Okay, yes, people would still be making babies, but people would also be so *free* to explore their deepest curiosities and desires. To dream, lust and experiment without judgement. To fall in and out of love with whoever they wanted...' Roedd Julia fel tasa hi'n paentio'r aer efo'i bysedd wrth iddi siarad. 'Imagine for a second if everybody had the freedom to do that?'

Teimlodd Lydia ei llygaid yn pigo. Roedd geiriau Julia fel tasan nhw wedi rhyddhau darn greddfol ohoni hi – darn nad oedd hi'n gwybod oedd yn bodoli'n iawn tan rŵan.

'I'm sorry but I'm now imagining a full on orgy' meddai Adrian.

Dechreuodd y tri chwerthin. Chwerthin a chwerthin, nes i'r bwrdd drws nesaf droi i edrych arnyn nhw. Edrychodd Lydia ar Adrian, ei ben wedi'i daflu'n ôl, ac yna ar Julia oedd wedi gwyro 'mlaen, yn gafael yn ei gwydr dŵr, ei llygaid wedi cau. Roedd o'n un o'r munudau hynny y bysa hi wedi licio gallu ei ddal mewn amser.

'Have you ever been with another woman, amor?' gofynnodd Julia wrth gynnig bara iddi. Teimlodd Lydia ei hun yn cochi ac roedd gas ganddi bod hynny'n digwydd.

'Erm, no, not really,' meddai cyn cymryd swig o ddŵr. 'I've kissed a girl before.'

'Would you ever want to do more?' gofynnodd Adrian.

'I don't know,' meddai Lydia yn trio swnio mor hamddenol ag oedd hi'n gallu. 'I've thought about it before, but like, not a lot or anything. I'm really red now, and this is embarrassing.'

Gafaelodd Adrian yn ei llaw a'i gwasgu.

'You know you can be whoever the hell you want to be with us don't you?'

'I do know that,' atebodd.

Fe drodd yr awr ginio yn awr a hanner. Ac er iddyn nhw gael gwledd, cerddodd Lydia lawr y stryd y p'nawn hwnnw yn teimlo'n ysgafnach nag oedd hi wedi ei deimlo ers amser hir.

—

'Ma pawb yn deud bo Mari'n lesbian.' Roedd Siân Tŷ Ffynnon yn sibrwd yng nghefn y dosbarth tra roedd Miss Davies yn 'sgwennu ar y bwrdd gwyn.

'Yndi?!' meddai Nerys ar bigau'r drain isho gwybod mwy.

'Wel nath brawd hi dal hi'n sbio ar llunia genod noeth mewn magasîn. A dwi meddwl oddi fel... yn neud petha.'

'O mai god, naddo! Go iawn?!' Roedd Nerys wedi rhoi ei llaw dros ei cheg.

'Lle ti meddwl gafodd hi'r magasîn?' gofynnodd Lydia.

'Dwm'bo. Dad hi ella?' meddai Siân. Meddyliodd Lydia am dad Mari.

'Ti meddwl bo hi'n ffansïo ni?' gofynnodd Nerys.

'Dwm'bo, ella?!' atebodd Siân. 'Ma siŵr bo'i'n sbio ar genod yn newid yn changing rooms, yndi.'

'O mai god, ti meddwl?! Ma hynna'n rili wîyd' meddai Nerys.

'Ma pobol yn dweud bo Miss Hughes yn lesbian, chi,' meddai Siân.

'Go iawn?' meddai Nerys a Lydia ar yr un pryd.

'Go iawn. Odd gini hi ŵr o blaen ddo.'
'Be so Mrs oddi adag yna?' gofynnodd Nerys.
'Ma siŵr de… Da chi ddim yn licio genod, na?' gofynnodd Siân.
'Fi?! As if, callia' meddai Nerys.
'Ia, as if, Siân,' meddai Lydia jesd cyn i Miss Davies droi rownd i ofyn cwestiwn i'r dosbarth.

Pennod 20

Roedd 'na rywbeth yn yr aer ar ddiwrnod gêm – rhywbeth cyffrous a chyfarwydd ar yr un pryd. Er bo 'na strwythur i'r diwrnod – deffro, cael brecwast, newid a cherdded i'r Crooked Well lle bysan nhw'n aros trwy'r dydd, roedd 'na gyffro yn y ffaith nad oedd neb yn gwybod be oedd am ddigwydd. Cododd ar ei heistedd yn ei gwely ac estynnodd am ei ffôn.

Deio
Pyb heddiw? Well bo Werddon yn ennill. X

Teipiodd yn ôl yn syth.

Lydia
Wrth gwrs. Croesi bysadd am Werddon! Ti meddwl nawni guro Ffrainc? x

Gwelodd y ddau dic yn troi'n las.

Deio
Anodd deud. Ma gin Ffrainc dîm da blwyddyn yma… Ond ma gin Werddon fyd! 💪

Lydia
🤞

Taflodd ei ffôn o'r neilltu a rhoi ei throwsus pyjamas amdani. Roedd Max yn gwneud brecwast.

'Morning Lyds,' meddai'n sionc. Roedd o'n gwisgo'r ffedog *navy* efo strapiau brown lledr oedd o wedi'i chael gan Kat 'Dolig. 'You ready for today?'

'Hell yes. You're going to get a beating.'

'Pffft. You wish. Breakfast is almost ready.'

'It looks so good. I'll make some coffee.' Estynnodd Lydia am y pot coffi melyn, cyn llenwi'r tegell efo dŵr. Ymddangosodd Kat yn sychu gwaelodion ei gwallt efo tywel bach gwyn.

'Morning, my darling,' meddai, cyn i'r tri eistedd rownd y bwrdd i gael brecwast.

'So, who will you be supporting today then? Your French boyfriend or your Welsh girlfriend?' gofynnodd Max.

'I'll be supporting Eng-laaand,' meddai Kat, mewn llais oedd yn cymryd y *piss* o *hooligans* pêl-droed. Gwnaeth hynny iddyn nhw chwerthin. 'Just kidding, you know I don't give a shit.'

'You know I have to support Ireland don't you?' meddai Lydia, yn chwilio am faddeuant.

'Yes, yes. We did conquer you didn't we, so that's fair enough. You, however,' meddai wrth edrych ar Max. 'You don't have an excuse.'

'Do I not? I wonder what they actually teach you in history lessons at school,' meddai Max yn goeglyd.

Roedden nhw wedi bod yn y Crooked Well ddigon o weithiau i wybod bod rhaid cyrraedd o leiaf ddwy awr cyn gêm i gael sêt. Roedd Amy wedi cyrraedd yn barod. Chwifiodd ei breichiau gan bwyntio at y bwrdd oedd hi wedi bod yn ei gadw. Meddyliodd Lydia am y parti.

'Jesus, I'm so glad you're here. I've been guarding this table with my life. I can say that most people in the pub strongly dislike me now.' Edrychodd Lydia ar grys gwyn Amy, y rhosyn coch yn eistedd yn ddel ar ei brest.

Roedd y pyb yn llenwi'n sydyn, ac o fewn hanner awr roedd y lle dan ei sang. Roedden nhw mewn lle da ac yn gallu gweld y sgrin fawr yn glir. Sylwodd ar ambell grys coch o'i chwmpas, ond doedd 'na ddim llawer. Roedd 'na lwyth o grysau glas – mi oedd hi wedi disgwyl hynny gan bod 'na gymaint o Ffrancwyr yn byw yn Llundain. Ond y crys gwyn oedd yn hawlio'i le, yn barod at y frwydr yn erbyn Iwerddon am chwarter i bump.

Roedden nhw ar eu trydedd rownd wrth i chwaraewyr Cymru redeg ar y cae. Edrychodd Lydia arnyn nhw mewn edmygedd a theimlodd ei chalon yn llenwi efo balchder. Roedd Max yn eistedd tu ôl iddi yn gweiddi *Allez*. Gwrandawodd Lydia arno'n canu geiriau ei anthem genedlaethol. Roedd hi wedi disgwyl iddo fo fod lot mwy gwladgarol, ond canu'n ddistaw yn ei sêt wnaeth o, er i'w lais gryfhau ryw fymryn erbyn diwedd y gân.

'May the best team win,' meddai wrth wyro 'mlaen a gafael yn 'sgwyddau Lydia. Cododd Lydia ei gwydr at ei wydr, wrth i nodau cychwynnol ei hanthem lifo i mewn i'w chlustiau. Cafodd ysfa i godi ar ei thraed a chanu'r efo'i llaw ar ei chalon, ond doedd ganddi ddim yr hyder i wneud hynny ar ei phen ei hun. Roedd clywed y geiriau a gwylio'r holl stadiwm yn bloeddio yn gwneud iddi deimlo'n emosiynol. Meddyliodd am Marius. Dechreuodd y geiriau dasgu ohoni, yn uwch ac yn uwch nes doedd ganddi ddim ofn.

'Gwlad! Gwlad!' Roedd hi'n gweiddi a'i dwrn yn yr awyr. Edrychodd ar ei ffrindiau. Roedd Kat yn clapio ac yn nodio arni i gario 'mlaen fel mam yn gwylio plentyn yn perfformio yn 'Steddfod. Sylwodd ar Gymro arall ochr arall i'r bar yn canu â'i ddwrn yn yr awyr. Yn yr eiliad honno, fo oedd yr unig berson yn y dafarn oedd yn dallt – yn teimlo arwyddocâd y geiriau.

'God, I love the Welsh national anthem,' meddai Max wedi iddi orffen.

'Do you?!' gofynnodd Lydia. 'I always thought yours sounded way more jolly and upbeat.'

'It might sound like that, but the lyrics are really violent.'

'Are they?'

'Yeah, the last line is "Qu'un sang impur, Abreuve nos sillons!", which translates to "May impure blood water our fields".' Cododd Lydia ei haeliau. 'Then it goes on to talk about cutting throats and tearing mother's breasts...'

'Jesus. Yeah, that's, erm...'

'Horrific? Yes. Yes it is. It's a war song though. It was sung during the French revolution, so yes, a lot of blood and violence. It's caused a lot of controversy, actually...'

'Yeah, I can imagine. But hey, at least you don't have to sing "God Save our Gracious Queen"' meddai Lydia. Chwarddodd Max.

Roedd hi'n gêm eithaf diflas. Fel pob tro, roedd Cymru'n colli yn yr hanner cyntaf ond erbyn yr ail hanner, roedd pethau wedi dechrau siapio.

'I told you, we're always better in the second half,' meddai Lydia wrth bawb. Efo pob peint, roedd ei llais yn cryfhau a'r swildod yn llithro oddi arni fel siôl yn disgyn i'r llawr. Neidiodd oddi ar ei chadair efo bob cais. A phan chwythodd y chwiban i selio buddugoliaeth Cymru, cododd ar ei thraed yn swnllyd i ddathlu. Roedd y ffaith eu bod nhw'n ennill yn gwneud iddi deimlo'n bwerus. Hi a'r 'chydig grysau coch eraill yn y dafarn oedd piau'r fuddugoliaeth. Neb arall.

'Well done,' meddai Max yn codi ei wydr at Lydia. 'If there's any team I'm okay losing against, it's you.' Edrychodd ar Kat yn clapio a gwenu, cyn sylweddoli nad oedd Amy'n gwneud yr un peth. Aeth i'w bag i chwilio am ei ffôn.

Deio
Cym on!!! X

Adrian
Apparently you won something?

Mam @ Teulu
Hwreee!! 🏴󠁧󠁢󠁷󠁬󠁳󠁿 Da iawn Cymru!!!!

Mam @ Teulu
Iwerddon i guro rŵan!!!!

Roedd gorddefnydd ei mam o ebychiadau wastad yn gwneud i Lydia chwerthin. Meddyliodd amdani yn eistedd ar y soffa nôl adra ar ei phen ei hun, ei sbectol ddarllen ar flaen ei thrwyn a'i phen wedi gwyro nôl ryw fymryn wrth iddi sgrolio a sgrolio drwy Facebook, gan stopio bob hyn a hyn i sbio ar lun o rywun oedd yn ysgol efo Lydia wedi cael babi, neu rywun arall oedd yn cael ei ben-blwydd ac yn dathlu efo gwydr *prosecco* plastig yn yr haul. Teimlodd bang o hiraeth amdani mwya sydyn. Teipiodd.

Lydia @ Teulu
Da de! Xxxx Cym on Werddon! Caru chdi Mam xxx

Ar ôl pwyso *send*, darllenodd ei neges. Doedd hi byth yn gyrru neges oedd yn dweud ei bod hi'n caru ei mam. Roedd hi'n sicr am wybod yn syth ei bod hi wedi meddwi.

Erbyn yr ail gêm, roedd y dafarn wedi llenwi fwy fyth. Roedd yr awyrgylch fel tasa hi wedi newid hefyd. Edrychodd ar y crysau gwyn wedi'u gwasgu at ei gilydd o'i chwmpas – rhai'n sefyll yn simsan wrth y bar, rhai eraill yn sefyll yn gadarn â'u coesau ar led. Efo pob rhediad ac ymosodiad, roedd 'na weiddi a rhuo, taro byrddau a rhegi. *Come on you fucking bastards.* Roedd yr awyrgylch yn drydanol fel tasa 'na ffiws ar fin chwythu. Teimlodd ei bol yn rymblan. Roedd hi isho bwyd. Trodd at Max gan wybod y byddai'n cefnogi'r syniad o nôl rhywbeth i fwyta.

'Shall I get a few bowls of chips?'

'The classic pub dinner,' atebodd.

Gwthiodd Lydia trwy'r môr o grysau gwyn at y bar. Roedd yr oglau *afershave* cryf wedi'i gymysgu efo oglau chwys a chwrw yn un cyfarwydd, bron yn gysurus. Wedi iddi gyrraedd y bar o'r diwedd, daeth merch eithaf blin yr olwg draw i ofyn iddi be oedd hi isho.

'Do you still serve food?' gwaeddodd Lydia uwchben y lleisiau oedd yn ei boddi hi.

'Yeah,' meddai'n swta.

'Okay cool, can I just get, like, four bowls of chips?' Cyn i Lydia gael cyfle i glywed yr ymateb, roedd y dafarn wedi ffrwydro. Teimlodd y cyrff o'i chwmpas yn neidio i fyny ac i lawr yn wyllt, ac mi oedd hi'n gwybod ymhen 'chydig y bysa 'na gwrw yn hedfan trwy'r awyr. Roedd y sŵn yn fyddarol. Roedd Lloegr wedi sgorio.

'Where you sitting?' gofynnodd y ferch wrth afael mewn plethan hir oedd wedi disgyn ar ei brest a'i thaflu'n ôl ar ei chefn. Ceisiodd Lydia bwyntio at y bwrdd, ond doedd dim modd gweld.

'It's the one just underneath the window for six people.'

Wnaeth y ferch ddim cydnabod ei bod hi wedi clywed, dim ond estyn y *laniard* oedd ganddi o gwmpas ei gwddw a'i ddefnyddio i gyffwrdd rhywbeth ar y sgrin. Stydiodd Lydia hi. Roedd 'na rywbeth amdani yn ei chyffroi hi – efallai mai'r *piercing* yn ei gwefus oedd o neu'r ddwy blethan hir oedd yn rhedeg lawr ei chefn. Meddyliodd am ei chusanu hi a gyrrodd hynny wefr drwyddi. Roedd hyn yn newydd a chafodd deimlad rhyfedd wrth i'r ferch ddod yn ôl i sefyll o'i blaen hi efo'r peiriant cardyn fel tasa hi wedi ei deffro hi yn ôl i realiti. Roedd hi bron methu credu ei bod hi wedi meddwl am ei chusanu hi eiliadau ynghynt. Tapiodd Lydia'r peiriant heb ddim syniad faint oedd y cyfanswm. Roedd 'na ruo yn y dafarn eto. Edrychodd yn sydyn tua'r sgrin. Roedd y bêl gan Iwerddon. Teimlodd Lydia ei chalon yn curo wrth iddyn nhw basio'r bêl allan i'r asgell. Clywodd ei hun yn gweiddi, *Cym on,* ar dop ei llais. Roedd o'n mynd am y llinell. Mynd, mynd nes oedd pawb yn y dafarn yn gwyro 'mlaen oddi ar eu seddau. Ffrwydrodd y lle yn un waedd wrth i'r chwaraewr daflu ei hun ar y llinell gais. Neidiodd Lydia'n wyllt i fyny ac i lawr yng nghanol y crysau gwynion. Roedd yr alcohol wedi rhoi hyder iddi.

'Alright, love, pipe down,' meddai dynes oedd yn sefyll tu ôl iddi mewn acen cocni gref. 'I know you're winning and all, but remember you're in an English pub, yeah?' Roedd hi'n hanner gwenu. 'Where abouts in Ireland are you from?'

'Oh erm, I'm actually Welsh,' atebodd Lydia. Newidiodd ei gwyneb wedyn, ac mi oedd hi fel tasa hi'n meddwl am be i ddweud wrth gymryd swig o'i pheint. Dechreuodd Lydia droi i fynd.

'Let me ask you a question, dahlin,' meddai wrth rhoi ei llaw ar ysgwydd Lydia. 'Do you live 'round 'ere?'

'Yeah, I live in Clapton.'

'Right,' meddai'n nodio ei phen i fyny ac i lawr yn araf. 'So you live in England, work in England, pay taxes in England, but you don't like England?'

'Well, I just don't support England in rugby.'

'No, let me guess, you just actively support whoever is playing against them.' Doedd Lydia ddim yn siŵr iawn be i ddweud heblaw am *exactly*.

'And I suppose, if you stay here, you'll be voting in the election, you'll be contributing to an English community, you'll send your kids to an English school…'

'Well, I would send them to the Welsh school, actually.' Chwarddodd y ddynes – chwerthiniad sbeitlyd ddaeth allan trwy ei thrwyn.

'Oh Jesus. If you're that bloody bothered, why don't you just send 'em to a school in Wales? I just don't get people like you. You come down here hoping for a more exciting life. You go on about how much you hate England and love your country, but here you are, at the centre of it all – reaping the benefits of the capital city and gentrifying the fuck out it while you're here.' Roedd y geiriau fel cic ar ôl cic yn ei 'stumog.

'Fuck you,' oedd yr unig beth a saethodd allan o'i cheg ac mi oedd hi'n casáu mai dyna oedd hi wedi'i ddweud. Gallai deimlo ei thu mewn yn byrlymu wrth iddi gerdded yn ôl at y bwrdd. Roedd ei gwyneb yn dweud y cyfan.

'You alright?' gofynnodd Kat.

'Yeah, I'm alright. There was just this woman at the bar…'

'What?'

'Dunno, she was just a bitch.'

'What did she say?'

'She was just, like, telling me to go back home.' Roedd hi'n gwybod yn syth bod hynny'n camddarlunio'r sgwrs.

'What?' meddai Max, wedi synnu ac yn edrych o'i gwmpas.

'No, she just didn't like that I was supporting Ireland.' Rhoddodd Max ei wefusau at ei gilydd.

'I mean, she does have a point,' meddai Amy. Edrychodd pawb arni. 'To be honest, it kind of annoys me that you go out of your way to be totally against England in everything. You've lived here for what, like, two years now. I just think it's a bit childish, and if I'm honest, a tiny bit disrespectful.' Teimlodd Lydia fel ei bod hi newydd gael slap ar draws ei gwyneb. Roedd y gair *disrespectful* yn atsain yn ei chlustiau.

'Disrespectful?' oedd yr unig air oedd hi'n gallu ei ynganu i ddechrau. 'You just have no idea, do you?'

'About what?'

'Just about history.' Taflodd Amy ei phen yn ôl.

'Oh my god, you're just so obsessed about the past, Lydia. You're so fixated on something that happened centuries ago.'

'I'm not just talking about something that happened centuries ago. I'm talking about things that continue to happen.'

'Like what?'

'Like your government continually fucking us over. Like, when national newspapers still print articles that call the Welsh language an appalling monkey language. When news channels air programs that call the Welsh language the most pointless language in the world. Do you have any idea what that feels like? No, of course you don't.' Roedd ei thu mewn yn crynu.

'The problem with you is that you think every English

person is to blame for what happened to you. You're telling me all this as if it's *my* fault.'

'That's not what I'm saying at all.'

'I just feel like as an English person in your company, I constantly have to apologise about my past, about the things that some horrible people have done a long time ago. That's not all of us.'

'No one is asking you to apologise. It's just understanding another perspective.'

Roedd pawb yn ddistaw. 'Look, it might sound like I'm obsessed about the past. Maybe I am. But there are some things we shouldn't forget. And it pisses me off that British history gets swept under the fucking carpet as if nothing's happened. It needs to be out in the open. We need to have conversations about it.'

Cododd Amy ar ei thraed a cherdded i'r toilet. Aeth Kat ar ei hôl. Eisteddodd Lydia yno'n fud yn syllu yn ei blaen. Pwysodd ei phen yn ôl yn erbyn y ffenest tu ôl iddi. Teimlodd y dagrau yn llenwi ei llygaid.

'You alright?' gofynnodd Max.

'Yeah, I'm fine... I don't know, I just...' Doedd ganddi ddim syniad be oedd hi isho'i ddweud. Rhoddodd ei fraich amdani.

'Probably a conversation for when we're all feeling a bit more sober.'

'Yeah,' meddai Lydia wrth gymryd ei gwynt ati.

'I get your side, you know? Like, I really do. We're the dominant force. We're a bit like the English. I see the fire and pride and sadness in my mum's eyes when she talks about the history of her people. It's her whole being.'

'I've always known you got it. But you know what? Sometimes I just wish I didn't have these feelings.' Aeth i mewn i'w bag i estyn ei phaced tobaco. 'You know, the other night I was reading about the Nubians in bed after our conversation. It's so awful what happened to them, isn't it? I didn't realise how many thousands of them were displaced because of those dams. Like, so much of their ancestral land just taken away from them like that.'

'Yeah, almost all of it,' meddai Max.

'I just can't imagine losing all of your land like that.'

'Didn't something similar happen in Wales though?' gofynnodd Max.

'You remember? Yes, a village called Capel Celyn was flooded to give water to England. I actually felt a bit upset that Kat didn't remember at the time. But now I just feel so stupid about that. It's nothing compared to what the Nubians went through, is it? The people of Capel Celyn still had Wales. They could still live in their country and start a new life with their own people. I don't know, it kind of made me realise how lucky we are.'

'Well, everything is relative though, isn't it?'

'Yeah. But sometimes it's good to get a little perspective too, isn't it?' Gorffennodd Lydia rowlio smôc iddi ei hun, cyn camu allan i'r oerfel tu allan.

Eisteddodd ar y fainc oedd yn gwynebu'r parc ochr arall i'r lôn efo'i meddyliau. Gallai deimlo rhywbeth yn cau amdani – teimlad blin, rhwystredig nad oedd hi'n gallu gael gwared arno. Estynnodd am ei ffôn.

Deio
Eidiaaaaaaal. Brilliant o sgôr. Ma siŵr bo pawb yn gandryll?! x

Gollyngodd ei ffôn yn ôl i mewn i'w bag.

'Hey,' clywodd lais Amy tu ôl iddi. Trodd Lydia rownd.

'Hi,' meddai, cyn edrych i lawr. Sylwodd ar y rôl yn llaw Amy a chododd ei leitar i'w thanio. Eisteddodd y ddwy yno mewn distawrwydd am 'chydig eiliadau.

'I, erm,' dechreuodd Lydia, cyn tynnu ar ei rôl a theimlo'r mwg yn taro'i hysgyfaint. 'I'm sorry about that.'

'No it's fine, honestly, I'm sorry too,' meddai Amy. 'I just feel really emotional today. I'm coming on in a few days.' Roedd hi'n gwybod yn union sut oedd hynny'n teimlo.

'I didn't mean to make you feel shit. And I know that I need to be more aware of where I am, and where I'm living. It's just that I've been brought up in a certain way.'

'I get that. I think I just have a hard time relating to it because I just don't really get the whole nationalist thing, you know?' Roedd y gair *nationalist* yn pigo. 'I think I see myself as more of a citizen of the world. I don't really care about nationalities and where people are from and stuff.'

'I guess you don't have to care about it, do you? Your nationality and your language will always be there.' Wnaeth Amy ddim dweud dim byd am 'chydig.

'Hm, I never really thought about it like that.' Roedd y ddwy'n ddistaw. 'I guess what I don't get is, if you feel *that* strongly about your language and your culture, why are you living in London?'

Wnaeth Lydia ddim ateb oherwydd doedd hi ddim yn gwybod be i'w ddweud. Roedd cwestiwn Amy wedi ei brifo hi. Dim am ei fod o'n gwestiwn cas ond am ei fod o'n gwestiwn hollol deg.

'You know what's ironic though?' meddai Amy. 'I'm sat here preaching about being a citizen of the world in my England shirt, and you're sat there preaching about Wales in an oversized embellished jacket.' Chwarddodd y ddwy a thorrodd hynny ar y tensiwn. 'Which looks amazing on you by the way.'

'Thanks,' meddai Lydia. 'I've definitely seen you in nicer things.'

'Fuck you,' meddai Amy wrth ei gwthio'n chwareus. 'My Dad actually got me this last year. He's a proper England fan. He'd be so disappointed if he knew I wasn't wearing it on game day.'

'That's quite cute,' meddai Lydia wrth edrych arni am eiliad yn rhy hir.

—

'Pwy ffwc ma'r boi'n feddwl ydi o?' meddai Mei, ei wyneb yn goch.
'Twat dio,' meddai Deio.
Gwyliodd Lydia wrth i Tom gerdded tuag atyn nhw yn ei grys gwyn, y rhosyn coch ar ei frest yn gwneud iddi gorddi tu mewn. Pam wnaeth o ddim gwrando arni?
'Ma'r boi deffo'n haeddu clec,' meddai Jason. 'Ti'm yn dod i pentra yn gwisgo hwnna nag wt? Ffocin disgrês os ti'n gofyn 'tha fi. Sud ffwc ti'n gallu licio'r boi, Lydia?'
'Ti licio Tom?' Edrychodd Deio arni.
'Athon nhw efo'i gilydd nos Sadwrn,' meddai Dyl.
'A ddoe, tu ôl i bloc technoleg,' meddai Mei.
'Ffoc off,' meddai Lydia'n flin.
'Be? Mi naethoch chi! Nest di ddweud wrth Siân bo chdi licio fo,' meddai Mei.
'Hiya,' meddai Tom, wedi cyrraedd lle oedden nhw i gyd yn sefyll. Daeth i roi sws ar foch Lydia, ond symudodd hithau oddi wrtho.
'Pam ti'n gwisgo hwnna?' meddai Lydia'n flin.

'Achos dwi'n Saesneg! Mae fel chdi'n gwisgo het Cymru,' meddai'n nerfus.

'Na, dio ddim! Ti yng Nghymru wan mêt. Ddylsa chdi wbod yn well i beidio gwisgo petha fela yn fama.' Roedd llais Deio'n codi'n uwch ac yn uwch.

'Ffocin tynna fo,' meddai Jason yn fygythiol, wrth gamu 'mlaen tuag ato.

'Fuck off,' meddai Tom. Teimlodd Lydia glymau'n tynnu yn ei bol wrth i Jason godi ei ddwrn.

Pennod 21

Doedd Lydia ddim wedi teimlo fel hi ei hun ers diwrnodau. Roedd hi ar ei ffordd adra o'r gwaith ar yr *overground*, ac roedd geiriau Amy a'r ddynes wrth y bar yn dal i gnoi ar ei chydwybod. *If you feel that strongly about your language and your culture, why are you living in London?*

Pwysodd ei phen yn ôl ar y sêt er mwyn gorffwys ei llygaid am eiliad, ond roedd hi'n methu gwneud ei hun yn gyfforddus. Edrychodd ar y dyn dros y ffordd iddi mewn trwmgwsg, ei ben yn gorffwys yn ddel dros y sêt a'i geg yn hollol agored. Sut oedd o'n gallu disgyn i gysgu mor hawdd? Teimlodd ei ffôn yn crynu. Deio. Roedd o wedi gyrru linc o 'Trawscrwban' gan Iwcs a Doyle iddi, ond doedd hi ddim awydd gwrando ar y gân heno. Eisteddodd yno'n meddwl am funud, cyn dechrau teipio.

Lydia
Ti meddwl bo ni'n sbio nôl ormod fel Cymry?

Darllenodd ei geiriau fwy nag unwaith, cyn dileu'r neges.

Cyhoeddodd llais cyfarwydd y tanoi eu bod nhw'n Canonbury. Agorodd Instagram. Cofiodd ei bod hi wedi dweud wrth Kat y bysa hi'n coginio heno. Sgroliodd a sgroliodd mewn gobaith y bysa hi'n darganfod rysáit hawdd. Stopiodd ei bawd yn sydyn ar ddyfyniad oedd wedi dal ei sylw. Roedd y geiriau wedi eu printio mewn llythrennau bras pinc golau ar gefndir coch.

> Women are 47% more likely than men to be seriously injured in a car collision and 17% more likely to die.

Sythodd yn ei sêt. Darllenodd y geiriau o dan y llun.

> Going back to the theory of Man the Hunter, the lives of men have been taken to represent those of humans overall. When it comes to the other half of humanity, there is often nothing but silence…

Roedd ei llygaid wedi'u hoelio ar y sgrin.

> …These silences, these gaps, have consequences. They impact women's lives, every day. The impact can be relatively minor – struggling to reach a top shelf set at a male height norm, for example. Irritating, certainly. But not life-threatening. Not like crashing in a car whose safety tests don't account for women's measurements. Not like dying from a stab wound because your police body armour doesn't fit you properly. For these women, the consequences of living in a world built around male data can be deadly…

Cliciodd ar y ffynhonnell. *Invisible Women: Exposing Data Bias in a World Designed for Men* gan Caroline Perez. Y mwyaf oedd hi'n ei ddarllen, y mwyaf blin oedd hi'n mynd. Roedd y peth yn hollol hurt. Yn rhy hurt iddi allu ei brosesu yn iawn. Cododd ei phen. Edrychodd ar y dynion o'i chwmpas ar y trên. Oedden nhw'n gwybod hyn i gyd? Oedden nhw'n ymwybodol bod y byd i gyd wedi ei greu i'w ffitio *nhw*? Edrychodd ar y dyn yn cysgu a'r *airpods* oedd yn ffitio mor daclus yn ei glustiau. Edrychodd ar y dyn oedd yn gafael mewn handlen uwch ei ben i ddal ei falans, ei ffôn yn ffitio'n berffaith yn ei law fawr arall. Meddyliodd am y dynion yn ei bywyd. Ei thad, Iago, Math a Deio. Adrian, George a Max. Meddyliodd am Rob.

'This is Hackney Downs.'

Cododd ar ei thraed a chamu oddi ar y trên. Cerddodd yn gyflymach na'r arfer allan o'r stesion ac i fyny Penbury Road, nes oedd hi bron allan o wynt wrth iddi gyrraedd adra.

'Hiya!' clywodd Kat yn gweiddi o'r gegin.

'Hiya,' meddai Lydia wrth gerdded mewn i'r gegin, lle oedd Kat yn eistedd ar y soffa yn paentio ei hewinedd.

'How are you my darling?' gofynnodd Kat. 'How was your day?'

'Did you know that Women are 47% more likely to die in a car crash than men?' gofynnodd Lydia.

'You been reading *Invisible Women*?'

'Well, no I read a quote from it on Instagram and then started reading about it. It's insane.'

'I know. You should read the book. In small doses though, because it's infuriating.'

'It's just not okay, is it? Why are women's lives seen as less important? Why the fuck do women have to suffer because they were literally born with a vagina? Our bodies are incredible. We have wombs that can grow life and give birth. We bleed every month and still function. If anything, we should be worshiped because of the things our bodies can do.' Roedd y geiriau'n llifo allan ohoni.

'There she is!' meddai Kat yn wên o glust i glust.

'Do you know, I read the other day that period poverty still actually exists in the UK? Girls are missing school because they can't afford period products. Like, how is that a thing in a supposedly rich, developing country?'

'I know, it's fucked.'

'It's *so* fucked. It just makes me want to do something, Kat. What can we do? Surely there's *something* we can do?' Teimlodd Lydia ei brest yn mynd yn dynn.

'Okay first, breathe.' Amneidiodd Kat arni i eistedd wrth ei hochr. 'You can actually donate sanitary products to banks all over London – there's one down in Dalston, I've been there a few times. There are also really good charities and Instagram accounts that you can follow and get involved with. I'll send some of the ones I'm following to you in a bit.'

'Thank you.' Eisteddodd y ddwy mewn distawrwydd tra oedd Kat yn gorffen paentio ei hewinedd. Gadawodd Lydia i'w phen ddisgyn yn ôl ar gefn y soffa. Edrychodd ar y to a theimlo ei chorff yn trymhau.

'Shit Kat, I'm so sorry, I was meant to cook tonight,' cofiodd yn sydyn.

'Oh fuck cooking tonight,' meddai Kat. 'Let's get a takeaway. What do you fancy?'

O fewn pum munud, roedd 'na ddau gyri *Vietnamese* ar y ffordd i Millworth Road. Roedd Lydia'n licio dilyn y dyn bach ar ei feic ar yr *app*. Meddyliodd pa mor *shit* fysa gorfod beicio yn yr oerfel i ddod â bwyd i bobl oedd rhy ddiog i fynd allan. Roedd ganddi wastad gywilydd wrth fynd i nôl y bwyd i'r drws ffrynt, fel tasa hi isho ymddiheuro am wneud i rywun ddod yr holl ffordd. Diolchodd i'r boi ifanc, cyn ffarwelio a chau y drws.

'You know we talked about some shit experiences we had with periods in school and stuff?' meddai Lydia, wrth godi llwyaid o'r cyri ar ei phlât.

'Yes,' atebodd Kat wrth roi fforciad yn ei cheg.

'Well, we were lucky really, weren't we? Like, at least we had parents that could afford to buy us pads and tampons.'

'Yeah, we were in that sense. But that doesn't mean that the stuff that happened to us was easy either. It still has an impact. Everything is relative, and we still live in a world where being a woman is harder than being a man.'

'But for some women, it's much harder,' meddai Lydia.

'Oh absolutely,' meddai Kat. 'We're definitely privileged.'

Wrth orwedd yn ei gwely y noson honno, fedrai Lydia ddim peidio meddwl am y merched ifanc oedd yn gorwedd yn eu gwlâu yn poeni am fory. Yn meddwl sut oedden nhw'n mynd i ddal y gwaed rhag llifo trwy eu dillad. Estynnodd am ei ffôn. Cliciodd ar un o'r dolenni i'r elusennau roedd Kat wedi eu gyrru ati. Wrth iddi sgrolio trwy'r cyfrif, dechreuodd deimlo'n obeithiol, ond ar yr un adeg, roedd 'na rywbeth yn pwyso arni. Pam nad oedd hi'n gwneud rhywbeth efo'i bywyd oedd yn helpu merched llai ffodus na hi? Sut mai dim ond rŵan oedd hi'n cychwyn meddwl am hyn? Gwelodd fod 'na le i gyfrannu arian. Tapiodd arno a chodi o'i gwely i nôl ei chardyn banc o'i bag. Derbyniodd e-bost yn diolch am ei chyfraniad, a gwnaeth hynny iddi deimlo 'chydig bach yn well.

Fel oedd hi'n disgyn i gysgu, crynodd ei ffôn.

Kat
Amy just messaged asking if we want to go to The Women's March on Saturday? x

Teipiodd Lydia'n ôl yn syth.

Lydia
Count me in x

Kat
Fab. Start thinking of your slogan x

—

Roedd y poenau wedi mynd yn waeth. Gallai deimlo'r gwlypter ar ei throwsus a theimlodd ei hun yn mynd yn boeth eto.

Tynnodd ei jympyr yn is wrth iddyn nhw gerdded i lawr y grisiau i'r ciw cinio.

'O mai god,' meddai Siân Tŷ Ffynnon wrth garlamu tuag atyn nhw. ''Dach chi 'di gweld y gadar yn gwaelod neuadd?'

'Pa gadar?' gofynnodd Nerys. Teimlodd Lydia ei chalon yn cyflymu.

'Yr un efo staen gwaed periods arni-hi.'

'Yyyyy, o mai god go iawn?' meddai Siôn, ei aeliau wedi crychu.

'Rywun angan dysgu gwisgo napi,' meddai Jason gan gogio taflu fyny. Chwarddodd pawb, yn enwedig Lydia ond roedd ei chalon yn curo yn ei gwddw.

'Plis paid,' meddai Meilir. 'Ma periods acshyli'n codi pwys arna fi.'

'A fi,' meddai Dyl.

Gallai Lydia deimlo Deio'n edrych arni, ond doedd hi ddim yn medru edrych yn ôl arno fo. Dim heddiw.

Pennod 22

Dilynodd llygaid Kat y ffelt pen wrth i Lydia fynd dros amlinelliad pensil ar ddarn anferth o gardfwrdd ar fwrdd y gegin. Roedd hi bron â gorffen pan gerddodd Max i mewn yn dal arwydd oedd yn dweud, *I stand with her.* O amgylch y 'sgwennu, roedd 'na lwyth o saethau bach yn pwyntio i bob cyfeiriad.

'How's it going over here?' gofynnodd.

Gafaelodd Kat yn yr arwydd oedd yn pwyso yn erbyn y soffa a'i ddal i fyny. *No woman gets an orgasm from shining the kitchen floor.*

'Love it,' meddai Max gan wenu led y pen.

'Okay I'm done!' meddai Lydia. Cymerodd gam yn ôl o'r bwrdd er mwyn i'r tri ohonyn nhw gael edrych ar yr arwydd ar y bwrdd oedd yn darllen. *'I am not free while any women is unfree. Even when her shackles are very different from my own.'* – Audre Lorde.

Am hanner dydd, roedd y tri yn sefyll tu allan i gaffi ar Marylebone High Street yn aros am Amy. Roedd o'n deimlad rhyfedd bod yn Marylebone ar y penwythnos, yn enwedig efo Kat a Max. Teimlai braidd fel ei bod hi'n cymysgu dau fyd, ac roedd hi'n disgwyl gweld un o'i chydweithwyr yn cerdded i fyny'r lôn unrhyw funud. Meddyliodd am weld Rob a theimlodd ei bol yn mynd yn rhyfedd.

'This is such a fancy area,' meddai Kat.

'Which is why I'm so skint,' meddai Lydia.

'Oh, I can absolutely understand, I'd be dining out in these places every day. Can we come back for lunch? This looks well nice,' meddai a'i thrwyn yn pwyso'n erbyn ffenest y caffi.

Sylwodd Lydia ar Amy yn cerdded lawr y stryd tuag atyn nhw. Roedd hi'n gwisgo jîns tyn du oedd yn gwneud i'w choesau edrych yn hir, hir ac roedd ganddi beret du am ei phen.

'Love the hat,' meddai Max. 'Very French.'

Gwnaeth Kat jôc mai dim ond Amy fyddai'n gallu edrych mor gain mewn protest. Edrychodd Lydia ar ei harwydd oedd yn darllen, *This pussy grabs back*.

Gwnaeth y pedwar eu ffordd tuag at Portland Place lle roedd y brotest yn dechrau. Roedd y stryd yno'n anarferol o lydan – roedd o'n atgoffa Lydia o'r Champs-Élysées yn Paris. Heddiw, roedd pob darn o'r tarmac a'r concrit wedi ei orchuddio efo pobl. Miloedd o bobl. Merched rhan fwyaf, ond roedd 'na ddynion yn y dorf hefyd, yn cynnwys Max. Edrychodd ar y baneri yn chwifio yn yr awel a theimlo pŵer y geiriau yn neidio o'r darnau cardfwrdd. Roedd siacedi llachar yr heddlu i'w gweld bob pen i'r stryd. Roedd 'na gyffro yn yr aer. Teimlodd yr oerfel yn brathu ei dwylo wrth iddi afael yn dynn yn yr arwydd uwch ei phen. Neidiodd i fyny ac i lawr yn ei hunfan i gadw'n gynnes. Gwenodd dynes oedd yn sefyll o'i blaen arni, ei gwallt cyrls wedi ei wasgu mewn het wlân felyn am ei phen.

'Bloody freezing, isn't it?' meddai a'i dwylo'n gafael mewn arwydd oedd yn darllen, *Women's rights are human rights*.

Cychwynnodd yr orymdaith yn araf i lawr y stryd. Edrychodd Lydia yn ei blaen ar y miloedd o bennau lliwgar yn symud efo'i gilydd. Roedd 'na lafarganu a gweiddi a drymio. *Up with the sisters, down with misogyny. Up with the sisters, down with misogyny*. Roedd o'n rhyfedd meddwl bod bob person yma am yr un rheswm. Yn cwffio'r un frwydr. Doedd hi ddim wedi teimlo rhywbeth mor bwerus ers amser maith. *We rise. We rise. We rise.*

Wrth iddyn nhw gerdded lawr Regent Street, fedrai Lydia ddim peidio teimlo'r cyferbyniad anesmwyth rhwng moethusrwydd y siopau anferth a'r sloganau o'i chwmpas. Doedd hi ddim wedi sylwi ar ba mor gelfydd a swmpus oedd y bensaernïaeth o'r blaen. Roedd o'n rhyfedd gweld yr adeiladau yn sefyll yno'n eu holl ysblander – y cyfoeth oedd unwaith wedi cyffroi Lydia, yn codi cyfog arni wrth iddi gerdded heibio.

Erbyn iddyn nhw gyrraedd Trafalgar Square, roedd 'na deimlad gwahanol i'r dorf. Teimlad mwy blin rhywsut. Sylwodd Lydia ar ddwy ferch ifanc tua wyth oed yn cario arwyddion wrth ochr eu mamau, *I am strong. I am powerful. I am a woman*. Teimlodd lwmp yn ei gwddw. Edrychodd ar Kat a gwybod ei bod hi'n teimlo yr union 'run fath. Doedden nhw ddim wedi siarad llawer efo'i gilydd ar hyd y ffordd. Doedd dim angen rhywsut – roedd yr arwyddion a'r egni a'r canu fel tasan nhw'n gwneud y siarad drostyn nhw. Teimlodd Lydia gwlwm yn ei 'stumog wrth i'r dorf ei hamgylchynu. Er iddi deimlo wedi ei hysbrydoli, fedrai hi ddim peidio meddwl am adeg fwy perffaith am ymosodiad terfysgol. Teimlodd ei brest yn mynd yn dynn, ond brwydrodd y teimlad wrth i'r siaradwraig olaf ddyfynnu Viola Davis.

'One out of every five women will be sexually assaulted and raped before she reaches the age of 18. If you are a woman of colour and you are raped before you reach the age of 18 then you are 66% more likely to be sexually assaulted again...' Teimlodd Lydia'r cwlwm yn tynnu yn ei bol.

'I am aware of all the women who are still in silence.

The women who are faceless. The women who don't have the money, and don't have the confidence. And who don't have the images in our media who give them a sense of self-worth enough to break the silence that's rooted in the shame of assault.' Edrychodd Kat ar Lydia. Gafaelodd yn ei llaw. Edrychodd Lydia ar Amy. Meddyliodd am y dwylo ymwthgar mewn clybiau nos. Y sylwadau afiach ar y strydoedd. Y nosweithiau niwlog lle nad oedden nhw wedi cael dewis.

'Every single day, your job as a citizen of the world, is not just to fight for your right. It is to fight for every individual that is taking a breath, who's heart is pumping and breathing on this earth... I stand in solidarity with all women. My hope – and I do hope – is that we never go back.'

Ffrwydrodd y dorf i'r gymeradwyaeth fwyaf uchel i Lydia ei chlywed erioed. Torrodd ton o emosiwn drosti a safodd yno am eiliad yn amsugno'r cwbl. Doedd hi erioed wedi teimlo cymaint o gyfeillgarwch rhwng dieithriaid o'r blaen. Roedd y teimlad o undod bron yn anorchfygol. Teimlodd fel gafael am bob merch oedd hi'n ei gweld a'u gwasgu'n dynn, dynn.

Ymhen hanner awr, roedd Lydia, Kat ac Amy yn eistedd mewn tafarn fach fyglyd efo seti melfed a byrddau gludiog ar strydoedd cefn Charing Cross. Roedd Max wedi mynd i gyfarfod ffrind yn Islington. Fe drafodwyd yr orymdaith a'r baneri a beth oedden nhw'n mynd i 'neud i helpu merched. Gyrrodd Lydia'r lincs roedd Kat wedi'u gyrru ati ymlaen i Amy.

'I'm so glad they read Viola Davis' speech. It was so powerful, wasn't it?' meddai Kat.

'Yeah, she's incredible,' meddai Amy. 'And it's about time we realise that feminism isn't just about a bunch of white, privileged women like us.'

'Yeah, they were talking about that on the podcast I listened to the other day,' meddai Lydia. 'Intersectional feminism.'

'It's just so complicated, isn't it?' meddai Kat. 'There are so many layers to everything. I just want *all* women to feel powerful and know their worth. Can we not make it that simple?'

'Nothing is ever that simple,' meddai Lydia.

Erbyn iddyn nhw fynd ar y jin a tonig, roedd y dair wedi meddwi. Roedd eu llygaid yn fach a'r sgyrsiau yn mynd i bob man. Penderfynodd Kat fynd i'r siop gornel lawr y lôn i brynu *tobacco*, ac aeth Amy i archebu dwy fowlen o *chips* o'r bar. Treuliodd y dair yr awr nesaf ar y meinciau tu allan yn smocio, yn bwyta ac yn yfed mwy o jin.

'Has anything dodgy ever happened with you and a man?' gofynnodd Amy wrth y ddwy. Edrychodd Lydia ar Kat.

'Erm, I've definitely done stuff when I didn't really want to,' meddai Kat.

'Me too,' meddai Amy. Edrychodd i lawr. Roedd Lydia'n gallu synhwyro ei bod hi isho dweud rhywbeth arall. 'I also once woke up with my knickers down and I don't really remember anything.'

'Jesus Christ, Amy,' meddai Kat. 'Where were you? How old were you?'

'At some guy's house. I was around eighteen.'

'Have you ever told anyone about it?' holodd Kat.

'Not until now.' Sylwodd Lydia ar gorneli ei llygaid yn sgleinio.

'Are you alright?' Gafaelodd Kat yn ei llaw.

'Yeah, I'll be alright. It's just good to get it out. You just don't realise do you at the time?'

'No you don't. We didn't have the knowledge or power or

confidence to realise what was going on, did we? It's just so important to talk and let it out so that it doesn't eat you up alive. Even small things, like I had a boyfriend when I was twenty four who just point blank refused to use condoms. He used to make me have sex without them, even though I didn't want to. It didn't seem like anything at the time, but now I realise how not okay that is,' meddai Kat.

'I've had that quite a few times,' meddai Amy.

'Yeah, me too,' meddai Lydia.

'You know, I feel so lucky to have women like you in my life,' meddai Amy. 'Thank you for being there.'

'To amazing women,' meddai Kat wrth godi ei gwydr.

'And to protecting all women,' meddai Lydia. Teimlodd ei ffôn yn crynu. Llithrodd ei llaw i mewn i'w bag.

Deio
https://cymdeithas.cymru/tynged-ein-hiaith-heddiw

Deio
Werth i ddarllan

'Was that Rémy?' gofynnodd Kat.

'Yeah,' meddai Lydia heb feddwl.

'How's that going?'

'Alright. The conversation is a bit boring but the sex is so good.' Gofynnodd Amy iddi ddisgrifio'r *sex*, a thriodd Lydia wneud hynny heb droi'n goch. Roedd y jin yn helpu.

'Is there anyone you fancy at work then?' holodd Amy.

Doedd Lydia ddim wedi disgwyl y cwestiwn.

'At work? Erm no, not really,' meddai, wedi synnu at ba mor onest oedd hi'n swnio.

'Really? No hotties?'

'I mean there's hot people, but no-one that I really like.'

'That's a shame. Work romances are the best. They're so fucking exciting,' meddai Amy.

'Oh my god, tell Lyds about Alex,' meddai Kat.

Ar y ffordd adra, eisteddodd Kat ac Amy yn yr unig seti gwag ar y tiwb, tra cydiodd Lydia yn yr handlen blastig uwch eu pennau. Gwyliodd Lydia wrth i lygaid y ddwy fygwth cau efo sŵn undonog y cledrau. Estynnodd ei ffôn allan o'i phoced ac agor ei negeseuon. Tapiodd ar enw Deio a theipio.

Lydia
Ti meddwl bo ni'n sbio nôl ormod fel Cymry?

Pwysodd *send* heb ail-feddwl. Yna, sgroliodd lawr at enw arall. Dechreuodd deipio. Dileu. Teipio eto. Ar ôl darllen y neges dair gwaith, pwysodd *send*.

Lydia
Hello. What are you up to? X

Wrth iddi wylio'r tic yn troi'n ddau, teimlodd ei chalon fach yn neidio. Stwffiodd ei ffôn yn ôl i'w phoced yn sydyn.

—

'Pam ti'n grounded?' gofynnodd Lydia wrth Nerys.
'Achos neshi ddim cyrradd adra tan 12.30.'
'Be ffwc? On'i meddwl bo chdi 'di cal liffd gin Dyl am fel 11?'
Wnaeth Nerys ddim ateb.
'Ner?'

'Natho o wrthod mynd â fi.'

'Y? Pam?'

'Achos, odd o isho fi neud petha.'

'Be ti feddwl?'

Edrychodd Nerys ar y llawr.

'Ner, be ffwc?' Edrychodd Nerys i fyny ar Lydia, ei llygaid yn sgleinio efo dagrau.

'Nest di?' gofynnodd Lydia wedyn.

'Naddo. Ond pan neshi dd'eud na, natho jesd deud wrtha fi fynd allan o car. So neshi, a wedyn natho jesd dreifio ffwrdd a gadael fi yna. So odd raid fi gerddad adra. Natho gymyd oes.' Roedd Lydia yn gandryll.

'Pam nest di ddim ffonio?'

'Dodd gennai ddim batri.'

'Ffoc Ner, dwi'n mynd i ladd o,' meddai Lydia. Gafaelodd Nerys yn ei braich yn dynn.

'Lydia, plis plis paid. Plis paid â deud wrth neb, iawn?' Edrychodd Lydia arni.

'Ond Ner, ma raid chdi.'

'Na, Lydia. Plis.'

Pennod 23

'This is Liverpool Street.'

Pwniodd Lydia Kat ac Amy oedd bellach wedi disgyn i gysgu yn eu seti, sgrilaodd y dair allan ar y platfform fel tasan nhw mewn ffilm. Roedden nhw wedi colli'r trên olaf adra i Hackney Downs, felly roedd rhaid cymryd bws. Edrychodd Lydia ar ei ffôn i weld os oedd o wedi ateb. Dim byd.

'Shall we go for another drink?' meddai Lydia, wrth iddyn nhw gamu oddi ar y bws yn Clapton Pond. Doedd hi ddim yn barod i'r noson orffen.

'Do you know what? I'm actually knackered,' meddai Kat. 'So I'm going to be a grandma and go home.' Edrychodd Lydia ar Amy.

'I'm actually going to Alex's house, he texted me earlier. He literally lives right there.' Pwyntiodd at y tai mawr gwyn tu ôl i Clapton Pond. Ffarweliodd Amy efo'r ddwy, cyn cerdded lawr y stryd tuag at fflat Alex.

'Max is still out, Lyds – give him a message,' meddai Kat. 'I think they're at The Chesham. I can walk you there then get the bus back.'

'Don't be silly,' meddai Lydia. 'I'll just hop on the bus, it stops right outside the pub. Here it is, look.' Roedd y 242 yn gwneud ei ffordd lawr y lôn. 'Text me when you get home, okay?'

'Yes, yes. That'll be in thirty seconds,' meddai Kat.

197

'Text me anyway.' Cofleidiodd y ddwy.

Neidiodd Lydia ar y bws. Estynnodd ei ffôn i sganio'r peiriant. Dim neges. Gwnaeth ei ffordd i fyny i'r llawr top. Roedd hi wastad yn eistedd yn y top, hyd yn oed os oedd hi ddim ond yn mynd bum munud i lawr y lôn. Edrychodd drwy'r ffenest ar yr adeiladau yn gwibio heibio'i llygaid. Y siop wallt ddrud oedd hi'n mynd iddi weithiau. Y siop RSPCA. Y siop ail law ar y gornel oedd bron â byrstio efo dodrefn. Sgwn-i lle oedden nhw'n cadw'r holl stwff oedd ar y stryd yn ystod y nos? Y bar gwin newydd. Y *greasy spoons*. Teimlodd ei ffôn yn crynu. Neidiodd ei chalon wrth weld ei enw.

Rob
Well hello. I'm actually in Clapton. Again. We're at The Star. What are you up to? How was the protest? x

Shit. Roedd Y Star tua pum munud i lawr y lôn o lle oedd hi'n sefyll yn aros am Kat tu allan i'r siop *kebab*. Meddyliodd am neidio oddi ar y bws, ond wedyn meddyliodd pa mor wirion fysa hynny. Teipiodd.

Lydia
I'm on my way to The Chesham. The protest was good, really glad I went. X

Doedd hi ddim yn siŵr iawn be arall i ddweud. Ddylai hi ddweud wrtho fo am ddod draw? Roedd hynny'n ymddangos yn ormod, rhywsut. Doedd Chesham ddim rhy bell o'r Star ar y bws, ond mi fysa hi'n cymryd tua hanner awr i gerdded. Roedd Hackney yn *annoying* felna. Pwysodd *send* a thaflodd ei ffôn i'w bag fel tasa ganddi ofn sbio ar be oedd hi wedi'i yrru.

Penderfynodd ei bod hi am aros i'r goleuadau traffig newid lliw i edrych ar ei ffôn eto. Coch. Coch. Edrychodd ar ei gwinedd. Roedd y paent wedi dod i ffwrdd ar y bys canol. Edrychodd i fyny. Oren. Gwyrdd. Estynnodd am ei ffôn. Neges.

Rob
Ah, we were there earlier. Great pub. I nearly messaged you actually. x

Nearly messaged you. Pam wnaeth o ddim? Darllenodd ei neges eto. *We were there earlier.* Dechreuodd deimlo'n wirion am feddwl y bysan nhw'n gweld ei gilydd heno. Be oedd hi'n feddwl fysa'n digwydd beth bynnag? Un peth oedd hi'n falch amdano: doedd hi ddim wedi dweud unrhyw beth wrth neb. Os nad oedd hi wedi dweud, doedd o ddim yn real. Darllenodd y neges eto. Roedd ei hateb angen bod mor hamddenol. Teipiodd.

Lydia
It's my favourite pub. Enjoy the rest of your night! See you on Monday x

Oedd hi angen *See you on Monday*? Na. Ar ôl pwyso *send* rhoddodd ei ffôn yn ei bag. Pwysodd y botwm i stopio'r bws, cyn cerdded lawr y grisiau yn ofalus. Hi oedd yr unig un oedd yn mynd i lawr. Roedd yr aer yn oer wrth iddi gamu ar y stryd. Tynnodd ei chôt yn dynnach amdani wrth iddi groesi Homerton High Street a cherdded y lôn fach ddistaw am y dafarn. Heblaw am y lampau bach taclus yn sticio allan o'r waliau, doedd dim modd dweud bod 'na dafarn yn cuddio tu ôl i ddrysau pren The Chesham Arms. Dyna oedd Lydia'n licio am y lle. Roedd hi wastad yn teimlo'r un peth wrth agor y drws, fel tasa hi'n gadael gweddill y byd tu ôl iddi. Tarodd y gwres a'r sŵn wrth iddi gamu mewn o'r stryd dawel. Edrychodd o'i chwmpas ar y bochau a'r waliau coch a'r peintiau hanner llawn ar y byrddau bach pren. Gwelodd Max yn codi llaw arni o ben draw'r 'stafell.

Cofleidiodd y ddau yn dynn, dynn fel tasan nhw heb weld ei gilydd ers blynyddoedd – roedden nhw wastad yn gwneud hynny ar ôl cael diod. Cyflwynodd Lydia i Simon, Camille a Théo. Roedd hi wedi clywed lot o sôn am Simon a Camille gan Kat a Max, ond fe stopiodd ei hun rhag dweud y llinell *I've heard so much about you*. Roedd Théo yn ofnadwy o ddel ac yn ofnadwy o dal. Roedd ganddo wallt hir, melynfrown, oedd yn disgyn at ei 'sgwyddau bron. Roedd o mor ddel, gallai Lydia deimlo ei hun yn mynd yn boeth wrth iddo siarad efo hi, ac roedd gas ganddi hynny. Roedd gas ganddi pan oedd genod yn mynd yn rhyfedd ac yn chwerthin yn anarferol o uchel yng nghwmni dynion, fel tasan nhw *isho'r* dynion deimlo'n fwy pwerus nag oedden nhw'n barod.

'So you're Kat and Max's housemate?' gofynnodd Théo, efo hanner gwên slei ar ei wyneb fel tasa fo'n trio dweud rhywbeth.

'I am,' meddai Lydia. 'How do you know Max?' gofynnodd, er ei bod hi'n gwybod yr ateb.

'We went to uni together,' meddai wrth droi i edrych ar Max a rhoi ei law anferthol ar ei ysgwydd. 'Can I get you drink?' gofynnodd, wrth edrych ar ddwylo gwag Lydia.

'Erm, I was actually just…' pwyntiodd Lydia at y bar yn lle gorffen ei brawddeg.

'Don't worry I got it,' meddai wrth godi ei wydr a gwenu arni. 'What can I get you?'

'Pint of Neck Oil please.'

Aeth Lydia i'r toilet. Roedd hi'n trio'n galed i stopio ei hun rhag edrych ar ei ffôn. Doedd 'na ddim pwynt, meddyliodd. Roedd ei neges olaf hi yn eithaf terfynol. *Enjoy the rest of your night*. Felly roedd hi'n gwybod, o ddifrif, nad oedd hi'n mynd i'w weld o heno. Ond doedd hi ddim yn medru peidio meddwl am y peth. Be os oedd o wedi gyrru neges yn ôl? Estynnodd am ei ffôn o'i bag yn sydyn, a chymryd anadl cyn edrych ar y sgrin. Dim neges. Gwnaeth hynny iddi deimlo'n waeth. Roedd hi'n teimlo fel bach o *idiot* a doedd ei meddwl meddw ond yn gallu dweud un peth: tydi o ddim werth o.

Cyflwynodd Théo hi efo'i pheint. Dechreuodd y pump sgwrsio am fragdy newydd oedd yn Harringey, gan mai ffrind Théo oedd wedi dechrau'r fenter. Arweiniodd hynny at sgwrs am yrfaoedd, ac yna'r system addysg.

'School doesn't really set you up to be independent, or to do what you love, really,' meddai Théo.

'Well it does if what you love is Maths, Science and English,' meddai Simon.

'Yup, anything else then you're pretty much a failure,' meddai Théo. 'Which is mad really, because imagine how many creative people there are. Like all the designers, artists, dancers, actors who weren't necessarily good at those subjects.'

'Or just didn't like those subjects,' meddai Lydia.

'I totally agree. It's the same in France,' meddai Max. 'They put this huge emphasis on academic subjects. You're amazing if you become a doctor or a lawyer. Those things are important, I get it, but so is becoming a nurse, and a carer or like, I don't know, a builder.'

'You know, the other day I was actually thinking about

how amazing builders are,' meddai Simon. 'There's some construction work going on outside our offices, and I was thinking to myself, they actually build homes and buildings – like, things we really need – with their bare hands from nothing.' Edrychodd Lydia ar Camille. Roedd hi'n edrych arno yn yr un ffordd y bysa rhiant yn edrych ar blentyn chwech oed wrth iddo ddweud stori dda. 'It's a really cool job.' Meddyliodd Lydia am yr adeiladwyr tu allan i'w gwaith blwyddyn dwytha. *Oof, look at the legs on that one. Smile, darlin'.*

'Yeah, some of them should learn to respect women more though' meddai Lydia. Edrychodd Simon arni'n rhyfedd.

'Sorry?'

'Some of them are just really sexist. Shouting at women in the street and wolf whistling like we're pieces of meat.'

'I think that's over-generalising isn't it? There are sexist men everywhere. Just because a builder wolf whistled at you, it doesn't mean they're all like that.'

'They do have a bit of a reputation though,' meddai Max yn syth. Roedd Lydia'n gwybod ei fod o'n trio cadw'i rhan hi.

'Yeah, they do. But I also think most of them are really decent people who deserve a bit more credit for what they do. Like they build the houses we all live in. We need them,' meddai Simon yn bendant.

Ar ôl eiliad neu ddwy o ddistawrwydd anesmwyth, fe drodd y sgwrs at rywbeth newydd. Trodd Théo ati, fel tasa fo isho sgwrs breifat.

'So where are you from?' gofynnodd, ei lygaid yn syllu'n ddwfn i'w rhai hi.

'North Wales,' atebodd. 'How about you?'

'I was brought up here, but I'm half French, half Filipino.'

'That's cool. What language do you speak at home?' Roedd o'n edrych wedi synnu at ei chwestiwn.

'French with my father, Filipino with my mother. English with my sister, weirdly. Why?'

'Just asking.' Roedd hi'n gwybod nad oedd o'n mynd i ofyn y cwestiwn yn ôl. Pam fysa fo?

'So what's North Wales like? I've heard it's beautiful.'

'You've heard right.'

'I want to climb Snowdon. It's on my list.'

'You know in Welsh, it's called Yr Wyddfa.'

'Excuse me?'

'In Welsh, Snowdon is called Yr Wyddfa,' meddai 'chydig yn arafach.

'And like, do people actually speak Welsh or…?'

'It's my first language.'

'Is it?! Wow okay, I didn't actually know it was a thing.'

'No one really does.' Gallai glywed tôn fflat ei llais ei hun. Roedd hi'n teimlo'n feddw.

'So is that what you speak at home then?'

'Yes. It's what I speak at home, to all my family, all my friends. It's what I spoke at school. All my education was in Welsh.'

'Really? Man, that's really cool. I can't believe I didn't know it was a thing.' Doedd Lydia ddim yn licio'r gair *thing*. Roedd o'n mynd dan ei chroen hi.

Roedd y dafarn yn dechrau gwagio ac roedd gan Lydia dipyn o gwrw yn dal yn ei gwydr. Aeth Simon i nôl rownd arall a gofynnodd Lydia am hanner peint, er ei bod hi'n gwybod na fysa ei 'stumog hi'n gallu cymryd lot mwy o hylif. Doedd hi byth yn gallu dweud *na* pan oedd rhywun yn gofyn wrthi os oedd hi isho diod. Efallai ei bod hi'n gweld *na* fel rhywbeth gwan.

'Where do you live then?' gofynnodd Lydia.

'We've just moved to Homerton actually,' meddai. Cododd Lydia ei pheint tuag at ei cheg er mwyn iddi gael eiliad i feddwl sut i ymateb. *We?*

'You and your?' cychwynnodd yn defnyddio ei llaw.

'My girlfriend,' meddai'n hamddenol. 'We just moved in together. I was living in Peckham before, but she made me come North of the river,' meddai wrth rowlio'i lygaid. Gwenodd Lydia'n anesymwyth. Sut oedd hi wedi cael y *vibe* mor anghywir?

'The classic,' meddai. Cymrodd swig arall o'i diod cyn edrych draw ar Max gan obeithio bod 'na ffordd hawdd i ymuno â'r sgwrs. Roedden nhw'n siarad am Lisbon, ac edrychodd Max draw arni wrth iddo ddweud *we should all go, it's such a nice city. You'd love it*. Aeth Théo i'r toilet, ac roedd Lydia'n falch. Oedd o wedi bod yn fflyrtio efo hi, neu hi oedd wedi troi'n boncyrs? Aeth i'w bag ac estyn ei ffôn eto. Cafodd ei siomi ar yr ochr orau wrth weld neges gan Rémy.

Rémy
You'll never guess where I am…. x

Agorodd y neges. Roedd o wedi ei gyrru tua 20 munud yn ôl. Teipiodd yn ôl yn sydyn.

Lydia
Lisbon?

Roedd o *online* a gwelodd ei fod yn teipio'n syth yn ôl.

Rémy
What?! Why would I be in Lisbon? I'm very close to your house…

Roedd gweld Rémy yr union beth oedd hi ei angen. Teipiodd.

> **Lydia**
> Are you stalking me?

Arhosodd am ei ateb.

> **Rémy**
> Of course I am.

> **Rémy**
> No, I'm in this very weird place that's full of old men headbangning in leather jackets.

Chwarddodd wrthi hi ei hun. Teipiodd.

> **Lydia**
> Blondie's?

Roedd hi wir isho'i weld.

> **Lydia**
> Which is very near my house, you're right. As it happens, I'll be home in around 20 mins… x

> **Rémy**
> Will you…

Teimlodd Lydia gyffro'n gafael ynddi. Teipiodd.

> **Lydia**
> I'll call you when I'm home. X

'What are you smiling at?' holodd Max.

'Nothing,' meddai wrth godi ei haeliau.

'Who's coming over?' gofynnodd eto. Gwnaeth hynny iddi chwerthin.

'That makes me sound like I have someone over every weekend...'

'Well...' dechreuodd Max, cyn i Lydia daflu *coaster* ato. 'I'm joking, I'm joking. Is it Rémy?'

'Yes,' meddai'n gwenu. Roedd Théo wedi cyrraedd nôl wrth y bwrdd ac roedd Lydia'n gobeithio y bysa fo'n dal diwedd y sgwrs.

'Who's Rémy?' gofynnodd.

'Lydia's French lover,' meddai Max.

'Ahhh,' meddai, wedi codi ei aeliau. 'The booty call.'

'Yes, actually, I have him on speed dial,' meddai wrth godi ar ei thraed. Chwarddodd Max a Simon mewn ffordd oedd yn gwneud i Lydia edrych yn dda.

'Are you leaving now?' gofynnodd Max.

'Yes,' meddai Lydia. 'Precious time is ticking.' Roedd hi'n tapio ei bys ar ei garddwrn.

'I'll walk you home,' meddai Max, 'I'm basically done.' Cododd ei wydr.

'No, no don't worry, you don't have to do that,' meddai Lydia, er ei bod hi ddim isho cerdded adra ar ei phen ei hun.

'No, all good.' Lapiodd Lydia ei chôt amdani, cyn ffarwelio â'r tri. Rhoddodd Théo gusan ar ei boch.

'It was really nice to meet you,' meddai, cyn edrych arni mewn ffordd wnaeth gadarnhau nad oedd hi wedi gwneud unrhyw beth i fyny yn ei phen. Camodd Max a Lydia allan i dawelwch y stryd fach gefn a dechrau cerdded yn hamddenol i fyny'r pant bach yn y lôn tuag at y stryd fawr.

'Théo's a bit of a flirt isn't he?' meddai, yn edrych i fyny ar Max.

'Oh yeah. He loves a good flirt.'

'Hm,' meddai Lydia, wrth feddwl am ei gariad yn aros amdano adra.

Wrth i'r ddau droi i'r chwith i fyny'r lôn, gwelodd Lydia y 242 yn dod i lawr y lôn a meddyliodd amdani yn eistedd ar y llawr top ddwy awr ynghynt. Clywodd y bws yn arafu. Er iddi feddwl am eiliad pwy fysa'n stopio yn fama adeg yma o'r nos a'r pybs o gwmpas bron â chau, wnaeth hi ddim troi'n ôl i edrych. Ac felly, wnaeth hi ddim gweld Rob yn camu oddi ar y bws a cherdded lawr y stryd fach dawel tuag at ddrysau pren y Chesham Arms.

—

'Be ffwc sy'n bod ar hon?' meddai Mei, wrth i Lydia gerdded tuag atyn nhw yn y bar.

'Dim,' atebodd Lydia.

'Gwena ta. Dio'n costio dim, sdi.' Roedd gas gan Lydia ei ddannedd o. Gwrandawodd arnyn nhw'n siarad wrth aros i gael ei serfio.

'Ti 'di gweld Siân Tŷ Ffynnon heno?' gofynnodd Mei wrth Jason Glyn.

'Ffocin 'el do. Ma'i'n ffwc o beth handi.'

'Ti meddwl mynd efo hi?'

'Ga'i weld. Mai'n gofyn amdani braidd yn y ffrog 'na 'ndi,' chwarddodd Jason.

'Ma'i'n ffocin flin heno ddo,' meddai Dyl.

'Pam?' gofynnodd Jason.

'Dwm'bo. Ar 'i pheriod ma siŵr,' chwarddodd Dyl.

'Ffoc sêc, dwi'm isho mynd efo hi felly na,' meddai Jason. 'Athi efo Siôn wsos dwytha eniwe.'

'A Dyl wsos cynt' meddai Mei.

'Ffoc off,' meddai Dyl.

'Neshi ddeu 'tha chi bo'i'n slag, do?' meddai Mei.

'Ffocin reit boi. Jesd be dwi'n licio. Hawdd,' meddai Jason.

Pennod 24

Teimlodd rywbeth yn pwyso'n drwm am ei chanol. Agorodd ei llygaid yn sydyn. Pam oedd hi'n dal heb brynu llenni *black-out*? Roedd hi isho Rémy symud ei fraich. Rhoddodd ei llaw yn esmwyth am ei fraich er mwyn trio ei symud, ond camgymrodd ei chyffyrddiad am rywbeth mwy cariadus a gafaelodd amdani'n dynnach. Gorweddodd yno yn syllu ar y staen oedd ganddi ar y carped o dan ei desg. Dim ond o'r ongl yma wrth orwedd ar ei gwely roedd hi'n gallu ei weld. Mi oedd o wedi bod yno ers cyn iddi symud i mewn ac roedd peidio gwybod beth yn union oedd o wastad wedi gwneud iddi deimlo'n anghynnes.

Roedd pwysau braich Rémy fel tasa fo wedi dyblu yn y tri deg eiliad dwytha. Sut oedd o'n pwyso gymaint? Doedd o ddim fel tasa bod ganddo fo freichiau mawr na chyhyrog. Doedd ganddi ddim dewis ond troi ei chorff yn araf tuag ato, gan obeithio nad oedd hi'n edrych yn rhy ofnadwy. Gallai deimlo ei *mascara* wedi glynu ar ei hamrannau. Caeodd ei llygaid fel oedd hi'n troi ei phen fel nad oedden nhw'n gorfod cael cyswllt llygaid yn syth.

'Hey,' meddai mewn llais isel. Agorodd Lydia ei llygaid yn araf i drio cymryd arni ei bod hi newydd ddeffro.

'Hi,' meddai'n gwenu. Roedd hi wedi anghofio gymaint oedd hi'n ei ffansïo fo. Roedd ganddo lygaid tywyll, tywyll oedd yn teimlo fel tasan nhw'n mynd am byth. Dyna oedd wastad yn dod i'w meddwl hi pan oedd hi'n cael *flashbacks* ohonyn nhw'n cysgu efo'i gilydd yn ystod y dydd. Ei ll'gada fo. Gwenodd yn ôl arni, cyn rhoi ei fysedd yn ei gwallt a'i thynnu hi tuag ato.

Erbyn amser cinio, roedd Rémy'n dal yn Millworth Road yn eistedd ar y soffa las yn y gegin. Eisteddodd Lydia wrth ei ymyl yn lletchwith, yr *hangover* yn hongian drosti fel cwmwl du. Roedd 'na rywbeth am Rémy'n y gegin efo Kat a Max yn gwneud iddi deimlo'n anesmwyth. Roedd bod yn ei 'stafell efo fo'n grêt – roedden nhw mewn byd bach eu hunain ac yn noeth y rhan fwyaf o'r amser. Ond unwaith roedd hi'n agor y byd bach hwnnw allan i'r lownj, yng nghwmpeini Kat a Max ac yn gwisgo dillad, doedd hi ddim yn medru ymlacio.

'What are you up to today, Rémy?' gofynnodd Kat yn y ffordd gyfeillgar oedd hi wastad yn siarad efo pobl doedd hi ddim yn eu nabod yn dda iawn.

'Not much,' meddai'n swta. Roedd o wastad yn swnio'n swta pan oedd o'n siarad efo nhw, ond roedd Lydia'n gwybod nad oedd o'n ei feddwl o felly. Dyna oedd ei ffordd o. Arhosodd Lydia iddo ofyn cwestiwn yn ôl, ond wnaeth o ddim. Roedd 'na ddistawrwydd lletchwith. Edrychodd Kat ar Max.

'Shall we head off?'

'What are you doing today?' gofynnodd Rémy, fel tasa fo wedi synhwyro bod Lydia'n teimlo'n anghyfforddus. Am y tro cyntaf, clywodd Lydia awgrym o nerfusrwydd yn ei lais. Oedd o'n swil?

'We're going for Sunday lunch with our freinds, Camille and Simon. I wish we weren't, but we've rearranged it so many times now, we actually have to go.' Edrychodd Lydia ar Rémy'n nodio ei ben yn araf, ei wefusau wedi'u cau yn dynn. Roedd hi'n gwybod nad oedd Kat yn mynd i gael llawer o ymateb.

'I don't get why people spend time with people they don't like. It's a very British thing.'

Doedd Lydia ddim yn gallu delio efo sylwadau diflewyn-ar-dafod Rémy bore 'ma. Roedden nhw gwneud i'r 'stafell deimlo mor lletchwith.

'You might end up having a good time,' meddai Lydia'n sydyn. 'But I'll be here with treats when you get home.'

'You're the best,' meddai Kat wrth estyn gwydr o'r cwpwrdd i gael diod o ddŵr iddi ei hun.

'Okay, I might go and shower now,' meddai Lydia yn edrych ar Rémy gan obeithio y bysa fo'n cael yr *hint* i adael. Cododd i fyny yn ara deg.

'I can wait for you here,' atebodd. Edrychodd Lydia ar Kat.

'No, that's okay. I have quite a lot of stuff to do today.'

'Really, like what?'

'Like, wash my clothes, tidy up my bedroom, go to the shop.'

'Sounds exciting,' meddai efo'r wên oedd hi'n ei licio, cyn codi ar ei draed o'r diwedd a dilyn Lydia i'w 'stafell. Gafaelodd amdani a'i chusanu. Fedrai Lydia ddim helpu ei hun. Gafaelodd yn ei felt i dynnu'r bwcl, cyn iddo ei chodi hi a'i thaflu ar y gwely.

Roedd hi bron yn ddau o'r gloch erbyn iddo adael. Mewn un ffordd, roedd hi'n falch o'i weld o'n mynd, ond ar y llaw arall, mi fysai hi wedi gallu aros yn ei 'stafell efo fo trwy'r p'nawn.

Chwiliodd am ei ffôn. Doedd hi ddim wedi edrych arno ers iddi ddeffro, ac mi oedd hynny'n deimlad braf. Roedd hi'n hanner gobeithio y bysa 'na neges gan Rob. Dim byd.

Mam
Tisho sgwrs? X

Teimlodd bang o euogrwydd wrth weld ei bod hi wedi gyrru'r neges ers 9.45. Ond oedd hi wir yn meddwl y bysa hi ar ei thraed ac yn barod i siarad yr adeg hynny ar fore Dydd Sul? Oedd, mae'n siŵr. Teipiodd.

Lydia
Hei Mam! Sori, wan dwi'n gweld dy neges di. Nai ffonio munud?X

Wrth i'r dŵr dasgu ar ei phen yn y gawod, dechreuodd feddwl am ei gwaith a'r wythnos o'i blaen. Roedd Grand Village Mall yn dod i ben mewn pythefnos, ac mi oedd hynny'n golygu ei bod hi'n mynd i orfod cael cyfarfod efo Rob i fynd trwy bob dim. Gwnaeth hynny iddi deimlo fymryn yn sâl. Oedd pethau'n mynd i fod yn lletchwith? Roedd hi'n teimlo mor wirion am yr holl beth.

Wedi iddi newid a rhoi ei slipars carpiog am ei thraed, aeth i'r lownj i eistedd ar y soffa. Clywodd ei ffôn yn canu.

Lydia: Helô?
Mam: Helô pwt bach. Ti'n iawn?
Lydia: Hei Mam. Dwi'n iawn diolch, ti?
Mam: Dwi'n iawn diolch. Be ti 'di bod yn neud?

Cafodd fflach o lygaid Rémy'n edrych arni.

Lydia: O dim llawar, jesd chilio heddiw. Mynd i glirio'n 'stafell yn munud, a wedyn mynd i siopa bwyd ma siŵr.

Roedd hi wastad yn teimlo fel ei bod hi'n gorfod rhestru gweithgareddau *productive* ar y ffôn efo'i mam.

Mam: O 'na chdi. Da iawn. Ti'n ca'l penwsos neis? Sud odd yr orymdaith?
Lydia: Ia, da. Rili da, acshyli. Don-i 'rioed 'di bod mewn un o blaen. Odd o reit bwerus.
Mam: Dwi'n siŵr. Odd 'na lot o bobol?
Lydia: Oedd, miloedd ma siŵr.
Mam: Argol, ia? Naethoch chi fwynhau?
Lydia: Do.

Meddyliodd Lydia am be oedd hi isho'i ddweud. Doedd hi byth yn agor i fyny llawer efo'i mam.

Lydia: Natho kind of agor yn llygad i sdi, Mam.
Mam: Be ti feddwl?
Lydia: Dwm'bo, fatha, gymaint ma merched yn ddiodda jesd am eu bod nhw'n ferched, de.
Mam: Hmm.
Lydia: Dio ddim yn iawn nadi?
Mam: Nadi. Ond ma petha wedi newid dipyn ers pan o'n i'n ifanc 'fyd, de.
Lydia: Ydi o wedi newid gymaint â hynna ddo? Go iawn?
Mam: Wel, do swn i ddeud.
Lydia: Ond ma 'na gymaint o betha sy'n dal i ddigwydd does? A dim jesd petha mawr, ond petha bach, fwy cynnil sydd jesd yn treiddio i mewn i'n bywydau bob dydd i 'neud i ni deimlo'n llai o werth.
Mam: Argol, ti ar dy focs sebon heddiw.

Dylai hi fod yn gwybod yn well na dechrau rantio am *misogyny* efo'i mam.

Mam: Ond ydi o mor ddrwg â hynny i chdi 'lly?
Lydia: Mae o jesd fwy cynnil i chdi a fi, dydi. Fatha, er enghraifft, 'sa chdi no we yn prynu bob crîm dan haul yn trio gwneud dy hun edrych yn iau os na fysa hysbysebion mewn magasîns ag ar teli wedi dweud wrtha chdi bo mynd yn hen a ca'l wrinkles yn beth drwg.
Mam: Ond ma gas gin i wrinkles.
Lydia: Yn union.
Mam: Y?
Lydia: Os fysa chdi heb ga'l dy foddi mewn hysbysebion ar hyd y blynyddoedd sydd wedi deud wrtha chdi bo *wrinkles* yn beth drwg, garantîd 'sa chdi licio nhw.
Mam: Dwi ddim yn meddwl rywsut. Sud ma gwaith?

Rowliodd Lydia ei llygaid.

Lydia: Yndi iawn. Sud ma Dad?
Mam: Mae o'n iawn. Mae o allan yn rwla.

Roedd ganddi wastad ofn gofyn rhywbeth am ei thad, rhag ofn y bysa ei mam yn dechrau dweud pethau cas amdano fo. Roedd hynny'n digwydd yn aml y dyddiau yma. Doedd ei mam erioed wedi dallt y ffiniau rhwng mam a merch pan oedd hi'n dod i sôn am broblemau priodasol. Roedd hi wedi dechrau gweld Lydia yn fwy fel ffrind na merch ers iddi symud i ffwrdd.

Mam: Wsos yma ti'n meddwl dod adra'n diwadd?
Lydia: Ia, nos Wenar.
Mam: O grêt. Faint o gloch ma'r trên yn cyrradd?
Lydia: Dwi ddim 'di sbio eto.

Mam: Ocê pwt. Cofia decsdio'n dweud, de.
Lydia: Iawn, Mam. Cofia fi at Dad.
Mam: Siŵr o neud.
Lydia: Oce, tâ.
Mam: Tâ.

Wedi dod oddi ar y ffôn, eisteddodd Lydia yno am eiliad yn syllu ar y wal o'i blaen. Roedd hi'n teimlo mwy o bellter rhyngthi hi a'i mam ers iddi symud i ffwrdd – yn y ffordd roedden nhw'n meddwl am bethau a'r ffordd oedden nhw'n gweld y byd. Meddyliodd am y ddwy yn hel mwytha ar y soffa ar ôl iddi ddod adra o'r ysgol. Yn mynd i siopa i Landudno ar ddydd Sadwrn i brynu bras a *make-up* newydd. Meddyliodd amdani'n crio yn ei breichiau y tro cyntaf iddi ddechrau ei mislif. Roedd yr atgofion yn teimlo mor fregus ond eto, mor bwerus. Gallai deimlo'r hiraeth yn ei gwasgu hi.

Estynnodd am ei ffôn cyn clywed sŵn Kat a Max yn dod i mewn i'r tŷ.

'Hello!' gwaeddodd Kat wrth wneud ei ffordd i mewn i'r gegin.

'Hi,' gwaeddodd Lydia'n ôl wrth roi ei ffôn i lawr. Ymddangosodd pen Kat rownd y gornel.

'Is he still here?' sibrydodd. Cerddodd Max heibio'r bwrdd coffi yn codi ei law.

'No,' chwarddodd Lydia.

'We thought maybe you'd still be at it,' meddai Kat yn chwareus.

'As if,' atebodd Lydia, yn teimlo 'chydig bach o gywilydd. 'I'm sorry if you heard...'

'Oh no, not at all,' meddai Kat yn eistedd wrth ei hymyl ar y soffa. 'Don't worry about that, babes, you're having fun! He's very hot.' Edrychodd draw at Max fel tasa hi'n dweud sori o flaen llaw am ddweud hynny.

'Don't mind me,' meddai Max. 'And just for the record, he is a very good looking man.'

'He is,' meddai Lydia yn meddwl amdano.

'You getting the flashbacks?' sibrydodd Kat, fel tasa hi'n darllen ei meddwl.

'I'm going to hop in the shower,' meddai Max wrth gerdded yn ôl heibio'r bwrdd coffi fel tasa fo'n synhwyro bod y ddwy isho amser ar eu pen eu hunain.

Aeth Kat i wneud paned. Roedd Lydia'n gwybod bod hynny'n arwydd o sgwrs.

'So, are you into him?' meddai Kat.

'Ermmm,' meddai Lydia efo hanner gwên ar ei gwyneb. 'Yes?'

'This isn't a reassuring yes.'

'It's weird. I'm very attracted to him sexually. But like, having him in here with you and Max, I just, I don't know. I didn't like it. It just made me feel uncomfortable. It's like he doesn't fit here.'

'It's because you don't want him to,' meddai Kat yn hamddenol.

'What?'

'You just want to sleep with him, and that's totally fine.'

'Is it?'

'Well, yeah. You don't want him to be your boyfriend, so you don't feel comfortable mixing him into your life.' Ystyriodd Lydia ei geiriau. Doedd hi ddim yn siŵr iawn pam ei bod hi'n teimlo'n euog.

'Do I tell him that then?'

'Not really. Not unless you need to. If it's a casual thing and you're both cool with that, then it's fine.'

Aeth Kat i roi'r teciall ymlaen, gan adael Lydia efo'i meddyliau.

'I heard you met Théo?' gofynnodd Kat.

'I did,' meddai Lydia. 'He's insanely good looking.'

Chwarddodd Kat.

'Yeah, he kind of knows it too. He's a funny one Théo. I really like him, and once you get to know him he drops all that flirty stuff. But he just can't help himself when he meets attractive women.'

'What does his girlfriend think of that?' holodd Lydia.

'Oh, she doesn't mind. They're in an open relationship.'

'Really?!'

'Yeah, they talk to each other about it and everything.'

Fedrai Lydia ddim dychmygu gwneud y fath beth.

'I don't think I could cope with that. Like, wouldn't it mean that you're not satisfied?'

'Not necessarily. I think we put too much pressure on one person to fulfil all our needs and desires. Like, we all crave that rushing, butterfly feeling of meeting someone new and having sex with them for the first time, right? It's one of the best feelings in the world, and yet, we just have to be okay with not feeling that ever again once we find "the one". Some people are okay with that, but why should *everyone* be, right? I don't think it means you love your partner any less.'

Meddyliodd Lydia am hynny wrth wylio Kat yn tywallt dŵr poeth i dair cwpan.

'Could you do that?'

'We've talked about it before, like, for the future.'

'Have you?!' Doedd Lydia ddim wedi disgwyl iddi ddweud hynny.

'Yeah. Who decided that it's only one partner that human

beings are supposed to have? Ancient civilizations were not monogamous at all. Women could have sex with whoever they wanted – other men *and* women. We've sort of been forced into this monogamy thing. That's why so many people have affairs.' Edrychodd Lydia arni mewn edmygedd, gan obeithio y bysa hi'n gallu bod mwy fel Kat weithiau, yn poeni llai am bethau a phobl a'r byd.

—

'Mae hi om'bach yn od, dydi?' Gallai Lydia glywed llais Llinos yn dod o'r 'stafall ffrynt. Roedd hi'n aml yn sleifio lawr grisiau o'i gwely pan oedd gan ei rhieni hi ffrindiau draw.

'Yndi ma'i,' clywodd lais ei mam. 'Ma 'na rwbath rhyfadd yn mynd ymlaen yn fanna does, rhyngthi hi a'i gŵr.'

'Wel, ma pobol yn dweud bo'i'n mynd lawr lôn at Steven, sdi, gyda'r nosa 'lly.'

'Argol, ia?' meddai John, gŵr Llinos. 'Ma Steven 'di hitio'r jackpot 'lly do.' Clywodd Lydia ei thad yn chwerthin.

'John!' gwaeddodd Llinos.

'Wel, mi glywish i fod y ddau yno weithia cofia.' Llais ei thad oedd hi'n ei glywed rŵan.

'Be?!' meddai Llinos mewn dychryn. 'Hi a'i gŵr hi 'lly?'

'Ia, dyna ydi'r si. Dwn im be sy'n digwydd yno cofia. Ond, dyna ma pobol yn ddeud. Dwn im.'

'Be, y tri 'lly?' meddai ei mam.

'Ych â damia nhw,' meddai John.

'O dwi'n gweld bechod dros y plant, cofia,' meddai Llinos. 'Lle ma'r petha bach pan mae eu rhieni nhw'n mynd am blydi thrîsym lawr lôn?!'

Chwarddodd y tri wedyn.

'Shhhh ne fydd 'na rywun 'di'n clywad ni, wir,' sibrydodd ei mam.

Eisteddodd Lydia ar y grisiau am hir, ei chalon fach yn pwmpio, cyn sleifio nôl i'w gwely'n ddistaw.

Pennod 25

Weithiau roedd Lydia'n breuddwydio am fynd ar y trên o Euston i Fangor. Roedd hi'n gallu gweld y tirwedd yn newid o flaen ei llygaid wrth iddi ddyheu am gael croesi'r ffin i weld y môr o'r diwedd. Doedd y siwrna go iawn ddim hanner mor freuddwydiol, yn enwedig yn y nos, a heno roedd hi'n dyheu am gael cyrraedd adra. Wrth i'r trên dynnu mewn i stesion Bangor, gwelodd ei thad ar y platfform. Roedd o'n edrych yn fach, a'i wallt yn wynnach nag oedd hi'n ei gofio.

Roedd hi'n licio mynd yn car efo'i thad. Doedd 'na ddim llawer o bobl roedd hi'n gallu ymlacio efo nhw mewn distawrwydd. A dweud y gwir, efallai mai ei thad oedd yr unig un. Doedd 'na fyth lawer o gwestiynau gwag na thrio gwneud sgwrs heb fod angen. Edrychodd ar y mynyddoedd oedd yn gwibio heibio ffenest y car. Roedd hi'n meddwl weithiau pa mor dda fysa cael eu gweld nhw o Lundain – jesd cipolwg, er mwyn ei hatgoffa eu bod nhw yna, yn aros amdani. Mi oedd ganddi ddigon o luniau ohonyn nhw – ar ei ffôn, ar gefndir ei *laptop* ac ar waliau ei 'stafell wely, ond doedd llun byth yn cyfleu y peth go iawn.

Gofynnodd ei thad am ei gwaith a chafodd yr un ateb ag oedd o wastad yn ei gael. Rhoddodd restr o brofedigaethau'r ardal iddi a phwy oedd wedi mynd i 'sbyty'n ddiweddar. Ond o leiaf roedd hi'n wanwyn, felly doedd y rhestr ddim hanner mor ddigalon ag oedd hi'n ystod y gaeaf.

''Dyn nhw 'di ffeindio rhywun i gymryd lle Twm 'Refail ar y cyngor plwy?' gofynnodd Lydia wrth gofio bod ei thad wedi sôn bod 'na le gwag wedi bod ers rhai misoedd bellach.

'Naddo, ddim eto,' atebodd. 'Wel, ma 'na rywun 'di dangos diddordeb, ond Sais dio.' Edrychodd Lydia ar ei thad.

'Ydi'r ots bod o'n Sais?'

'Wel, nadi, dim ots ei fod o'n Sais. Ond mae o ots os na dio'n gallu siarad Cymraeg, dydi?' Meddyliodd Lydia am hynny am eiliad.

'Dio'n foi da?'

'O mae o. Dyn clên, galluog iawn. Dwi'n siŵr y bysa gynno fo lot o syniada. Ma isho gwaed newydd yn y cyfarfodydd 'ma. Ma nhw'n ddigalon dyddia yma deud gwir.' Edrychodd Lydia ar ei thad, y sbectol yn dal yn simsan ar ei drwyn.

Crynodd ffôn Lydia.

Rob
Adrian mentioned you were heading home. Gobeithio cewch chi amser da (yes, I went on google translate). X

Teimlodd ei 'stumog yn tynhau yn y ffordd orau bosib. Doedd hi ddim wedi disgwyl neges ganddo. Rhoddodd ei ffôn yn ôl yn ei bag yn sydyn.

'Ella neith y boi ddysgu Cymraeg?' meddai Lydia ar ôl 'chydig.

'Ella wir.'

'Sa 'na ddim problem wedyn nasa?'

'Wel na, cyn belled â'i fod o'n dysgu hi o ddifri, de. Ma 'na lot o bobl yn deud eu bod nhw am neud, ac yn mynd i un neu ddwy o wersi a ballu, cyn rhoi'r ffidil yn y to. Ond maen nhw mewn yn barod wedyn, dydyn, a chyn i chdi droi rownd, ma'r sgyrsiau i gyd wedi troi i Saesneg. Mae o mor hawdd.'

'Hei, sut ma'r Sbaeneg yn dod yn i blaen, Dad?' Chwarddodd yn ysgafn o dan ei wynt.

'Dwi'n gwbo be ti'n trio'i ddeud, Lydia Ifan, ond yn anffodus dydi dy ddadl di ddim yn ddilys. Ella mod i'n hoples yn dysgu iaith, ac ella mod i'n mynd i Sbaen bob hyn a hyn, ddim ond i allu archebu cwrw yn Sbaeneg. Ond dydw i ddim wedi dewis ymgartrefu mewn gwlad lle nad ydw i'n gallu siarad yr iaith, naddo?'

'Sgin rhai pobol ddim dewis nag oes?'

'Wel ma hynny'n fatar hollol wahanol dydi.'

Edrychodd Lydia ar y llinellau gwyn ar y lôn yn cael eu goleuo fesul un.

'Fysa fo'n ddiwadd y byd os ydi'r cyfarfod yn Saesneg?' Wnaeth ei thad ddim ateb, dim ond edrych yn ei flaen a'i ddwy law yn dynn ar y llyw. Wnaethon nhw ddim siarad am weddill y siwrna.

Wrth weld arwydd y pentra yn ymddangos o'i blaen, teimlodd ei chalon yn c'nesu. Roedd o'n digwydd bob tro.

Agorodd Lydia ddrws y tŷ a hitiodd oglau adra hi'n syth. Roedd ei mam yn y gegin yn tynnu'r plastig oddi ar dwb o hwmws ac yn torri darnau o fara mewn powlen. Roedd croeso ei mam wastad dros ben llestri, ond roedd Lydia wastad yn edrych 'mlaen i'w gael o.

Roedd bod adra mor hyfryd, ond roedd Lydia'n gwybod mai melystra'r noson gyntaf oedd hyn. Roedd rhaid gwneud yn fawr o'r cyfnod dedwydd yma cyn i'r cwestiynau, y sylwadau a'r un hen sgyrsiau ddod i'r wyneb.

'Wyt ti am fynd i pentra fory?' holodd ei mam.

'Ma siŵr,' meddai Lydia.

'Ydi Deio'n mynd?'

'Ma siŵr.'

'Ti 'di siarad efo fo'n ddiweddar?'
'Chydig. Dim lot.'
'Ma Siân Tŷ Ffynnon 'di ca'l babi 'fyd.'
'O do?'
'Do welish i lun ar Facebook. O del, cofia. A ma hi 'di mynd yn hogan ddel 'fyd. Oddi'n blwmpan bach erstalwm doedd?'
Roedd gas gan Lydia pan oedd ei mam yn sôn am edrychiad pobl.

Roedd ei thad wedi gwneud *lemon meringue pie* yn bwdin, ac fe agoron nhw botel arall o win coch yr un pryd. Mi oedd hi mor hawdd meddwi yn eistedd rownd y bwrdd bwyd adra. Roedd Lydia'n licio hynny – roedd o'n ymlacio pawb. Cyn belled nad oedden nhw'n mynd dros ben llestri.

'Dach chi 'di siarad efo Math a Iago yn ddiweddar?'
Edrychodd ei mam ar ei thad. Roedd Lydia'n gallu darllen yr edrychiad.

'Wel, ym, do a dweud gwir. Ddoth Math draw wsos dwytha.'
Edrychodd ei mam ar ei thad eto.

'O ia?'

'Do, mi odd, ym, wel...' roedd hi'n swnio'n nerfus i gyd, yn baglu dros ei geiriau. Teimlodd Lydia bechod drosti mwya sydyn ac mi oedd hi'n teimlo'n greulon am gymryd arni nad oedd hi'n gwybod.

'Dwi'n gwbo sdi, Mam.'
'Gwbo be?'
'Bod o'n gê.' Syllodd ei mam mewn sioc arni.
'Ers pryd?'
'Ers oes.'
'Nath o ddeud wrtha chdi?'
'Do, ond o'n i'n gwbo cyn hynna 'fyd.'
'Sut?'

'O'n i jesd yn.'

'Wel, dio'n newid dim i ni, de,' meddai ei mam fel tasa hi'n falch ohoni'i hun.

'Wrth gwrs bod o ddim, pam fysa fo?'

'O ia, yn union.' Er bod ei mam yn trio ei gorau i baentio darlun *laid-back* ohoni ei hun, roedd Lydia'n gwybod, o ddifri, bod 'na rywbeth bach yn pigo ar ei chydwybod. Rhywbeth bach, bach yn gwneud iddi wingo yn ei chadair. Mi oedd hi hefyd yn gwybod tasa hi'n dod â merch adra fory, y bysa ei rhieni wedi siomi. Efallai na fysan nhw'n ei ddangos o, ond mi fysan nhw'n ei deimlo fo.

'Ti 'di meddwl o gwbl am dy blania di, pwt bach?' meddai, ei phen wedi gostwng fel cath fach oedd ofn cael ffrae. Roedd o'n rhyfedd fel oedd deinameg mam a merch yn newid wrth dyfu fyny. Hi oedd gan y pŵer rŵan. Ond pan oedd ei mam yn moesymgrymu gormod iddi – ac yn edrych arni fel oedd hi'n edrych arni rŵan – roedd o'n gwneud iddi fod isho trosglwyddo'r pŵer i gyd yn ôl iddi, a chamu nôl i mewn i'w breichiau.

'Dim rili, Mam,' meddai, ar ôl stopio ei hun rhag mynd yn flin.

'Ddoi di nôl, ti meddwl?'

'A bod yn onast, alla i ddim meddwl am ddod yn ôl ar y funud.'

'Dim o gwbl?' Gallai weld y tristwch yn llygaid ei mam.

'Dim ar y funud. Dwi'n hapus iawn lle ydw i ar hyn o bryd, Mam. Dwi'n teimlo na dyna lle dwi fod.'

Roedd hi'n ymwybodol iawn bod ei thad yn edrych arni hefyd. Edrychodd arno a gweld y sglein yn ei lygaid. Gwenodd arni'n addfwyn fel oedd o'n arfer ei wneud pan oedd hi'n hogan fach.

'Os ti'n hapus, 'da ni'n hapus, dydan Ann?'

Aeth Lydia i'w gwely y noson honno yn teimlo 'chydig yn drist heb wybod pam yn iawn. Meddyliodd am fynd am dro beics ar b'nawn dydd Sul efo'i thad erstalwm. Pacio bocs bwyd efo brechdanau caws a sôs coch a Maryland Cookies. Padlo, padlo gan weld pa mor bell oedden nhw'n gallu mynd. Mi aethon nhw'r holl ffordd i Borth Iago unwaith, a neidio i'r môr ar ôl cyrraedd heb fath o dywal na siwt nofio. Sgwn-i oedd o'n meddwl am hynny weithiau? Sgwn-i oedd o'n meddwl am yr adeg oedden nhw'n isda yn y lownj yn gwrando ar Nansi Griffith a Charlie Lounsborough a John Lennon am oriau. Meddyliodd amdano lawr grisiau rŵan, yn eistedd o flaen y newyddion, yn gwrando ar stori drist ar ôl stori drist, cyn llusgo ei hun i'w wely. Roedd o'n rhyfedd fel oedd pethau wedi newid. Sgwn-i oedd o wedi teimlo'n drist pan ddeudodd hi nad oedd hi isho dod nôl? Roedd o'n anodd dweud efo'i thad – roedd o'n anodd darllen ei feddyliau. Teimlodd ei boch yn wlyb wrth i ddeigryn ddianc o gornel ei llygaid. Doedd hi ddim yn siŵr iawn pam oedd hi'n crio. Efallai am ei bod hi newydd sylweddoli, o ddifri, bod y dyddiau hynny efo'i thad wedi hen fynd.

—

Roedd hi'n nosi tu allan, ac mi oedd y ddau'n dal i eistedd ar lawr y stafell ffrynt ar eu penolau yn gwrando ar gerddoriaeth.

'Gawn-ni chwarae'r un 'na am heddwch, Dad?' gofynnodd Lydia.

'Imagine?'

'Na, yr un ma'r ddynas yn ganu.'

'O, Nansi Griffith ti feddwl. From a Distance?'

'Ia.'

Aeth ei thad i dyrchu am y CD, cyn ei roi i mewn yn y chwaraewr a phwyso'r botwm. Wrth i lais Nansi Griffith lenwi eu clustiau, edrychodd Lydia ar ei thad yn syllu allan trwy'r ffenest.

'Am be ti feddwl?'

'Sud le fysa'r byd mewn heddwch.'

'Sud le fysa fo?'

'Lle heb ryfela. Lle y bysa pawb yn cyd-fyw am wn i, de?' meddai wrth fwytho ei gwallt.

'A lle bysa pawb yn gyfartal, ia?'

Dringodd ar ei lin a chyrlio ei hun yn belen fel oedd hi wastad yn licio'i wneud pan oedden nhw'n gwrando ar ganeuon.

'From a distance, there is harmony.

And it echoes through the land.

It's the voice of hope

It's the voice of peace

It's the voice of every man.'

Pennod 26

'Dach chi'n dod lawr nes 'mlaen?' gofynnodd Lydia wrth ei rhieni. Ar ddydd Sadwrn cyntaf gwyliau'r Pasg, roedd o'n draddodiad fod pawb yn mynd i'r traeth. Roedd o bron fel gŵyl answyddogol efo offerynnau a barbaciws a gemau. Doedd Lydia ddim wedi bod adra ar ei gyfer ers blynyddoedd.

'Ma siŵr ddown-ni nes 'mlaen,' meddai ei thad wrth iddi baratoi i fynd allan trwy'r drws.

'Tisho swpar heno?' gofynnodd ei mam. Cafodd Lydia fflach sydyn ohoni'n bymtheg oed.

'Na, fydda i'n ocê. Fydda-i dal i lawr ma siŵr, a dwi ddim isho chdi aros.'

'Na-i gadw peth i chdi,' meddai, yn mwytho ei gwallt. Weithiau, roedd Lydia'n meddwl tybed oedd ei mam yn cofio faint oedd ei hoed hi.

'Wela i chi wedyn ta,' meddai wrth gamu allan trwy'r drws.

Roedd yr haul yn boeth. Mi oedd hi wedi gofyn i Deio ei chyfarfod hi wrth ochr y parc oherwydd doedd hi ddim isho cyrraedd ar ei phen ei hun. Mi oedd hi'n teimlo'n fwy nerfus na'r arfer i'w weld o. Pan gyrhaeddodd hi, roedd o'n sefyll yno'n barod wrth ymyl y giât, yn ei hen grys-T Cowbois oedd bellach wedi colli'i liw. Trodd i edrych arni dan wenu.

'Ti 'di torri dy wallt?' gofynnodd wrth roid hyg iddo. Roedd o wedi newid ei *aftershave* hefyd.

'Do, geshi hercan ddoe.'

'Ti'n edrych yn neis.'

'Yndw? Duw, diolch ti Lyds. Ti'n iawn, ta?' Cerddodd y ddau tua'r traeth yn siarad yn ysgafn am eu bywydau, heb dyllu'n rhy ddyfn.

Roedd gweld gymaint o wynebau cyfarwydd ar yr un pryd yn lot i'w brosesu heb ddropyn o alcohol. *Hei ti'n iawn? Yndw diolch sud wyt ti?* drosodd a throsodd a throsodd. Ond, yn anymwybodol, roedd y geiriau clên a'r wynebau cyfarwydd yn rhoi egni iddi. Dim y math o egni oedd yn ysgwyd rhywun i gyffro yn syth, ond egni araf, cynaliadwy oedd yn treiddio i mewn i'w gwreiddiau hi. Fel yr aeth y dydd yn ei flaen, roedd y sgyrsiau'n byrlymu fel y cwrw oedd yn gadael y casgenni. Efo bob swig, roedd tafodau'n llacio a geiriau oedd wedi cael eu gwasgu'n dynn ers misoedd yn llifo allan i'r aer.

Roedd hi'n caru bod ar y traeth adra. Mi fysa hi'n licio eistedd yno'n syllu allan i'r dyfnderoedd a gadael i symudiad hypnotig y dŵr fynd â hi i rywle arall am 'chydig. Ond fysa hi fyth yn gallu edrych allan ar y môr fel yna pan oedd hi efo'i ffrindiau ysgol – mi fysan nhw'n cymryd y *piss*. Mi oeddan nhw'n ei weld o bob dydd, ac felly roedd y berthynas yn un hollol wahanol. Aeth Deio i nôl peint arall iddyn nhw. Estynnodd Lydia am y baco o'i bag. Roedd hi wrthi'n llwytho'r papur bach sidanaidd pan glywodd lais cyfarwydd tu ôl iddi.

'Duw, Lydia. Ti adra!' meddai Morgan wrth gerdded yn simsan tuag ati.

'Morgan! Sud wt-ti?!' Llyfodd ymyl ei risla a chau ei rôl yn daclus.

'Dal i gredu. Sud wt ti? Sud ma petha'n mynd tua Llundain 'na?' Estynnodd leitar o'i boced i danio rôl Lydia.

'Da sdi, diolch.'

'Ti licio 'na?'

'Yndw sdi, wrth 'y modd.' Teimlodd y mwg yn hitio ei hysgyfaint.

'Wt-ti wir? Asu, 'sa chdi ddim yn gallu cael dau le fwy gwahanol 'sa chdi'n trio, nasat?' meddai wrth eistedd ar y tywod wrth ei hochr. Chwarddodd Lydia.

'Nasat ma siŵr.'

'Ddoi di'n ôl ti meddwl?'

'Dwn im, Mogs.'

'Ma'n bechod colli pobol ifanc o'r ardal 'ma 'fyd, de.' Tynnodd Lydia ar ei rôl yn galetach.

'Ma isho mynd a gweld y byd 'fyd, does?'

'Oes, ma siŵr ti.' Edrychodd Morgan yn ei flaen. 'Weithia dwi'n meddwl ella bo 'na fwy i fywyd na fama, sdi... Ond wedyn dwi'n meddwl, ydw i angan mwy na be sgin i fan hyn?'

'Ma'n dibynnu os ti'n hapus dydi, am wn i.'

'Yndi. Ond be ydi hapusrwydd ar ddiwadd y dydd, de? Ma cymdeithas 'di gneud i ni feddwl bo ni wastad angan *mwy* dydi? Mwy o bres. Mwy o betha. Grass is always greener, de, Lyds.'

Roedd rhywun wedi dechrau chwarae gitâr tu ôl iddyn nhw.

''Ma ni. Ma'r sesh 'di dechra,' meddai Morgan wrth roi ei law ar ei hysgwydd. Gwelodd Deio'n cerdded yn ôl tuag atyn nhw efo dau beint yn ei ddwylo, yr un sbectol haul goch ag oedd ganddo fo ers pan oedden nhw'n ifanc.

Erbyn diwadd p'nawn, roedd pawb yn slyrian, eu trwynau a'u 'sgwyddau'n binc wedi llosgi'n grimp yn yr haul. Llosg cynta'r flwyddyn oedd yr un fwyaf hegar, roedd hi'n cofio hynny ers pan oedd hi'n ddeunaw. Doedd hi ddim wedi gweld

Deio ers rhyw awr. Lle oedd ei rhieni? Mi fyddai ei thad yn dod lawr gyda'r nos. Gwelodd Deio yn siarad efo Fflur Parker. Doedd hi ddim wedi ei weld o'n siarad felma efo hogan o'r blaen. Roedd ei osgo fo'n wahanol, y ffordd oedd o'n gafael yn ei beint ac yn gwyro 'mlaen i siarad yn ei chlust.

'Sa wbath yn mynd ymlaen yn fanna ta be?' gofynnodd wrth Nerys.

'Hmm, dwi'n meddwl bo nhw 'di bod efo'i gilydd unwaith. Ond ma Deio 'tha rhech dydi?'

'Yndi?'

'Lle ffwc ti 'di bod? Yndi. Ma'r boi mor slo. Fydd Fflur 'di mynd efo rhywun arall yn diwadd.'

'Dio licio hi?'

'Ma'n anodd deud fo Deio dydi, ond dwi meddwl bod o.' Doedd Lydia ddim wedi disgwyl teimlo cwlwm yn ei bol.

''Di hi'n licio fo?'

'Ma'i reit cîn. Ond ma'i'n cîn ar lot o bobol.' Roedd Lydia wastad wedi licio pa mor ddiflewyn-ar-dafod oedd Nerys.

'A be amdana chdi, Ner?' gofynnodd i drio symud ei meddwl oddi ar Deio.

'O ffocin paid. 'Di dynion ddim gwerth y blydi hasyl.' Gwenodd Lydia.

'Ti 'rioed 'di meddwl am fynd am ddynas?' Bu bron i Nerys dagu ar ei diod.

'Ffocin callia, nei di?' Dechreuodd Nerys chwerthin. Edrychodd Lydia edrych allan ar y môr.

Roedd hi bellach wedi nosi, ac roedd pawb wedi'u pacio fel sardîns tu mewn i'r dafarn. Roedd Robin yn strymio'r gitâr a Nanw'n eistedd wrth ei ymyl ar y bongos. Edrychodd Lydia ar ei dwylo yn hitio'r drwm, dro ar ôl tro heb fethu'r un curiad. Sut oedd hi'n gallu gwneud hynny ar ôl gymaint o ddiod?

Roedd y canu yn fyddarol. Mi oedd o bob amser – yn llenwi bob twll a chornel o'r lle. Edrychodd ar Robin, ei wyneb yn fflamgoch. Mi fysa rhywun yn hawdd yn gallu camgymryd ei fod o'n crio – yn udo i'r nos.

'Safwn yn y bwlch gyda her yn ein trem,
Yn ffyddlon, yn driw iddi hi,
Mae Cymru'n ein gwaed,
Gofalwn am hon,
A mynnwn ei rhyddid hi.'

Edrychodd Lydia ar Deio. Hon oedd un o'i hoff ganeuon o. Doedd hi ddim yn cofio'r geiriau – roedd hi'n baglu dros yr alaw wrth ddyfalu'r odlau. Rhoddodd ei fraich amdani, a phwysodd ei phen o dan ei ysgwydd. Dechreuodd pawb afael am ei gilydd, y geiriau yn tasgu allan o bob ceg. Edrychodd Lydia ar bawb – ar yr angerdd yn eu gwynebau meddw. Y gobaith a'r cariad yn llenwi'r 'stafell. Roedd Robin yn barod am y gytgan, yn barod i strymio am ei fywyd. Ffrwydrodd y dorf.

'Gyda'n gilydd fe safwn ni,
Gyda'n gilydd fe safwn ni,
Dros ein hiaith,
Dros ein gwlad,
Dros ein pobl,
Dros ein plant.
Gyda'n gilydd fe safwn ni.'

Tarodd y geiriau hi fel gordd. Daeth pob dim yn ôl. Y miwsig yn 'stafell Deio. Y siarad dan hanner nos. Y cusanu ar ôl caniau Fosters a'r Scrumpy Jacks oedden nhw'n ddwyn o gwpwrdd ei dad. Edrychodd arno yn canu nerth ei ben, ei lygaid wedi cau.

'Smôc?' sibrydodd Lydia'n ddistaw yn ei glust. Edrychodd

arni fel tasa fo'n trio darllen ei meddwl. Nodiodd. Llithrodd y ddau allan i'r stryd. Dechreuodd Lydia gerdded y llwybr bach cul oedd yn rhedeg gyferbyn â'r dafarn i lawr i'r traeth.

'Lle ti mynd?' gofynnodd wrth ei dilyn. Gafaelodd yn ei law. Roedd ei groen yn teimlo'n arw. Gallai deimlo ei chalon yn curo yn ei brest. Wedi iddi gyrraedd y traeth, trodd tuag ato. Roedd hi'n dal i afael yn ei law. Syllodd i fyny ar y llygaid mawr brown yn hiraethu nôl arni. Heb ddweud dim, teimlodd ei hun yn codi ar flaenau ei thraed a gwyro 'mlaen tuag ato, nes oedd ei gwefus yn cyffwrdd ei wefus o. Deio. Roedd o'n teimlo mor gyfarwydd. Yn cusanu yn union fel oedd hi'n ei gofio. Yr un rhythm. Yr un symudiadau. Yr un dyfnder. Teimlodd ei law ar ei boch a'i fysedd hir yn ymestyn at gefn ei gwddw. Gwasgodd Lydia ei ddwylo efo'i dwylo. Tynnodd Deio'n ôl yn sydyn.

'Lydia, be 'dan ni'n neud?'

'Dwm'bo,' meddai cyn gwyro 'mlaen eto i'w gusanu. Stopiodd Deio'n sydyn. Pwysodd ei dalcen yn erbyn ei thalcen.

'Plis tyd adra Lydia?' sibrydodd. Roedd ei wyneb mor agos ati, doedd hi ddim yn gallu gweld yn glir. Gafaelodd yn ei arddyrnau a thynnu ei hun yn ôl. Mi oedd 'na rywbeth am yr edrychiad hiraethus yn ei lygaid oedd wedi saethu mor ddwfn i mewn i'w chalon hi nes oedd o bron yn brifo. Gallai deimlo ton o emosiwn yn codi drosti – yn bigau bach yn ei thrwyn a chefn ei gwddw. Cwffiodd ei dagrau nôl, ond roedd ei llygaid wedi dechrau llenwi'n barod. Edrychodd i ffwrdd, wrth i'r deigryn cyntaf lithro lawr ei boch. Roedd gas ganddi ei bod hi'n crio.

'Lyds? Hei, sori, don-i ddim 'di meddwl dy ypsetio di.' Roedd o'n edrych yn boenus ac roedd hynny'n gwneud iddi fod isho crio fwy. Sychodd ei dagrau a chymryd anadl ddofn. Roedd y ddau'n ddistaw.

'Dwi jesd ddim yn gwbo os allai ddod nôl sdi, Dei.'

'Pam 'im?'

'Dwi jesd ddim yn siŵr os mai fama 'di adra ddim mwy.' Roedd clywed ei geiriau ei hun yn ei gwneud hi'n drist.

'Be ti feddwl? Wrth gwrs na fama 'di adra.'

'Sud ti'n gwbo hynna?'

'Achos, dwm'bo, fama 'di adra, de. Fama ma dy wreiddia di.'

Edrychodd yn ei blaen.

'Ia, ond ydi hynna'n golygu na fama dwi fod? Dwi jesd yn teimlo fatha bo petha 'di newid, sdi. Neu ella mai *fi* sy 'di newid.'

'Mae pawb yn tyfu a newid, Lyds. Ond ti dal yr un person yn y bôn. Dwi dal yn gallu gweld y tân yndda chdi. Tisho gneud wbath, tisho newid petha.'

'Oes, dwi *isho* newid petha,' roedd hi'n dal ei geiriau yn ôl. 'Ond dwi fatha mod i'n sbio ar betha mewn ffor hollol wahanol ers fi symud oma. Dwi'n ffeindio'n hun yn cwestiynu petha na fyswn i erioed 'di feddwl swni'n gwestiynu o'r blaen.' Gallai deimlo dagrau yn llenwi ei llygaid eto.

'Be ti feddwl?'

'Dwi jesd yn teimlo fatha bo ni mor lwcus. Fel Cymry, fel pobol wyn sy 'di cael eu magu ochr yma o'r byd. Dan ni'n iawn, dydan? Ma bywyd yn hawdd rili, dydi? Ma 'na *gymaint* o bobol yn diodda yn y byd. Gymaint o ferched yn diodda am eu bod nhw'n ferched. Gymaint o bobol yn byw mewn ofn bob dydd. Mae 'na lefydd yn cael eu bomio a pobl yn marw fel 'dan ni'n siarad wan hyn. Sgena ni ddim syniad nag oes? Dan ni jesd mor lwcus pan ti'n meddwl am y peth, dydan?'

Roedd o'n edrych arni'n bryderus, ei ael dde wedi crychu fymryn yn fwy na'r llall.

'Oce, yndan, dan ni'n lwcus. A yndi, ma'r byd *yn* shit, dwi'n gwbo hynna. Ond ti ddim am allu sortio'r holl betha 'na allan, Lyds. Ti'n goro dewis dy frwydr dwyt – y petha bach sy'n agos at adra de? Rwbath neith neud gwahaniaeth go iawn. Fel arall ma jesd yn mynd yn ormod dydi?'

'Yndi, ti'n iawn,' roedd hi'n trio'i gorau i wenu. 'Dwi jesd yn meddwl ella mod i wedi bod yn cwffio dros y pethau anghywir.'

Edrychodd Deio yn ei flaen. Roedd yr eiliadau yn teimlo fel munudau wrth iddyn nhw eistedd yno mewn distawrwydd, yn clywed dim ond sŵn y tonnau yn torri ar y lan.

'Ti'n gwbod y negas 'na nest di yrru yn gofyn os o'n i meddwl bo ni'n sbio nôl ormod fel Cymry?' Edrychodd Lydia arno. 'Wel, dwi ddim yn meddwl bo ni. Achos unwaith 'dan ni'n stopio sbio nôl, mi nawn-ni anghofio pwy ydan-ni g'nawn? Nawn-ni anghofio pam bo ni dal yma yn siarad Cymraeg ar ôl yr holl ganrifoedd. Ma'n nyts dydi, pan ti meddwl am peth, bo ni'n dal yn ei siarad hi. O'n i'n meddwl am peth diwrnod blaen. Ar ôl bob dim, bob ymdrech ag ymgyrch i gael gwarad o'r Gymraeg, ddylsa bo hi wedi mynd dylsa? Pan ti'n sbio ar be sy 'di digwydd yn 'Werddon a'r Alban a Cernyw a Llydaw, ar bapur, mi ddylsa bo hi wedi mynd. Ond mae'r Gymraeg *dal* yma. 'Dan *ni* dal yma. Ma hynna'n dweud wbath, dydi?' Sylwodd Lydia ar y sglein yn ei lygaid. 'Ma 'na dân yma does? Ma 'na obaith a cariad a ffydd a goleuni sy'n werth cwffio amdano fo.'

Gallai Lydia deimlo ei llygaid yn llosgi. Gwasgodd ei dannedd at ei gilydd yn dynn i stopio'r dagrau rhag llifo eto.

'A rhan anfarth o pam bod yr angerdd 'na dal yna hyd

heddiw ydi *achos* bo ni'n sbio nôl. Achos bo ni'n *cofio*.' Roedd o'n edrych yn union fel oedd o'n arfer edrych erstalwm pan oeddan nhw'n dadlau a siarad a phregethu efo'i gilydd – ei aeliau wedi crychu a'i geg fymryn i'r ochr.

'Ti'n gwbo'n be di'r sefyllfa, Lyds, achos 'di ddim 'di newid llawar ers pan oeddan ni'n fach. Ti'n gwbo bo 'na frwydr gwerth ei chwffio os tisho i blant dy blant siarad Cymraeg.' Trodd yn syth ar ei sawdl a cherdded yn ôl tua'r dafarn, gan adael ei eiriau i hongian yn yr aer. Safodd Lydia yno'n fud wrth edrych ar amlinell ei 'sgwyddau yn nghefndir y nos yn mynd yn llai ac yn llai ac yn llai.

–

'Ti'n meddwl amdana ni 'di tyfu fyny weithia?' gofynnodd Deio.
'Ym, dim felly. Ti?' gofynnodd Lydia'n ôl.
'Mm, dwi yn weithia, de.'
'Wyt?!' Trodd Lydia fel ei bod hi'n eistedd yn edrych arno. 'Am be ti feddwl?'
'Wel, dwi'n dychmygu chdi'n gweithio efo Cymdeithas yr Iaith. Dwi'n gallu gweld chdi'n protestio efo ryw faneri a ballu ac yn cael dy gyfweld ar teledu.' Chwarddodd Lydia. Roedd hi'n licio'r darlun oedd o'n ei greu.
'Fyddi di efo fi?'
'Be, yn protestio 'lly?'
'Ia.'
'Byddaf weithia. Ond mwy tu ôl i'r llenni fydda i ma siŵr de, yn gneud petha mwy boring fatha'r gwaith papur.'
'Dwi meddwl na cyfreithiwr fyddi di.'
'Ti meddwl?'
'Ydw i wedi priodi?' Caeodd Deio ei lygaid i smalio gallu edrych i'r dyfodol.

'Wyt.' Goleuodd wyneb Lydia.

'Efo pwy?' Chwarddodd Deio'n ysgafn.

'Alla'i ddim deud hynna wrtha chdi.'

'Pam?'

'Rhag ofn iddo fo beidio dod yn wir, de.'

'O Deio, plis deud.'

'Na, Lyds. Alla i ddim. Rhaid chdi aros i weld, bydd?'

Taflodd ei phen yn ôl, yn hollol anymwybodol o'r cariad yn pefrio yn ei lygaid.

Pennod 27

Mi oedd pethau wedi bod mor brysur yn gwaith ers iddi gyrraedd nôl, doedd hi ddim wedi cael fawr o gyfle i feddwl am sut oedd hi wedi gadael pethau efo Deio. Ac mi oedd y ffaith bod y dydd yn ymestyn a'r tywydd yn brafio yn helpu. Roedd Llundain yn sioncach ei cham pan oedd yr haul yn tywynnu, fel tasa pawb wedi stwffio eu problemau o dan ei gwlâu efo'u cotiau gaeaf am y tymor. Y pethau bach roedd Lydia'n licio – fel gweld cysgod y coed yn symud yn chwareus ar y tarmac wrth iddi feicio a theimlo'r pelydrau yn treiddio mewn i'w chroen. Roedd hi'n licio gweld y brychni ar ei thrwyn hefyd a gweld bywiogrwydd yn ei bochau ar ôl misoedd o syllu ar groen dwl, llwydaidd yn y drych. Roedd tywydd braf fel tasa fo'n lleddfu pethau – yn bwrw hen groen a gofidiau.

Roedd ganddyn nhw gyfarfod Grand Village Mall efo Melissa bore 'ma. Rob, hi, Marius a Dario. Er ei bod hi wedi arfer cyflwyno syniadau bellach, doedd presenoldeb Melissa mewn cyfarfod ddim yn mynd dim haws. Roedd ganddi egni iasol oedd yn cyferbynnu'n llwyr efo'r haul braf tu allan ac yn gwneud i Lydia eistedd ar flaen ei chadair. Weithiau, roedd hi'n meddwl bod cyflwyno i Melissa yn beth da gan bod yr adrenalin yn ei gwneud hi'n siarp.

'So for the brand concept, we've narrowed it down to three,' meddai Rob wrth edrych yn hyderus ar Lydia. 'Lydia, do you want to take us through those?' Gafaelodd yn y teclyn i ddatgelu tudalen blaen yr olwg roedd hi wedi ei rhoi at ei gilydd 'chydig funudau cyn y cyfarfod. Roedd y diffyg dylunio a thwtio graffegol yn amlwg i bawb oedd yn eistedd o'i flaen.

'So we have, Confidently Empowering,' meddai mewn llais adrodd, cyn clicio ar y teclyn a gweddïo ei bod hi wedi meistroli'r *magicmoves* ar *keynote*. 'Soulfully Enriching,' darllenodd y geiriau ar y sgrin wrth iddyn nhw ymddangos. 'And Boldly Enriching.' Roedd 'na saib anghyffordus, cyn iddi gofio ei bod hi angen cyfiawnhau ei dewis o eiriau. 'Yeah, so Confidently Empowering. Obviously last week we had *Reliably* Empowering, but we felt like Reliable was a bit boring and was perhaps playing it a bit safe.' Melissa oedd wedi dweud yr union eiriau hynny, ond roedd rhaid mynd efo *we*. 'So I've gone for Confidently. It's simple, but I feel like it captures that punch that we were looking for.'

'Okay,' meddai Melissa, heb ddangos llawer o emosiwn. 'Enriching is interesting isn't it? Where did that come from?' Roedd gas gan Lydia pan oedd hi'n anwybyddu rhywbeth oedd hi newydd ei ddweud.

'I wanted to lean into the wellness angle that the client talked about. I feel like enriching encompasses that sort of wholesome, fulfilling aspect of the mall.'

'Hm,' meddai Melissa. 'Okay sure, but I'm not sure if it speaks to the whole place, you know? That's one aspect of it.'

'I think enriching can allude to a number of different things. A thought-provoking talk, a warm, nutritious meal or even maybe the clothes you buy. All of those things can enrich your life.' Weithiau, doedd gan Lydia ddim syniad o le oedd y geiriau'n dod. Roedd hi'n teimlo fel ei bod hi wedi'i rhaglennu i siarad mewn ffordd arbennig ers bod yn Portland House –

roedd yr un geiriau yn cael eu defnyddio dro ar ôl tro yn y byd brandio, ac mi oedd hi wedi sylwi ei fod o reit hawdd eu ffitio nhw efo'i gilydd i wneud i rywbeth swnio'n dda. Wrth iddi siarad, roedd gwên nodweddiadol Melissa wedi ymddangos ar ei gwyneb. Y wên wag roedd Lydia wedi arfer ei gweld bob tro roedd hi'n siarad.

'Sure, okay. Enriching. We could put that forward to the client if everyone else is happy. Get rid of soulful though. That doesn't work at all.'

'Of course,' meddai Lydia'n sydyn, wrth sgriblo ar ei llyfr nodiadau. *Get rid of soulful.*

'Boldly Enriching,' meddai Melissa wedyn. 'Thoughts?' Roedd hi wedi troi at Dario a Marius rŵan.

'I quite like Boldly Enriching,' meddai Marius. 'It throws up a lot of nice design cues, and it feel like there's a lovely tension between the two words. We can go big and bright with the boldly, and we can bring it down to earth with the enriching. That's what the whole place is about really isn't it?' Gwenodd Lydia ac edrych draw ar Melissa.

'Okay great,' meddai. 'So we have *progressive village square* as our positioning, and our overarching brand concept is Boldly Enriching. I think it works.' Edrychodd Rob ar Lydia'n sydyn, fel tasa yntau'n methu coelio bod y dasg wedi bod mor hawdd.

'But we'll need to explore two more to present to the client. Confidently empowering you can scrap. It feels too Nike. Been done before. Lean into the more progressive, cultural side of this mall. This idea of mental and emotional growth. The idea of belonging.' Roedd hi'n amhosib ffitio'r holl syniadau yna i mewn i ddau air. Ond fedrai hi ddim dweud hynny, dim ond nodio'n frwdfrydig.

Aeth pawb ar wasgar yn syth ar ôl y cyfarfod, felly chafodd hi ddim amser i siarad efo Rob. Aeth i lawr y grisiau ac edrych allan trwy'r ffenest fawr o'i blaen ar y blanced o flodau coch oedd yn hongian oddi ar falconi y fflat dros ffordd. Roedden nhw'n edrych mor ffrwythlon a llachar o gymharu efo'r concrit a'r metel o'u cwmpas. Roedd Lydia'n stopio i edrych arnyn nhw bob tro roedd hi'n cerdded o'r 'stafell gyfarfod, ond doedd hi erioed wedi gweld neb yno. Doedd 'na fyth hoel fod neb wedi bod yno chwaith – dim cadair ar y balconi, neu ffenest yn gilagored. Dim ond y blodau coch anhygoel yn disgyn yn ddramatig lawr ochr yr adeilad.

Doedd 'na neb wrth y ddesg. Agorodd ei *laptop* a syllu ar y gwaith oedd hi newydd ei gyflwyno. *Boldly Enriching.* Y mwyaf roedd hi'n edrych ar y geiriau, y lleiaf o synnwyr oedd bob dim yn ei wneud. Agorodd ei llyfr nodiadau a syllu ar ei 'sgwennu blêr. *Mental and emotional growth. Belonging.* Syllodd ar ei sgrin. Fedrai hi ddim dychmygu sut oedd rhywun yn mynd i gael teimlad o berthyn ac o dyfiant emosiynol mewn canolfan siopau, ond sut oedd hi i wybod hynny? Doedd hi erioed wedi bod yno a fysa hi ddim chwaith bellach. Meddyliodd am Melissa yn y cyfarfod – am sut oedd hi wastad yn edrych drosti, yn chwilio am atebion gwell yn rhywle arall, hyd yn oed pan oedd Lydia'n cynnig rhai parod iddi. Agorodd ddogfen roedd hi wedi'i dechrau ar gyfer diweddglo'r llyfr. Syllodd ar ei nodiadau. Roedd hi wedi gwneud ei hun yn fach wrth wynebu Melissa hyd yma, ond efallai mai rŵan oedd yr amser i newid pethau. Daeth ton angerddol drosti. Agorodd ddogfen newydd lân. Mi fyddai hi'n 'sgwennu o'r galon – yn gweithio a chrefftio'i geiriau nes bod 'na ddigon o rym i lorio Melissa yn y fan a'r lle. Roedd hi'n mynd i adael ei hoel, hyd yn oed os oedd hynny ar ganolfan siopa yn Tsieina.

***

'What you working on at the moment, George?' gofynnodd Julia yn y parc amser cinio. Edrychodd Lydia ar George, ei goesau wedi'u croesi a'r bocs salad yn cydbwyso'n ddel ar ei law.

'Those luxury apartments in Barcelona,' meddai, heb fawr o emosiwn ar ei wyneb. Doedd hi ddim yn gallu gweld ei lygaid o dan ei sbectol haul.

'Is it going alright?'

'It's alright. The client is actually quite nice for once, but fuck me, I'm just sick of working on luxury residential developments.'

'You have been on quite a few of those recently,' meddai Adrian. 'But at least you got off the cruise ship.'

'That was a very low point for me.'

'I can't believe cruise ships are even still a thing. It's literally the epitome of over-consumption,' meddai Julia.

'How much food did you say they take on the ship again?' gofynnodd Lydia.

'It's like over a 100 tonnes. I nearly threw up when I was on there,' meddai George wrth wneud ystumiau taflyd i fyny.

'That's actually disgusting,' meddai Adrian. 'Imagine the waste.'

'And the environmental impact,' meddai Julia. Aeth y pedwar ohonyn nhw'n ddistaw. Gafaelodd Lydia mewn darn o wellt a'i dynnu o'r ddaear. Lapiodd y stribyn tenau o ddeilen rownd a rownd ei bys, nes oedd o'n edrych fel cyfres o fodrwyau bach gwyrdd.

'You still on the secret electric car project?' gofynnodd George wrth Julia.

'Yeah, it's a really cool project, actually. I'm quite excited about it.'

'The identity is looking really cool, I had a peek in there the other day,' meddai Adrian.

'Thanks babes. It just feels quite nice to be working with a brand that wants to do a bit of good in the world.'

'How much do these cars cost again?' gofynnodd Lydia. Gwenodd Julia arni, mewn ffordd oedd yn awgrymu ei bod hi'n gwybod yn union beth oedd hi'n trio ei ddweud.

'Yeah, they're like thousands and thousands of dollars. But I just mean, a company who's trying to do good for the environment.'

'Electric cars for the rich,' meddai George.

'But isn't everything we do at this agency for rich people?' gofynnodd Lydia.

'Pretty much,' meddai Adrian.

'Doesn't that bother you?' holodd Lydia.

'Not that much. I like what I do. I make good money and I have a good life. If you think about it too much, it will get to you. Everyone puts so much pressure on their job to make them happy these days. Like, making good money and doing something that absolutely reflects your values is pretty much impossible' atebodd Adrian.

'I don't know if it's impossible everywhere, but it's definitely almost impossible in London,' meddai Julia. 'You need to be on *very* good money here to live comfortably, which normally means selling your soul.'

'But you *can* find agencies that work with brands who do good,' meddai Adrian.

'Hm, but are they even doing good at the end of the day? It's all about marketing something isn't? Getting people to buy more things they don't need. We're not really helping people are we? We're not really giving people a better life?' Gwyddai Lydia bod ei barn yn ddadleuol, ond mi oedd hi isho rhyddhau ei meddyliau.

'You could argue that flying first class on Emirates and using a Toto toilet elevates a person's life?' meddai Adrian. Chwarddodd Julia a George.

'See I don't think I want to spend my life elevating rich people's lives' atebodd Lydia.

'Taking about elevating lives, who's turn is it to get the wine tomorrow?' gofynnodd Adrian. A jesd fel yna, fe drodd trywydd y sgwrs fel darn o bren yn nofio ar y môr ac yn newid cyfeiriad wrth i'r awel droi.

—

'"Gwerth cynnydd yw gwarth cenedl, a'i hedd yw eu hangau hi."' Safodd Mrs Parry yno'n fud am ychydig eiliadau, fel tasa hi'n disgwyl cymeradwyaeth.

'Wan ta, pwy all ddweud wrtha'i i ddechra pa fath o gynghanedd ydi "Gwerth cynnydd yw gwarth cenedl"?'

'Cynghanedd groes, Miss,' meddai Deio heb roi ei law i fyny.

'Da iawn,' atebodd Mrs Parry. '"Gwerth cynnydd yw gwarth cenedl". Dach chi'n clywed y cytseiniaid 'na'n ateb ei gilydd? Gwerth, gwarth – ma' na ergyd go iawn yma, does?'

Ailadroddodd Lydia'r llinell yn ei phen drosodd a throsodd. Roedd sŵn y geiriau fel tasan nhw'n ymosod arni.

'Be mae'r bardd yn drio'i ddweud yn y linell yma 'ta?'

Roedd pawb yn ddistaw.

'"Gwerth cynnydd yw gwarth cenedl". Mae 'na foeswers yma, does? Be mae o'n ddweud ydi, drwy drio gwella, datblygu a thyfu o hyd, mi ydan ni'n troi cefn ar ein hetifeddiaeth dydan? Y petha sy'n bwysig ac yn werthfawr go iawn, 'de. 'Dach chi efo fi?'

Nodiodd Lydia ei phen.

'A'r linell ola ma wan 'ta,' meddai Mrs Parry wedyn. '"A'i hedd yw ei hangau hi." Be ma'r bardd yn ei ddeud yn fama?'

'Bod rhaid ni sort of cwffio dros yr iaith, ia Miss?' meddai Dyl o gefn y dosbarth.

'Ia, 'na chdi. Rŵan ma hedd hefyd yn gallu golygu tawelwch dydi, felly be mae o'n drio'i ddweud hefyd ydi...?' Roedd hi'n annog y dosbarth i orffen ei brawddeg

'Rhaid ni gario mlaen i siarad Cymraeg ne neith hi farw?' meddai Nerys.

'Yn union – dyna ni. Rhaid ni beidio troi ein cefnau, rhaid i ni godi llais, yn bydd? Ma beth sydd gynnon ni yn werth cwffio amdano fo dydi?'

Pennod 28

'Did you listen to that podcast I sent you?' gofynnodd Kat wrth rhoi menyn ar ei thost.

'I've started it,' meddai Lydia. 'That woman is an inspiration. I'll finish it on the way to work this morning.'

'I know, right? Where was this content when we were growing up?'

'Tell me about it.'

Brathodd Kat i mewn i'w thost.

'You home tonight?'

'Yes.'

Edrychodd Lydia ar yr amser.

'Shit, I have to go,' meddai, cyn rowlio ei beic i'r stryd.

Wrth wibio trwy King's Cross, sylwodd ar Boots yn syth o'i blaen. Heb feddwl bron, trodd ei beic a pharcio ar y stryd. Roedd y chwys yn diferu lawr ei chefn wrth i'r ddynes sganio'r bocsys *tampons* a *pads* un ar ôl y llall.

'43 pounds please,' meddai'n sionc. Suddodd calon Lydia. Doedd hi ddim yn hollol siŵr faint oedd ganddi yn ei chyfri banc. Allai hi ofyn i roi rhai ohonyn nhw'n ôl? Edrychodd ar y ciw tu ôl iddi. Tynnodd ei ffôn o'i phoced a'i bwyso'n erbyn y peiriant. O fewn eiliad, roedd y pres wedi diflannu o'i banc. Taflodd y bocsys a'r pacedi i mewn i'w bag beicio.

'Do you need a bag?' gofynnodd y ddynes oedd yn edrych wedi laru erbyn hyn.

'Erm, no I'm fine I think,' meddai wrth drio stwffio'r pacedi olaf i mewn. 'Thanks.' Doedd ei bag ddim yn cau, ond doedd ganddi ddim dewis ond mynd ar ei beic a gobeithio na fysan nhw'n disgyn allan. Edrychodd ar ei ffôn. Doedd ganddi ddim amser i fynd â nhw i'r banc rŵan. Mi fysa hi'n mynd yno ar ei ffordd adra heno.

Dim ond Adrian oedd wrth y ddesg pan gyrhaeddodd hi. Sgwrsiodd y ddau am 'chydig, cyn i Lydia fynd i wneud paned i'r ddau ohonyn nhw.

'Oh, Lyds, before I forget, how's it going with the culture story for *FTT*? We have a meeting this afternoon with Rob. Do you think you could show something then?' Doedd hi ddim wedi edrych ar ddim byd eto, ac roedd Adrian yn gallu dweud yn syth ar ei gwyneb.

'I'll work on it today. I'll have some ideas by three.'

'Perfect. Thanks, darling.'

Aeth Lydia i chwilio am gyhoeddiadau blaenorol *From The Top*. Daeth yn ôl i'w sedd efo pentwr ohonyn nhw – pob un yn llyfn ac yn sgleinio, bron fel na ddylen nhw gael eu cyffwrdd o gwbl. Edrychodd ar glawr rhifyn 3 – dyn yn gwenu yn ei ddillad sgio ffansi, ei ddannedd yr un mor wyn â'r eira o dan ei draed. Er mai tu allan oedd o'n sefyll, doedd 'na ddim byd am yr olygfa yn edrych yn real. Sganiodd Lydia trwy'r tudalennau slic, un ar ôl y llall – y penawdau crefftus a'r tirluniau breuddwydiol yn neidio o'r tudalennau. 'Queen of the mountain': cyfweliad gydag etifeddes cwmni ffasiwn o'r Swistir. 'A taste for the high life': *sommelier* o'r Eidal oedd yn gweithio mewn gwesty moethus ar y llethrau. Stopiodd ar dudalen oedd yn cymharu'r bwytai gorau i fynd i edrych ar y sêr wrth fwyta *fondue*. Gwglodd un o'r bwytai a meddwl am gael mynd yno rhyw ddydd. Roedd hi'n aml yn breuddwydio am gael mynd i'r llefydd oedd hi'n 'sgwennu amdanyn nhw. Codi pac a mynd ar y Glacier Express, heb orfod meddwl am bres na chymryd amser i ffwrdd. Dyna sut oedd y bobl yma'n byw – sgio, edrych ar y sêr yn bwyta *fondue* ac yfed *Pinot Noir* heb fath o boen yn y byd.

Y mwyaf oedd Lydia'n dyrchu, y mwyaf oedd hi'n dyheu am gael hanes y lle. Be oedd y mynyddoedd 'ma wedi eu gweld cyn i'r holl gyfoeth gyrraedd y llethrau? Pwy oedd y bobl frodorol? Oedden nhw'n dal yno? Dechreuodd gwglo eto. *History of the Engadine Valley.* Sgroliodd a sgroliodd, cyn i rywbeth ddal ei llygaid.

> The Engadine valley is also the heartland of Romansh culture, fiercely independent and not really Swiss at all. Graubünden is officially trilingual; called Grigioni in Italian or Grischun in Romansh. Romansh is a direct descendant of Latin which has survived in these remote mountains, pretty much unscathed, since the Roman legions departed 1500 years ago from their garrison in nearby Chur, the cantonal capital.

Roedd y geiriau wedi cydio ynddi.

Erbyn 3 o'r gloch, roedd Lydia, Adrian a Rob yn y 'stafell gyfarfod i fyny grisiau. Roedd un wal wedi'i llenwi efo gwahanol rannau o'r cylchgrawn, ac roedd Adrian wrthi'n mynd trwy bob tudalen yn fanwl. Roedd o'n ddiddorol gweld sut oedd y cylchgrawn wedi datblygu ers y tro dwytha iddyn nhw gyfarfod. Roedd o'n rhyfeddach fyth meddwl bod y campwaith cymhleth yn cael ei adeiladu ddarn wrth ddarn bob dydd dros y ffordd iddi ar *laptop* bychain Adrian. Y tro hwn, roedd mwy o bwyslais ar amserlenni – pa sgwennwyr a darlunwyr oedd o wedi eu comisiynu a phryd oedd pob dim yn mynd i fod yn barod. Roedd y broses yn un faith.

'Melissa will be joining us at 3.30 by the way,' meddai Rob mwya sydyn. 'She had some time and was keen to see where you're at.'

'Okay sure,' atebodd Adrian yn gwenu, ond roedd Lydia'n gwybod ei fod o'n cynhyrfu tu mewn.

'Chydig cyn 3.30, cerddodd Melissa trwy'r drws yn cario ei llyfr 'sgwennu lledr melyn yn ei llaw. Roedd y feiro euraidd oedd ganddi yn disgleirio yn y golau wrth iddi ei thynnu o'r cas.

'Hi everyone,' meddai, wrth gymryd sedd wrth ochr Rob. 'So, take me through what you've got.' Eisteddodd Rob a Lydia yn gwrando ar Adrian yn ailadrodd yr hyn oedd o newydd ei ddweud wrthyn nhw. Roedd ganddi lawer mwy o gwestiynau na Rob, yn enwedig ynglŷn ag unrhyw un newydd oedd o wedi'i gomisiynu.

'What's this image?' meddai, yn edrych ar lun o ferch ifanc, wyn efo modrwy yn ei gwefus a'i braich o amgylch merch ddu oedd yn chwerthin.

'It's two members of the youth organisation in the Engadine Valley,' meddai Adrian yn hyderus.

'Can we find a new image? Something a little more refined perhaps? It doesn't feel very St Moritz.'

'Sure,' meddai Adrian, yn gwybod mai gorchymyn oedd ganddi.

'And who have you got for the other culture story?' holodd.

'Oh erm, well...' cychwynnodd Adrian.

'We've actually got Lydia writing that story,' gorffennodd Rob ei frawddeg. Roedd Melissa'n edrych wedi synnu. Edrychodd ar Lydia ac yna'n nôl at Rob.

'Was Fred not available?' edrychodd i gyfeiriad Adrian.

'I just thought it would be good to give some of our own talent a chance to write,' meddai Rob, cyn i Adrian gael cyfle i ymateb.

'Sure,' meddai, mewn tôn oedd yn awgrymu nad oedd hi'n hapus bod hynny wedi cael ei benderfynu heb ei chaniatâd hi. Trodd i edrych ar Lydia. 'So, what's the story?' Edrychodd Lydia ar Rob. Gwnaeth arwydd arni i fynd yn ei blaen.

'So, erm, I thought we could do a piece on Romansh culture and the language.' Roedd llygaid Melissa wedi hoelio arni. 'It's still spoken in the Engadine valley by locals, and it's actually one of the four official languages of Switzerland.'

'Okay, and what's the angle?' saethodd y cwestiwn ati.

'Well, I just thought it was amazing that this language is still spoken today in this small pocket of Switzerland. How it's managed to survive in the face of more dominant languages, like German and French. These people are quite fiercely independent, with their own culture...'

'Do you know how many people actually speak it today?' torrodd ar ei thraws. Roedd 'na feirniadaeth yn y cwestiwn, ac roedd hynny wedi mynd dan groen Lydia.

'I think it's around 0.5% of the population,' atebodd yn fwy hyderus nag oedd hi wedi feddwl. 'And yet, it's still recognised as one of the official languages of the country. That's why I thought it was a great story.' Roedd y ffaith bod Melissa yn gwenu led y pen yn gwneud y distawrwydd bron yn arteithiol.

'Okay,' roedd ei thôn yn hir ac yn negyddol. 'What else do we have?' Roedd y *we* yn pigo. Edrychodd Lydia ar Adrian. Doedd ganddi ddim byd.

'Well, we talked about the snow polo tournament?' atebodd

Adrian. Nodiodd Lydia ei phen fel tasa hi'n gwybod yn union am beth oedd o'n sôn.

'Maybe the jazz festival,' ychwanegodd hithau.

'The jazz festival has been covered numerous times, but it's a good one to fall back on, I suppose.' Roedd Melissa'n gwthio ei gwefusau allan, fel tasa hi'n barod i roi sws i rywun. 'Okay, well, I'm sure you'll land on something great together. Do keep me updated.' Cododd ar ei thraed a cherddodd yn araf at y drws fel tasa hi'n gwybod bod pawb yn ei gwylio hi. 'Oh Rob, could you swing by my office before you leave, please?'

'Sure,' atebodd yn ddistawach na'r arfer. Caeodd y drws ar ei hôl gan adael distawrwydd anghyfforddus rhwng y tri.

'Well that was fun,' meddai Adrian i dorri ar y tensiwn. Daliodd Lydia lygaid Rob. Cododd ar ei draed, cyn esgusodi ei hun o'r ystafell i fynd i'w gyfarfod nesaf.

Ar ôl y cyfarfod, mi oedd Adrian wedi mynnu eu bod nhw'n gorffen gwaith yn gynnar ac yn mynd am ddiod i'w hoff far gwin ar eu hoff fwrdd wrth y ffenest. *She was a bitch, you need a wine.* Ac mi oedd o'n iawn am y ddau beth. Mi oedd cael *rant* yn beth da weithiau – gadael i bob dim lifo allan fel nad oedd hi'n cael ei mygu gan deimladau blin.

'It's just the way she looks at me sometimes, as if I'm an actual piece of shit on the floor,' meddai Lydia.

'Yes, she can be a bit icy,' atebodd.

'A *bit* icy?' Cymrodd Adrian swig o'i win. 'Never with you or Rob though.'

'Oh no she was icy with me at the start.'

'Was she?'

'Yeah, she's like that with everyone. It's like she melts over time. You just have to stick with it.'

'I'm not sure I want to stick with it to be honest. Like, I'm not going to sit there begging her to like me. Fuck that. You know, it's not even about the fact that she was a bitch to me, it was her reaction to the idea of writing about a minoritized language and culture. She just completely fucking dismissed it, as if it it's not even worth talking about.'

Roedd Adrian yn sipian ar ei win.

'It was a bit annoying that she dismissed it so quickly, but...' oedodd. 'Okay, please don't take this the wrong way, but I do get her point about not wanting to use it as a story in this context. It's a bit like writing a piece on the Irish language in a luxury magazine, it just wouldn't fit, you know? It wouldn't be that interesting either. Because, quite frankly, there's nothing much to say. Like, barely anyone speaks Irish anymore.'

'But there *is* so much to say though. About the history of it – how it's evolved and adapted and how it's still surviving today despite the odds.'

'But it *isn't* really surviving, Lyds. Not many people speak Irish as a first language anymore. Sure, people can speak a bit of it. You're taught it in school and stuff. But no-one *actually* uses it. It's kind of becoming a bit useless.' Fedrai Lydia ddim peidio teimlo pigiad ei eiriau.

'It's not useless is it? No language is useless.'

'Okay fine,' rowliodd ei lygaid. 'Let's say, you wouldn't get a lot of use out of it then.' Cymrodd swig arall o'i win.

'Do you not feel sad or like, angry, about what happened to the Irish language?'

'Lyds, I don't really feel anything about it to be honest. I just don't think about it that much because why would I?' Roedd o'n rhyfedd ei glywed o'n sôn am rywbeth oedd mor agos at ei chalon hi felna. Am y tro cyntaf teimlodd Lydia fwlch rhwng y ddau.

'Do you not feel proud to be Irish?'

'Yes. I feel very proud to be Irish.'

'Right,' meddai Lydia, y gwydr yn pwyso ar ei gwefus.

'I just have a hard time with Irish nationalism. Like, this nostalgia for a united Ireland that we were never around for. The anti-English and anti-British feeling of it all. I don't know, I just don't get that now. Like, we're passed it, you know?'

'Do you not think Ireland should be united again?'

'Not really no. I just don't think it would work.'

'Why?'

'Because I just feel like the two societies have moved in such a different way. Like, in the Republic, we've just shook off hundreds of years worth of ruthless religious viewpoints that ran the country. We've legalised gay marriage, abortion… and that was an uphill battle. Taking on Northern Ireland would just complicate everything even more. The two societies just aren't compatible.' Doedd Lydia ddim wedi meddwl am hynny o'r blaen.

'Do a lot of people in Ireland feel like that?'

'No, no. A lot of people would hate me for saying that.'

'Really?'

'Yes. We're a very nostalgic nation. We look back a lot. There's this phrase "The Four Green Fields of Ireland" that you always hear in Irish folk music and poetry. It's all about how we need to reunite and claim back the fourth field.' Rowliodd Adrian ei lygaid. 'And there's always, like, a female analogy. The fourth prodigal sister or whatever. Always written by a man, of course.'

Roedd yr eironi yn ei gwasgu a gallai Adrian ei weld yn blaen ar ei gwyneb.

'Oh for God's sake, you're now going to tell me that one of

your favourite Welsh poems is a female analogy of the Welsh rolling hills or something.'

Chwarddodd Lydia.

Taflodd Adrian ei ben yn ôl.

'Right, go on then. What's it called?'

'"Hon", which means "Her".'

'Of course it does!'

'The last line is actually one of my favourite lines in Welsh poetry.'

'Hit me.'

'Duw a'm gwaredo, ni allaf ddianc rhag hon.'

'It does sound beautiful, I'll give you that. What does it mean?'

'It, means, "God Forbid, I can never escape her."'

'Oh, for crying out loud.' Chwarddodd Lydia eto, wrth weld ei lygaid yn rowlio i gefn ei ben.

'But honestly, sometimes I do actually feel like that though,' roedd hi'n trio cadw ysgafnder y sgwrs, ond roedd hi hefyd yn cael ei thynnu i ddyfnderoedd dwys y geiriau. Tro Adrian oedd hi i chwerthin yn uchel rŵan. Edrychodd arni.

'Oh wait, you're serious?'

Cododd Lydia un bys arno, cyn iddo godi ar ei draed i fynd i'r tŷ bach. Edrychodd o'i chwmpas a chofio'r tro cyntaf iddi ddod yma efo Julia ac Adrian. Y teimlad cynnes, cartrefol 'na oedd hi wedi'i gael wrth gerdded i mewn trwy'r drws. Oglau hen ledr a choffi. Canhwyllau a hen lampau yn wincian. Amherffeithrwydd y lle oedd hi'n ei licio – y cadeiriau simsan a'r ffaith ei bod nhw'n defnyddio unrhyw beth fel bwrdd, o hen injan wnïo bren i ddresal efo drôrs bach stiff. Mi oedden nhw wedi agor y drôrs unwaith i ddarganfod llwyth o ddarnau bach o bapur efo nodiadau oedd gwahanol bobl wedi eu gadael dros y blynyddoedd. Cofiodd iddi sgriblo wedi meddwi ar ddarn o risît: *cenedl heb iaith, cenedl heb galon* gan obeithio y bysa 'na Gymro neu Gymraes yn ei ffeindio fo ryw ddydd. Gwenodd wrthi hi ei hun wrth feddwl am ymateb Adrian i hynny rŵan.

Edrychodd arno'n cerdded yn ôl at y bwrdd efo dau wydr arall o win yn ei law. Er bod ei ddillad gloyw, di-grych a'i wallt perffaith yn sgleinio'n erbyn cefndir pyglyd y bar, roedd 'na rywbeth am ei osgo yn newid yma – fel tasa 'na ddarnau o'r hen Adrian o'r pentref bach gwledig yn ne ddwyrain Iwerddon yn llithro'n ôl, heb iddo sylwi. Oedd o wastad wedi bod o'r un farn am ei wlad? Meddyliodd am ofyn iddo pryd y dechreuodd deimlo felly, ond wnaeth hi ddim.

'How was the weekend with your mum?' gofynnodd ar ôl iddo eistedd.

'It was alright. Bless her, she still doesn't quite *get* my life here. I think a huge part of that is that she doesn't really understand the gay thing.'

'Have you ever talked to her about it?'

'Not really. There's not much point. I think they kind of know, but at the same time, I think deep down she hopes I'll bring a wife home one day.'

'Really?'

'Yeah, but it's alright. I have three brothers with wives. She'll be okay with one of us not having one.'

'Well, it's not like you won't have anyone.'

'Yes, but a male will always be my *friend* to them, even if we're life partners. But you know, it's not as if my parents have a problem with gay people, it's just that they're used to a certain way. They're from a really small village in Ireland

and they've never left. They're from that generation who will always find it a bit difficult, you know?'

'Yeah, I know exactly what you mean,' meddai Lydia.

Roedd hi bron yn 6.30 o'r gloch wrth iddi gerdded tua gorsaf Liverpool Street. Doedd y trên i Hackney Downs ddim mor llawn ag oedd hi wedi'i ofni a llwyddodd i gael sêt wrth ymyl y ffenest ar ei phen ei hun.

Estynnodd am ei ffôn o'i bag. Teipiodd enw Deio. Roedd ei eiriau yn troelli yn ei meddwl. *Unwaith 'dan ni'n stopio sbio nôl, mi nawn-ni anghofio pwy ydan ni.* Edrychodd ar y negeseuon diwethaf rhwng y ddau, cyn dechrau teipio neges newydd. Gallai deimlo ei chalon yn curo efo bob gair. Gwnaeth rhywbeth iddi stopio yn sydyn. Diddymodd y neges a rhoi ei ffôn yn ôl yn ei bag.

—

*'Ond beth bynnag maen nhw'n ddweud yn dy erbyn di,
dioddefaint ac angau ddewisest ti
i gael heddwch yn Iwerddon a chael bod yn rhydd, Bobby Sands.'*
Roedd Lydia wedi cyrlio yng nghôl ei thad.

Roedd hi'n licio'i glywed o'n canu. Roedd ganddo lais meddal, meddal.

'Pam odd Bobby Sands yn carchar, Dad? Odd o'n ddyn drwg?'

'Na. Dyn da oedd Bobby Sands.'

'Sud ti'n gallu bod yn carchar a bod yn ddyn da?'

'Achos weithia ma 'na bobol dda yn mynd i carchar am i bod nhw'n cwffio dros rwbath ma nhw'n gredu ynddo fo.'

'Fatha be?'

'Eu hawlia, eu gwlad, eu hiaith. Mi fuodd 'na rai Cymry yn y carchar am gwffio dros yr iaith Gymraeg.'

'Go iawn?' Roedd Lydia wedi dychryn. 'Ond dwi dal ddim yn dallt pam bo nhw'n goro mynd i carchar os ydyn nhw'n bobol dda?'

'Achos tydi pawb ddim yn cytuno ar be sy'n dda a be sy'n ddrwg bob amser.' Doedd Lydia ddim yn dallt. 'Mi oedd Bobby Sands yn ddyn dewr, ond cwffio'n erbyn llywodraeth Prydain oedd o ar ddiwedd y dydd.'

'Pam oeddan nhw'n cwffio?'

'Wel, am fod Prydain isho hanner eu gwlad nhw.'

'Ond ma gin Brydain wlad yn barod.'

'Mwy nag un, Lydia bach. Yn anffodus, mae 'na rai pobol sydd isho'r pŵer i gyd, a rhai erill sy'n credu bod angan rhannu'r pŵer, fel bod pawb fwy cyfartal.'

'Dyna odd Bobby Sands yn gredu?'

'Wel ia, yn y pen draw.'

'Dyna dwi'n gredu hefyd, Dad.' Gwenodd ei thad arni'n addfwyn, cyn ei gwasgu hi'n dynn.

Pennod 29

'Hiya!' gwaeddodd Lydia ar ei ffordd i mewn i'r tŷ. Roedd hi'n gallu dweud mai dim ond Kat oedd adra achos mi oedd y tŷ'n ogleuo fel yr *incense sticks* roedd Max yn eu casáu.

'Hi love,' meddai Kat wrth i Lydia daflu ei hun ar y soffa. 'You alright?' Roedd hi'n gwybod yn syth pan oedd 'na rywbeth o'i le.

'I'm fine, just having a bit of a weird week.' Roedd y gwin efo Adrian wedi ei gwneud hi'n sychedig. Aeth i nôl gwydriad o ddŵr.

'Oh no, what happened?'

'You don't fancy going for a walk, do you?' Taflodd Lydia ei ffôn ar y soffa.

'Of course. Let's go.'

Roedd hi wedi oeri mymryn erbyn iddyn nhw fynd allan. Roedd yr awyr yn gymysgedd hudolus o oren, glas a phiws wrth i'r nos lapio am y ddinas. Roedd 'na deimlad hollol wahanol ar strydoedd Llundain yn y nos. Teimlad o gyffro cynnil yn nadreddu trwy'r strydoedd – bwrlwm yn dechrau berwi wrth i bobl benderfynu aros allan am un bach arall. Doedd dim modd peidio teimlo'r temtasiwn wrth basio pybs a thai bwyta efo'u goleuadau bach clyd a'u hawyrgylch braf.

'Do you know what would make me feel better?' gofynnodd Lydia.

'Ramen?'

'Get out of my head.'

'I fucking knew it, Lyds,' chwarddodd Kat. 'As soon as we turned the corner I was like, ramen. It's on her mind because it's on mine.'

'Shall we just see if they have space?'

Roedd 'na ddwy stôl wag wrth y ffenest fel tasan nhw wedi bod yn aros amdanyn nhw. Edrychodd y ddwy ar y fwydlen yn sydyn, cyn archebu dau *ramen* a dau wydriad o win coch. Doedden nhw ddim wedi treulio amser jesd y ddwy ohonyn nhw ers amser hir. Cafodd Lydia blwc o nerfau fel tasa hi ar ddêt cyntaf, ond wedi iddyn nhw eistedd a dechrau siarad, dechreuodd ymlacio eto.

'I've missed you,' meddai Lydia. 'How has it been this long since we've hung out?'

'I know. You've been so busy. Well, so have I, to be fair.'

'How's the new job?'

'Yeah, it's good. I'm really enjoying it. I finally feel like it's really giving me purpose, you know? Like, I'm finding it really interesting and I'm learning a lot.'

'That's so good, Kat. You really deserve it after how hard you've worked over the years.'

'Oh, thanks. That means a lot. So tell me what's going on?'

'I don't know, I've just been feeling a bit weird recently.'

'At work?'

'Yes. And in other things. I'm not sure I can even explain it properly to be honest. I guess I just feel a bit lost.' Roedd hi'n gallu teimlo'r dagrau yn ffrwtian, felly stopiodd ei hun rhag dweud mwy.

'In what way?'

'Well, at the moment I'm just writing shit for luxury brands

I don't care about. Like, that's what I'm doing with my life on a daily basis. Surely this is not what I'm here to do?'

'No I don't think it is, but Lyds, you don't need to have it figured out yet. Most people never really figure out what they're here to do.'

'Do you think?'

'Yeah. You know, something I've figured out in the last two years is that we're always under constant pressure to do things the *right* way. To figure it all out. Especially women. People are always telling us how we *should* be. But everyone is different, and most of the time, you just have to *live* your life and roll with the punches. You make mistakes, you figure things out and then you try again.'

'I guess you're right,' meddai Lydia. Roedd geiriau Kat yn falm.

'You were meant to go to Portland House, Lyds. That was meant to happen. You've learned a lot haven't you?'

'Oh yes. But more than anything, I've met some amazing people there.'

'It's always about the people, Lyds.'

'Yeah, because meeting my friends at Portland House – and you and Max and Amy – is probably the best thing that ever happened to me.' Teimlodd Lydia ei gwddw'n mynd yn rhyfedd.

'That's a statement,' meddai Kat. Chwarddodd y ddwy. 'But I know exactly what you mean. Some people change your life don't they? They make you see the world differently. They open up parts of you that you never knew existed. For, me that's what life is about, really. Finding those people.'

'Really?'

'Yeah,' stopiodd Kat am eiliad. 'And you're definitely one of those people for me, Lyds.' Am ryw reswm, doedd Lydia ddim wedi disgwyl i Kat ddweud hynna. Doedd hi erioed wedi sylweddoli ei bod hi'n meddwl cymaint i Kat ag oedd Kat iddi hi. I Lydia, Kat oedd yr un oedd wastad yn cynnig y cyngor gorau, wastad yn dysgu pethau newydd iddi, ac yn gwneud iddi feddwl yn hollol wahanol am y byd. Roedd hi wastad wedi teimlo nad oedd hi byth yn cynnig gymaint yn ôl iddi. Ond heno, am y tro cyntaf, sylweddolodd efallai ei bod hi, yn ei ffordd fach ei hun.

'Two wines?' meddai'r weinyddes wrth osod dau wydriad bach o'u blaenau. Cododd Lydia ei gwydr tuag at Kat.

'To finding those people.' Cododd Kat ei gwydr a'i llygaid yn disgleirio, cyn esgusodi ei hun i fynd i'r tŷ bach.

Edrychodd Lydia allan ar y stryd brysur o'i blaen. Car ar ôl car, bws ar ôl bws. Beics yn gwibio heibio ar ras i gyrraedd y golau cyn iddo droi'n goch. Doedd Llundain byth yn stopio. Edrychodd ar ferch ifanc yn sefyll yn y safle bws, ei llaw o gwmpas ei chanol a'i phen yn ei ffôn. Roedd ganddi wallt hir brown oedd yn sgleinio yng ngolau'r stryd. Ceisiodd ddyfalu faint o oed oedd hi, tua un deg saith ella? Roedd hi'n anodd dweud. Meddyliodd am lle oedd hi'n mynd a gobeithiodd fod ganddi gartref cariadus i fynd yn ôl iddo. Gobeithiodd fod ganddi ferched cryf o'i chwmpas hefyd. Meddyliodd am y ferch oedd wedi derbyn y pads a'r tampons p'nawn 'ma lawr yn y banc yn Dalston a pha mor wych oedd hi a'r holl ferched eraill oedd yn gwirfoddoli yno. Roedd hi wedi bod isho dweud hynny wrthi – dweud gymaint oedd hi'n eu hedmygu nhw, dweud gwaith mor wych oedden nhw'n ei wneud, ond wnaeth hi ddim. Roedd ganddi ofn swnio'n rhy nawddoglyd. Teimlodd yn flin efo'i hun am fod mor pathetic.

Cyrhaeddodd y *ramen* wrth i Kat ddod yn ôl at y bwrdd.

Edrychodd Lydia ar y stêm yn codi o'r nwdls, cyn gafael yn y llwy fach wen seramig oedd yn gorwedd yn ddel wrth ochr y *chopsticks* ar y bwrdd. Roedd 'na rywbeth am drwch y llwy ac am drymder y defnydd yn ei llaw roedd hi wastad yn ei fwynhau. Cynhesodd ei chorff i gyd efo'r slyrp cyntaf.

'So, any news on the dating front?' holodd Kat.

'Erm, no not really.' Cymrodd swig swnllyd o'i *ramen*.

'That's not like you,' gwenodd Kat arni'n chwareus.

'I know. I'm just taking a little break. Kind of bored with the whole swiping and chatting thing.'

'Fair enough,' meddai Kat, cyn cymryd swig o'i gwin. 'No one at work?' gofynnodd gan edrych arni efo un ael wedi codi. Roedd Lydia'n gwybod yn iawn beth oedd Kat yn drio'i wneud.

'What?' meddai Kat wrth grechwenu.

'I know what you're doing. You're suspicious.'

'Yes, because I feel like there's something you're not telling me.'

'There's nothing to say.'

'Okay,' meddai, yn dal i edrych arni wrth gymryd swig arall o win. 'Shall we get another wine?' Edrychodd Lydia ar ei gwydr gwag.

Roedd y ddwy'n chwerthin wrth gerdded fraich yn fraich yn ôl i'r tŷ am y ffaith eu bod nhw fyth yn gallu mynd allan heb stopio'n rhywle ar eu ffordd yn ôl. Roedd Lydia'n teimlo lot hapusach ar ôl treulio noson efo Kat – roedd ganddi'r gallu i'w chydbwyso hi. I wneud iddi gymryd cam yn ôl, a gweld pethau fwy niwtral yn hytrach na thrwy lens fwy eithafol. Roedd popeth yn mynd i fod yn ocê. Dyna oedd hi wastad yn ddweud. Wrth ddringo i mewn i'w gwely y noson honno, cofiodd yn sydyn am ei ffôn ar y soffa yn y gegin. Sleifiodd i'r 'stafell yn y tywyllwch. Ymbalfalodd amdano, cyn ei godi'n sydyn. Suddodd ei chalon i'r llawr wrth weld y neges ar y sgrin.

> **Rob**
> Hi. I'm on my way to Clapton. Can I see you?

Roedd o wedi ei gyrru bron i dair awr yn ôl – munudau'n llythrennol ar ôl iddi adael y tŷ. *Shit*. Heb feddwl, roedd hi wedi pwyso'r botwm oedd yn ei ffonio fo. Roedd ei chalon yn curo efo bob caniad. Be oedd hi'n 'neud?

> Rob: Hello?
> Lydia: Hi. I'm so sorry, I just saw your message. Like, literally right now. I was out having ramen and I didn't take my phone.
> Rob: Don't worry, it's all good. How was the ramen?

Roedd o'n rhyfedd clywed ei lais ar y ffôn. Roedd o'n swnio'n llawer mwy *laid-back* nag oedd hi'n teimlo.

> Lydia: It was nice. You were in Clapton?
> Rob: Yeah, I was just on my way to meet a friend.
> Lydia: Oh right, cool.
> Rob: Just thought, erm, maybe you would've liked to join.
> Lydia: Oh right. Ye that would've been really nice. So typical. I never leave my phone at home.
> Rob: All good. Maybe next time.
> Lydia: Yeah.

Doedd hi ddim isho mynd oddi ar y ffôn.

Lydia: Did you have a good time?
Rob: Yeah, it was good.
Lydia: Where did you go?
Rob: We just went to his house in the end for a few beers.
Lydia: Nice.
Rob: How was your evening?
Lydia: Yeah, it was really good thanks. It was just nice to hang out with my housemate for a bit. Especially after that meeting today. It was awful, wasn't it?
Rob: Ye, it was. I'm really sorry about that.

Roedd 'na saib rhwng y ddau am ychydig eiliadau.

Rob: Lydia, I kind of need to tell you something.

Teimlodd ei chorff yn tynhau.

Lydia: Okay.

Roedd o'n ddistaw.

Rob: I handed in my notice today.
Lydia: What?
Rob: Yeah, I've been wanting to do it for ages. I wrote it after the Christmas party, but I never had the guts to actually do it. But today, I don't know, something just clicked.
Lydia: This is going to sound so weird, but I had exactly the same feeling.
Rob: No, I know you did. Don't tell me how I knew, but I did.

Doedd hi ddim yn siŵr iawn be i'w ddweud nesaf.

>Rob: This all a bit mad isn't it?

Chwarddodd Lydia'n nerfus.

>Lydia: When do you leave?
>Rob: I have a two month notice period.
>Lydia: Ouch!
>Rob: Yeah, I know. Melissa is going to treat me like shit.
>Lydia: What's the deal with her?
>Rob: I guess that's what happens when you've had to battle your way through a male-centric industry to get to the top. A lot of egos to fight, so you probably pick up some cold traits on the way.

Ystyriodd Lydia ei eiriau.

>Lydia: I'm not sure if that's a good enough excuse.

Gallai ei glywed yn gwenu ben arall y ffôn.

>Rob: She's actually alright you know, once you get to know her. She's just in too deep.
>Lydia: At Portland House?
>Rob: Yeah.
>Lydia: Why did you write your notice after the Christmas party?

Roedd 'na saib hir.

Rob: I don't know. I guess I was having one of those existential hangovers.
Lydia: I hate those.
Rob: Sometimes, they make you see the light though.
Lydia: Do they?
Rob: Sometimes, yeah.

Wedi i'r ddau ffarwelio gorweddodd Lydia yn ei gwely am hydoedd yn edrych ar y crac yn y to. Be oedd newydd ddigwydd? Doedd hi ddim yn medru gwneud synnwyr o'r peth. Oedd o'n teimlo be oedd hi'n ei deimlo? A be'n union oedd hynny? Roedd y diffyg eglurder yn chwalu ei phen hi. Ceisiodd ddychmygu ei hun yn eistedd ar y clogwyn bach yn edrych allan ar y môr. Ond y mwyaf roedd hi'n meddwl am y peth, mwya'n byd roedd y darlun yn llithro o'i gafael.

—

'Pwy 'di ffrind gora chdi Mam?' gofynnodd Lydia wrth iddyn nhw orwedd ar y gadair mwytha un p'nawn dydd Sul.
'Dwn im os oes gen i un, deud gwir.'
'Sgin ti ddim ffrind gora?!'
'Wel, ma gin i lot o ffrindia gwahanol. Dwi ddim yn siŵr os oes 'na un yn well na'r llall.'
'Ond o'n i meddwl bo gan bawb ffrind gora?'
'Dim felly, sdi. Mae o'n neis cael mwy nag un ffrind, achos mae bob ffrind yn dod â wbath bach gwahanol i mewn i dy fywyd di.'
'Yndi?'
'Yndi.'
'So, ella na dim Deio ydi ffrind gora fi?'
'Mi fydd Deio wastad yn rhywun arbennig yn dy fywyd di. Ond dwi'n siŵr y bydd 'na lawer o bobol erill hefyd.'

'Ond lle na-i ffeindio nhw?'

'Mae gan y byd ffordd ryfadd iawn o dy arwain di at y bobol iawn.'

'Be ti'n feddwl?'

'Gei di weld.'

Pennod 30

Roedd y Coachmaker's Arms yn llawn pan gyrhaeddon nhw. Aeth Adrian i'r bar tra aeth y tri arall i ffeindio bwrdd. Trwy lwc, roedd 'na griw newydd adael bwrdd tu allan oedd yn dal yn llygaid yr haul.

'Happy Friday bitches!' meddai Adrian wrth osod pedwar gwydr llawn hylif oren llachar ar y bwrdd. Roedd y darn anferth o oren ym mhob un yn gwneud i Lydia deimlo fel eu bod nhw ar eu gwyliau.

'Really?' meddai George.

'Shut up, George. I know you love aperol.'

'I actually don't though,' meddai wrth afael yn y gwelltyn papur. Chwarddodd Lydia. Wrth afael yn y gwydr oer, gwelodd Rob yn cerdded i fewn. Dechreuodd ei chalon guro. Roedd o ar ei ben ei hun. Oedd o'n mynd i ddod draw? Roedd o fel tasa fo'n chwilio am rywun. O fewn eiliadau, roedd Adrian wedi ei weld o.

'Oh look, there's Rob. I wonder who he's with? I hope it's not Melissa.'

'Melissa? Why would it be Melissa?' gofynnodd Lydia.

'Oh I don't know, they come for drinks sometimes.'

'Do they?' Teimlodd Lydia rhywbeth yn tynnu yn ei bol.

'Well, yeah, but like with Marius and Jess and stuff. It's just like, the *directors' drinks*,' meddai George wrth wneud 'stumiau.

'I've always wondered what they chat about,' meddai Julia.

'Probably typefaces if Marius is around,' meddai Adrian.

'And which Swiss first class carriage has the best wine,' ychwanegodd George.

'Marius is alright you know,' meddai Lydia.

'Since when the hell are you mates with Marius?' meddai George. Chwarddodd y pedwar. Roedd Rob wedi diflannu i mewn i'r dafarn heb eu gweld. Oedd o'n chwilio amdani hi?

Roedd y sgwrs wedi troi at fflat roedd Adrian newydd fod yn ei gweld yn Walthamstow.

'Does it have an outside space?' gofynnodd Julia.

'Yes, it has a cute little balcony.'

'I can't wait to come for drinks,' meddai Julia.

'I haven't got it yet though.'

'I know, but it's looking likely, right?' gofynnodd Lydia.

'I think so, but I don't want to get my hopes up.'

'I can't believe you're actually buying a flat in London,' meddai George.

'Me neither,' meddai Adrian. 'I mean, if it wasn't for my semi-rich dead aunt I wouldn't be close, darling.'

'It's tragic really isn't it?' meddai George. 'Like none of us could actually afford to buy anything here, and we've got decent jobs.'

'Would you want to buy here?' gofynnodd Lydia.

'I'd like to know I have the option to, yeah. But unless I become a banker, it's not looking likely, is it?'

'Me too,' meddai Julia. 'I half imagined settling here, but I'll probably buy a flat in Barcelona just so that I have something. Maybe I can rent it out to begin with, until I move back.' Roedd 'na rywbeth am eu geiriau nhw wedi ysgwyd Lydia. Doedd hi ddim wedi meddwl yn iawn am y dyfodol cyn rŵan. Doedd hi ddim wedi dychmygu yr un ohonyn nhw'n gadael. Ond wrth eistedd yn yfed ei *aperol spritz* yn yr haul hwyr y noson honno, sylweddolodd Lydia am y tro cyntaf mai cyfnod yn ei bywyd oedd hwn. Cyfnod i chwarae a phartïo; byw bywyd i'r eithaf a gwneud ffrindiau mor agos nes ei bod hi'n anodd dychmygu bywyd hebddyn nhw.

'Hi guys,' meddai llais cyfarwydd wrth y bwrdd. Trodd Lydia i edrych arno.

'Oh hi, Rob,' meddai Adrian, efo gwên gynnes.

'Do you mind if I?' Gwnaeth ystum efo'i fraich tuag at y gadair wag ar y bwrdd.

'Not at all,' meddai Julia yn symud y gadair iddo. Teimlodd Lydia ei hun yn dal ei gwynt. Daliodd ei lygaid.

'Cheers,' meddai yn codi ei beint, cyn edrych mewn syndod ar y gwydrau oedd yn dod tuag atynt. 'Well, I'm obviously crashing the aperol party.' Chwarddodd pawb.

Roedd pethau'n lletchwith am 'chydig. Neu dyna sut oedd Lydia'n teimlo beth bynnag. Doedd y sgwrs ddim yn llifo fel oedd hi rhwng y pedwar ohonyn nhw, ond roedd hi'n gwybod bod hynny'n annheg i'w meddwl. Meddyliodd amdanyn nhw ar y ffôn neithiwr. Meddyliodd am ymateb Adrian, Julia a George tasan nhw'n gwybod. Wrth i'r sgwrs symud yn ei blaen, sylwodd Lydia cyn lleied oedd hi'n wybod amdano fo. Doedd ganddi ddim syniad ei fod o wedi cael ei eni yn Zambia ac wedi treulio hanner ei blentyndod yn Malaysia ac wedyn Singapore, cyn symud i Nottingham pan oedd o'n 16 oed. Doedd hi ddim yn medru coelio gymaint o wahanol brofiadau a diwylliannau oedd o wedi gael yn rhan o'i fywyd yn barod. Crwydrodd ei meddwl yn ôl i'r parti 'Dolig unwaith eto. Oedd o wedi dweud hyn i gyd wrthi? Sut nad oedd hi'n cofio? Roedd ganddi gymaint o gwestiynau. Roedd hi'n dyheu am gael ailglywed y sgwrs – am gael mynd i'r un dyfnderoedd a chael gafael yn y geiriau a'r teimladau o'r noson honno.

'Right, another aperol?' meddai Adrian wrth godi ar ei draed.

'Oh, no I have to head off, me,' meddai George.

'What? As if. You've only had one,' meddai Adrian yn rowlio ei lygaid.

'Oh come on George, stay for another one. Where are you going anyway?' meddai Lydia.

'I have a date actually,' meddai, mewn llais pwysig. Daeth gwahanol synau o gegau pawb.

'First date?' gofynnodd Lydia.

'Third actually,' meddai'n edrych mor falch ohono ei hun.

'Well be safe. Wear a condom. Ask for consent,' meddai Adrian. 'And obviously have fun!'

Aeth Julia ac Adrian i'r bar. Wrth eu gwylio nhw'n cerdded tua'r drws, gobeithiodd Lydia y byddai'r ciw yn hir. Edrychodd Rob arni. Teimlodd wefr annisgwyl yn nwfn yn ei 'stumog wrth feddwl amdanyn nhw'n cusanu. Roedd yr holl beth yn teimlo mor swreal.

'I didn't, erm, I didn't really know all those things about you. Like, that you've lived in so many different places. I feel like, I, I don't know. I hope I didn't just talk *at* you at the Christmas party.'

'Why do you keep bringing the Christmas party up?'

'Because I don't really remember much.'

'I didn't really tell you any of those things, so don't worry.' Gafaelodd am ei beint ar y bwrdd. 'To be honest, I'm quite glad you don't remember much of our conversation.' Roedd o'n edrych ar ei wydr.

'Why?' teimlodd Lydia ei chalon yn curo.

270

'Here we go, my darlings!' Roedd Adrian a Julia wedi cyrraedd yn ôl. 'I hope you don't mind me calling you that, Rob. It's a habit.' Chwarddodd Lydia, er bod ei meddwl hi'n dal ar Rob.

'Not at all. Thank you.' Wedi i Adrian a Julia eistedd, mi ddechreuon nhw siarad am bodlediad oedd Julia wedi gwrando arno oedd yn trafod gwahanol lyfrau a'u heffaith ar fywydau'r siaradwyr.

'It gave me such a good reading list,' meddai Julia. 'And made me really want to get back into reading.'

'Go on then, give us some titles,' meddai Adrian. Aeth Julia i nôl ei ffôn o'i bag.

'Okay, *A Thousand Splendid Suns*.'

'Amazing book,' meddai Adrian.

'Agree,' meddai Rob. Doedd Lydia ddim wedi ei ddarllen o.

'*1984*. Obviously,' meddai Julia. Nodiodd pawb eu pennau.

'*Tuesdays with Morrie*.'

'I've always wanted to read it,' meddai Adrian. 'I've heard it's amazing.'

'It is,' meddai Rob. 'I cried like a baby though.' Roedd y darlun oedd Lydia'n greu o Rob yn ei phen yn mynd yn well ac yn well efo bob munud yn ei gwmni.

'*Sapiens. A Brief History of Humankind*.'

'That book is incredible,' meddai Rob, bron yn syth. 'It kind of changed the way I looked at the world.'

'Did it?' gofynnodd Julia. 'In what way?'

'There was a lot of content in there that blew my mind, but the bit that has stuck with me is when he talks about the power of language and words and stories. Like, most things in our lives are imagined realities. Religion for example, nations and cultures. The law and any corporation. They're all imagined things, they're not physical entities we can hold like trees and water and animals. They're powerful stories that have convinced millions of people to believe in the same thing. So, like we live by these things, or fight for them, or devote our entire lives to them. When, in the end, they don't actually exist at all. They're just a figment of our imagination.' Doedd Lydia ddim yn gallu ffeindio geiriau i ymateb. Edrychodd ar Adrian. Yna ar Julia.

'Holy shit, I wasn't prepared for that,' meddai Adrian.

'Neither was I,' meddai Lydia.

Chafodd Lydia a Rob ddim cyfle arall i fod ar eu pennau eu hunain tan mai dim ond nhw oedd ar ôl ar y tiwb i Highbury and Islington. Roedd Lydia'n teimlo 'chydig yn feddw bellach ac yn gobeithio ei fod o'n teimlo 'run fath.

'So why are you glad that I don't remember the Christmas party?'

'Shall I tell you again while you're drunk so that you just keep forgetting?' Roedd Lydia'n gallu gweld ei fod o'n trio tynnu ei choes hi. Y math o dynnu coes oedd yn pasio fel fflyrtio.

'In terms of how drunk I am, I think I'm around a five or six right now. Maybe even four. The Christmas party was a solid twelve.' Chwarddodd Rob.

'Why don't we calculate the level of drunkenness with the amount of rounds we had tonight?'

'So, four,' meddai Lydia ar yr un pryd a ddeudodd Rob 'So, five.' Chwarddodd y ddau. Roedd o'n rhyfedd bod efo fo tu allan i'r gwaith ar ei phen ei hun.

'This is my stop,' meddai Lydia.

'How are you getting home from here?'

'Walking probably, or like, a bus.'

'I could walk you home if you like?' Doedd Lydia ddim yn siŵr pam ei fod o'n cynnig, ond roedd hi isho iddo wneud.

'Okay,' meddai wrth godi oddi ar ei sedd.

Roedden nhw'n ddistaw wrth gerdded i fyny'r lôn. Penderfynodd Lydia beidio gofyn am y parti 'Dolig eto.

'It was really interesting what you were saying tonight, about, like, this imagined reality that we've conjured up.'

'I mean, they're Yuval Harari's words, not mine.'

'It blew my mind slightly, because, like, I've lived my whole life basing my identity on my nationality. Like, it was who I was entirely. Or who I thought I was anyway. But then, when you think about how that's all just made up. That someone, somewhere began that story and made us feel what we feel today.'

'It's quite amazing isn't it?'

'Well, I was going to say, quite stupid.'

'I don't think it's stupid at all. Without those stories, what would we be? We need to believe in something don't we? Human beings need that.'

'I guess we do. But to think that those stories have also caused wars and genocide. That random lines drawn on a map have made us think that we're better than the people on the other side. I don't know, when you think about it like that, it all seems a bit crazy doesn't it?' Arafodd y ddau wrth gyrraedd giât 10 Millworth Road.

'When you put it like that it does, yes.' Edrychodd Rob arni. 'But you know, what you feel about your culture and language, I think that's really, really special. I've never really felt anything like that before. I've lived in so many different places, I don't really feel like I belong anywhere. Not that I'm saying that that's a bad thing, because I feel very lucky and privileged that I was able to have that kind of life. But you, I don't know, you have this profound, almost unconditional love for something you'll always want to protect. It's almost like you don't get to choose whether you feel like that or not. It's just, like, a part of who you are.' Safodd Lydia yno'n syfrdan. Roedd hi'n chwilio am ei geiriau ond doeddan nhw ddim yn dod. Doedd neb wedi gallu cwmpasu ei theimladau fel hyn o'r blaen. Roedd o'n deimlad od, bron yn anorchfygol. Edrychodd arno. Doedd o ddim yn edrych fel Rob, ei bos, ond rhywun hollol wahanol.

'I, erm,' roedd hi'n trio cael gafael ar y geiriau iawn heb iddi ffwndro a dweud rhywbeth gwirion. 'Thank you.' *Thank you?* Dyna'r oll oedd hi'n gallu ei ddweud? *Thank you?* 'And thanks for walking me home.'

'Oh that's alright.' Rhoddodd ei ddwylo yn ei bocedi. Roedd o'n edrych yn nerfus mwya sydyn. 'I erm, I'm sorry, I didn't mean to get so philosophical. That happens sometimes, and I really...'

'No, don't worry,' torrodd Lydia ar ei draws. Doedd hi ddim isho iddo fo adael, ond doedd hi ddim yn gwybod sut i ddweud hynny.

'I'll erm, I'll see you on Monday, Lydia,' meddai â'i ddwylo yn ei bocedi.

'Yeah,' meddai Lydia wrth afael yn y giât. 'See you on Monday.' Wrth droi ei chefn, roedd hi'n cael y teimlad ei fod o isho dweud rhywbeth mwy hefyd. Er iddi deimlo'r cwlwm cyfarwydd yn ei bol yn tynhau, wnaeth hi ddim troi nôl i edrych arno. Mi oedd 'na rywbeth yn rhywle yn dweud wrthi am gadw'r eiliad fach honno iddi hi ei hun y tro hwn.

Y noson honno, fedrai Lydia ddim cysgu. Doedd hi ddim yn siŵr iawn be i 'neud efo'r holl feddyliau oedd yn rasio o gwmpas ei phen. Yn y diwedd, aeth i'r drôr i chwilota am hen lyfr nodiadau a beiro. Doedd hi ddim yn siŵr iawn pam ei bod hi isho 'sgwennu – doedd hi ddim wedi teimlo felly ers blynyddoedd. Pwysodd flaen y feiro ar y papur.

Mae fatha bod 'na gwlwm yn dal ni efo'n gilydd does? Wedi'i 'neud o bridd a môr a geiriau a phrofiadau. Mae o'n gwlwm sy'n dal ni'n dynn i'r gorffennol, ond sydd hefyd yn ddigon cryf i ymestyn i'r dyfodol. Ella bo 'na rai pobl yn llwyddo i ddatod y cwlwm. Ond i mi, mwya'n byd dwi'n trio llacio, mwya'n byd ti'n tynhau. A dwi'n meddwl mod i'n gwybod rŵan, os y byswn i'n datod y cwlwm go iawn, fyswn i jesd yn malu'n siwrwd. Achos ti jesd yn rhan ohona fi dwyt. Lle bynnag ydw i. Ti wastad wedi bod ac mi fyddi di am byth.

Edrychodd ar y geiriau a theimlo ei brest yn agor yn fawr, fawr. Am y tro cyntaf ers amser maith, roedd hi'n gallu cymryd ei gwynt yn iawn. Meddyliodd am y môr yn golchi gwaelod ei 'sgidiau. Meddyliodd am yr awyr yn oren wrth i'r haul ddiflannu tu ôl i'r mynydd. Meddyliodd am y tân, y cariad, y gobaith a'r goleuni. Estynnodd am ei ffôn i dynnu llun o'i geiriau blêr, cyn teipio ei enw, a phwyso *send*. Roedd hi'n dal i edrych ar y sgrin wrth i'r ddau dic bach llwyd yng ngwaelod y sgrin droi'n las.

—

'Ma nhw wastad yn ffeindio eu ffordd yn ôl yma sdi, gwenoliaid,' meddai ei thad wrth edrych trwy ei 'sbienddrych.
'Be, yr holl ffordd o Dde Affrica?'

'Yr holl ffordd.'

'Pam?'

'Dwn im, ma 'na wbath yn eu tynnu nhw'n ôl. 'Sa neb yn gwbod yn iawn pam.'

Edrychodd Lydia ar y wennol ar y wifren letrig.

'Ella bod o'n well bo ni ddim yn gwbo?'

'Be ti feddwl?' holodd ei thad.

'Ella bo ni ddim i fod i ddallt pob dim.'

'Ella wir,' meddai ei thad wrth i'r ddau edrych tua'r gorwel.

Hefyd o'r Lolfa:

SGEN I'M SYNIAD

SNOGS, SECS, SENS

GWENLLIAN ELLIS

£9.99

RHYNGOM

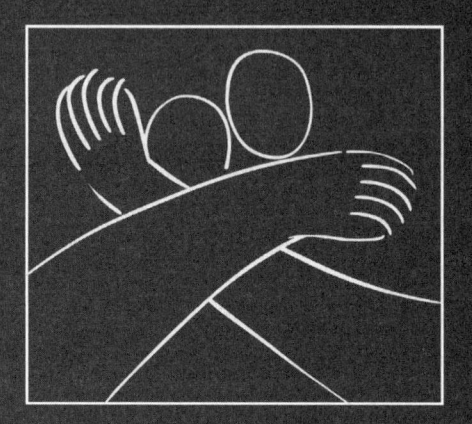

'Dyma gasgliad crefftus, craff, a sawl stori sy'n dyfnhau efo pob darlleniad.' **DYLAN IORWERTH**

Sioned Erin Hughes

y olfa

Enillydd y Fedal Ryddiaith 2022

£8.99

MORI

Ffion Dafis

'Trip o nofel sy'n gadael un yn gegrwth!'
Lleuwen Steffan

y olfa

£8.99

TWLL BACH YN Y NIWL

"Nofel fywiog a gafaelgar, â'i stori ddirdynnol yn llifo fel afon trwyddi."
DEWI PRYSOR

LLiO ELAiN MADDOCKS

£8.99

Holwch am bris argraffu!
www.ylolfa.com